工厂

JAMES SALLIS

DRIVER
DRIVER 2

Beide Driver-Romane in einem Band

Aus dem Englischen
von Jürgen Bürger und Kathrin Bielfeld

Mit einem Vorwort von Tobias Gohlis

BÜCHERGILDE GUTENBERG

VORWORT

Fast ein befreiter Mann

Niemals wird dieses Buch verfilmt werden können, dachte ich. Auch jetzt, trotz der gelobten Verfilmung durch Nicoals Winding Refn mit Ryan Gosling als Hauptdarsteller[1] und nach wiederholter Lektüre, kommt es mir unwahrscheinlich vor, dass es jemandem gelungen sein soll, aus James Sallis' vertracktem *Driver* einen Thriller zu machen, genauer: einen mit einer fortlaufenden Handlung, die den Zuschauer von A nach B mitnimmt.

Dabei scheint es so einfach. »Ich fahre. Das ist alles, was ich mache.«[2] Driver, der namenlose Fahrer des Romans, will nichts anderes. Sallis' Erzählen läuft auf einen Satz hinaus: »Er fuhr.«[3]

Damit schließt *Driver 2* (im Original: *Driven*), die Romanfortsetzung, die Sallis auf Drängen von »Hollywood«[4] verfasst hat. Beide Romane zusammen bilden ein literarisches Kunstwerk aus zwei miteinander verflochtenen, dennoch voneinander deutlich unterscheidbaren Texten. *Drive, Drove, Driven* – so könnte man die englischen Originaltitel konjugieren. Sallis ließ allerdings die Vergangenheitsform weg. Der erste Band *Drive* ist konnotiert mit Fahrt, Schwung, (An-)Trieb; der zweite *Driven* mit Passiverem. Fahren oder getrieben werden – so könnte man die Spannung zwischen den beiden Büchern, die Sie hier in einem Band lesen können, am kürzesten fassen. *Drive* ist 2005 erschienen, *Driven* 2012, und beinahe der gleiche

---

1 http://de.wikipedia.org/wiki/Drive_%282011%29
2 Driver, Ausgabe Liebeskind 2007, S. 20
3 Driver 2, Ausgabe Liebeskind 2012, S. 156
4 Interview mit Doris Kuhn in der Süddeutschen Zeitung 26. Juni 2012; http://www.sueddeutsche.de/kultur/drive-autor-james-sallis-im-interview-ich-bin-kein-grosser-autofahrer-1.1393470 aufgerufen 13.7.13

zeitliche Abstand trennt auch die Romanhandlungen.[5] In *Drive* ist Driver 26 Jahre alt, in *Driven* ist er 32, wirkt aber auf seine Umgebung immer noch wie Mitte 20. Bei Beginn von *Driven* wissen wir, dass Driver jetzt noch nicht sterben wird. Denn sein Ende wird bereits im Finale von *Driver* vorausgesagt: »Es dauerte Jahre, bevor er um drei Uhr an einem klaren, kalten Morgen in einer Bar in Tijuana zu Boden ging.«[6]

Sallis gibt in *Driven* eine mögliche Interpretation seiner Driver-Romane. Er legt sie dem Drehbuchschreiber Manny Gilden in den Mund, einem Mann, der gleichzeitig einem Produzenten eine Story aufschwatzen und mit Driver über Existenzfragen telefonieren kann. Manny erfindet gesprächsweise ein Treatment über das Leben seines Freundes. Danach wäre Driver »›Ein Held unserer Zeit, der letzte Grenzbewohner‹, sagte Manny. Beinahe hätte er *ein befreiter Mann* gesagt.«[7] Aber das, setzt Sallis kommentierend hinzu, »würde zu viel Verwirrung stiften«.[8] Treatments sollen sich verkaufen lassen, dürfen also nicht allzu hohe intellektuelle Ansprüche stellen. Doch um die geht es Sallis. Allerdings um solche, die nicht der Realität entzogen sind. Und zu dieser gehört vor allem das Bewusstsein, nicht gewiss zu wissen und zu erkennen, dass vieles, was uns so durch den Kopf geht, aus Versatzstücken zusammengeklaubt ist. Kürzlich erläuterte Sallis: »Ein Gedanke, auf den ich immer wieder zurückkomme, (lautet) dass die Figuren ihr Selbstbild aus Fragmenten zusammenbasteln, manchmal hält es eine Zeit, meistens nicht.«[9] Daher wehen Gedanken literarische Zitate, Anspielungen auf Filme,

---

5 Ich verwende im Folgenden die englischen Titel. *Drive* erschien auf Deutsch als *Driver* 2007, übersetzt von Jürgen Bürger. *Driven* wurde 2012 als *Driver 2* veröffentlicht, übersetzt von Jürgen Bürger und Kathrin Bielfeldt.
6 Driver, Ausgabe Liebeskind 2007, S. 158
7 Driver 2, Ausgabe Liebeskind 2012, S. 127
8 Ebd.
9 Interview Volker Hummel im Mai 2013

Werbetexte wie Blätter durch den Roman: Nicht der einzelne Gedanke zählt, sondern das Ensemble.

Wie ich im Vorwort[10] zum Kultkrimi *Der Killer stirbt*[11] geschrieben habe, umkreist Sallis in seinem vielstimmigen literarischen Werk das Bild des amerikanischen Mannes. Wobei das Wort »Bild« auf eine falsche mediale Fährte lockt. Sallis zeichnet nicht, er umspielt diese Figur. Sallis' Schreibverfahren ähnelt einer Jazz-Improvisation. Bestimmte Motive und Klangfolgen werden immer wieder neu angespielt, variiert, wiederholt, um ihnen abzulauschen, welche Veränderungen sich ergeben. Beispielsweise die Eingangsszene zu *Drive*: Zwei Männer dringen in Drivers Motelzimmer ein, er tötet sie, eine Frau (Blanche) verblutet. Wenige Kapitel später wird die Szene fast wortwörtlich wiederholt.[12] Und *Driven* setzt beinahe identisch ein: Zwei Männer attackieren Driver und werden von ihm getötet, eine Frau verblutet. Zwei Unterschiede bestehen: Die sterbende Frau in *Driven* heißt Elsa und ist keine Komplizin bei einem Raub wie Blanche, sondern Drivers Freundin. Und Drivers impulsive Reaktion auf die Gewaltattacke ist sechs Jahre später möglicherweise eine andere: nicht Abtauchen wie damals, sondern ...?[13] Sallis überlässt die Antwort darauf, wie vieles, der Interpretation des Lesers.

Drive, *Driven* – beide Texte umkreisen, nicht nur im Titel, die Frage der freien Entscheidung. Technisch ist das für Driver kein Problem: Er kann auf einer langen geraden Straße um 180 Grad wenden. Alles scheint möglich, wenn man über die entsprechenden Fähigkeiten verfügt, auch ein Kurswechsel bei voller Fahrt mit Frontalzusammenstoß.[14]

10   http://www.togohlis.de/03sallis_killer-vorwort.htm
11   Sallis, James. *Der Killer stirbt*. Aus dem Englischen von Jürgen Bürger und Kathrin Bielfeldt. Büchergilde Gutenberg: Frankfurt 2012.
12   Driver, Ausgabe Liebeskind 2007, S. 47
13   Driver 2, Ausgabe Liebeskind 2012, S. 8
14   Driver, Ausgabe Liebeskind 2007, S. 108

Er überlebt, aber lebt er, und wie? Man kann *Drive* und *Driven* als eine lange, immer wieder neu ansetzende Meditation über dieses Thema lesen. Interessant ist, dass Sallis sie nicht nur um einen talentierten Einzelgänger kreisen lässt, der sich selbst Gesetz ist. Sondern um jemanden, dessen Berufung, Beruf und Nebenjob (als Fluchtfahrer bei Raubüberfällen) die pure Aktion ist. Driver ist überragend als Fahrer und Kämpfer, seine Reflexe funktionieren automatisch. Und so einer denkt fortwährend darüber nach, welche Signale das Leben gibt, wie sie zu verstehen sind,[15] und ob sein Weg seit Kindheit vorherbestimmt war.

Driver ist eine paradoxe Figur: Einerseits handelt und tötet er intuitiv-automatisch, andererseits reflektiert er die Bedingungen, den Erfolg und die Möglichkeit sinnvoller Entscheidungen. Ihm ist bewusst, dass er blind handelt. Und dass er nur handeln kann, wenn er es blind tut.[16]

Sallis entfaltet den Gegensatz zwischen Handeln und Reflexion nicht nur in der Figur Drivers, sondern auch in der Konstruktion des Romans. Deshalb endet *Drive* auch absolut ungewöhnlich und »unfilmisch«: Statt wie gewohnt im Thriller die Auflösung des Konflikts (in diesem Fall mit den Mafia-Hintermännern Nino und Bernie, die Driver bestrafen wollen und an denen er sich rächen will) in einer beschleunigten Folge von Befreiungsschlägen zu finden, bremst Sallis die Handlung vor dem Showdown völlig ab, fast bis zum Stillstand. Driver erinnert sich an seine Eltern, an seine verlorenen Jugendfreunde, rekapituliert das Thema Entscheidungsfreiheit, auch im Gespräch mit dem Mann, den er – mit Bedauern – wenige Minuten später töten wird: »›Glaubst du, wir suchen uns unser Leben

---

15 »Das Leben schickt uns ständig Botschaften – und sieht dann gemütlich zu und lacht sich einen darüber ab, dass wir unfähig sind, aus ihnen schlau zu werden.« Driver, Ausgabe Liebeskind 2007, S. 35

16 »Sich darüber Gedanken zu machen, warum er oder andere taten, was sie taten, war etwas, das er stets vermied. (...) Handle, wenn es notwendig ist.« Driver 2, Ausgabe Liebeskind 2012, S. 30

aus?‹ fragte Bernie Rose, als sie zu Kaffee und Cognac übergingen. ›Nein. Aber ich glaube auch nicht, dass es uns aufgedrängt wird. Mir kommt's eher so vor, als würde es ständig von unten nachsickern.‹«[17] Selbst im Augenblick, als er Bernie tötet, denkt Driver nach, über »die Gunst der Stunde«. Philosophische Einsicht, die ihre Wahrheit im Kalauer prüft.

In *Driven – Driver 2* – grübelt Driver noch intensiver. Und tötet noch mehr, so beiläufig, dass man es oft kaum merkt. Überhaupt sollte man *Driven* noch genauer lesen als *Drive*. Denn hier ist Driver, der sich zeitweilig Paul West nannte, nicht mehr so allein wie im ersten Roman. Eine ganze Gruppe von Figuren, deren Namen alle mit B beginnen – der pensionierte Polizist Bill, seine Tochter Billie und der ominöse James Beil – geben Driver durch ihre Hilfe und Unterstützung fast so etwas wie ein soziales Umfeld. Die Helfertruppe löst sich wieder auf, als Driver die ebenso verworrenen wie zufälligen Ursachen erfährt, aus denen er zwei Bücher und sechs Jahre lang gejagt und zum Töten gezwungen worden war. Driver kann sich frei nur allein fühlen. Hauptsache, er fährt.

Gute Fahrt!

Tobias Gohlis
Hamburg, Juni 2013

---

17 Driver, Ausgabe Liebeskind 2007, S., 157

DRIVER

Ed McBain, Donald Westlake
und Larry Block gewidmet –
drei großen amerikanischen Schriftstellern

* * *

As I sd to my
friend, because I am
always talking, – John, I

sd, which was not his
name, the darkness sur-
rounds us, what

can we do against
it, or else, shall we &
why not, buy a goddamn big car,

drive, he sd, for
christ's sake, look
out where yr going.

Robert Creeley

EINS

Als er viel später in einem Motel am nördlichen Stadtrand von Phoenix mit dem Rücken an die Zimmerwand gelehnt dasaß und beobachtete, wie die Blutlache sich ihm langsam näherte, fragte sich Driver, ob er einen schrecklichen Fehler begangen hatte. Bald darauf gab es daran keinen Zweifel mehr. Aber noch befand sich Driver, wie man so sagt, ganz im Jetzt. Und zu diesem Jetzt gehörten das sich langsam in seine Richtung ausbreitende Blut, das Licht der bereits fortgeschrittenen Morgendämmerung, das durch Fenster und Tür drang, der Verkehrslärm von der nahe gelegenen Interstate, das leise Weinen von jemandem im Zimmer nebenan.

Das Blut sickerte aus der Frau, die sich Blanche nannte und behauptet hatte, aus New Orleans zu stammen, obwohl doch bis auf den aufgesetzten Akzent alles an ihr auf die Ostküste hindeutete – Bensonhurst vielleicht oder irgendeine andere entlegene Gegend Brooklyns. Blanches Schultern lagen quer über der Schwelle der Badezimmertür. Von ihrem Kopf war nicht mehr viel übrig, das wusste er.

Sie waren in Zimmer 212 im ersten Stock, der Boden war eben, sodass die Blutlache sich nur langsam ausbreitete und die Kontur ihres Körpers nachzeichnete, genau wie er es getan hatte. Das Blut bewegte sich auf ihn zu wie ein anklagender Finger. Er hatte starke Schmerzen im Arm. Die zweite Sache, die er wusste: schon bald würde es noch sehr viel mehr wehtun.

Dann wurde Driver sich bewusst, dass er den Atem anhielt. Er lauschte auf Sirenen, auf die Geräusche von Menschen, die sich unten auf dem Parkplatz versammelten, auf hektische Schritte vor der Tür.

Wieder wanderte Drivers Blick durch das Zimmer. Neben der halb offen stehenden Zimmertür lag eine Leiche, ein dünner, ziemlich großer Mann, vielleicht ein Albino.

Komischerweise war dort nur wenig Blut. Vielleicht wartete das Blut nur noch etwas. Wenn sie ihn hochhoben, ihn umdrehten, vielleicht sprudelte dann alles auf einmal heraus. Aber im Moment sah man nur den matten Widerschein von Neonlicht auf der fahlen Haut.

Die zweite Leiche befand sich im Bad, fest eingeklemmt im Fensterrahmen. Dort hatte Driver ihn überrascht. Der Kerl hatte eine Schrotflinte gehabt. Blut aus seiner Halswunde hatte sich im Waschbecken darunter gesammelt, ein zähflüssiger, dicker Pudding. Driver benutzte zum Rasieren ein einfaches Rasiermesser. Es hatte mal seinem Vater gehört. Wann immer er ein neues Zimmer bezog, breitete er als Erstes seine Utensilien aus. Das Rasiermesser hatte mit Zahnbürste und Kamm dort neben dem Waschbecken gelegen.

Bislang nur die zwei. Dem Ersten, dem Kerl, der im Fenster eingeklemmt war, hatte er die Schrotflinte abgenommen, mit der er den Zweiten niederstreckte. Es war eine Remington 870, der Lauf abgesägt auf die Länge des Magazins, knapp vierzig Zentimeter. Das wusste er von einem billigen *Mad-Max*-Remake, an dem er mitgewirkt hatte. Driver achtete auf alles.

Jetzt wartete er. Lauschte. Auf Schritte, Sirenen, zuschlagende Türen.

Was er hörte, war das Tropfen des Badewannenhahns. Die Frau im Zimmer nebenan weinte immer noch. Doch da war noch etwas anderes. Ein scharrendes Geräusch …

Es dauerte eine Weile, bis er begriff, dass es sein eigener Arm war, der zuckte, seine Knöchel, die auf den Fußboden klopften, seine Finger, die scharrten, wenn die Hand sich zusammenzog.

Dann hörten die Geräusche auf. Überhaupt kein Gefühl mehr im Arm. Er hing einfach nur bewegungslos da, losgelöst von ihm, wie ein vergessener Schuh. Driver befahl ihm, sich zu bewegen. Nichts passierte.

Mach dir später darüber Gedanken.

Er blickte wieder zur offenen Zimmertür. Vielleicht war's das, dachte Driver. Vielleicht kommt keiner mehr, vielleicht ist es vorbei. Vielleicht sind, vorläufig, drei Leichen genug.

ZWEI

Driver war kein großer Leser. Eigentlich auch kein großer Kino-Fan. *Road House* hatte ihm gefallen, aber das war schon lange her. Er sah sich nie die Filme an, in denen er gefahren war, aber manchmal, wenn er mit Drehbuchautoren herumhing, die außer ihm die Einzigen am Set waren, die den größten Teil des Tages nicht viel zu tun hatten, las er manchmal die Bücher, auf denen die Filme basierten. Er hatte keine Ahnung, warum.

Das jetzt war einer dieser irischen Romane, in denen Leute tierischen Stress mit ihren Vätern haben, dauernd auf Fahrrädern durch die Gegend strampeln und zwischendurch immer mal wieder irgendwas in die Luft jagen. Auf dem Foto auf der hinteren Innenseite des Schutzumschlags blinzelte der Autor wie eine frisch entdeckte Lebensform, die gerade ins grelle Sonnenlicht gezerrt worden war. Driver hatte das Buch in einem Antiquariat auf dem Pico gefunden und sich gefragt, was muffiger roch, der Pullover der alten Ladenbesitzerin oder die Bücher. Oder es war die alte Dame selbst. Alte Leute hatten manchmal diesen Geruch. Er hatte einen Dollar und zehn Cents bezahlt und war wieder gegangen.

Aber er konnte nicht erkennen, dass der Film irgendwas mit diesem Buch zu tun hätte.

Driver hatte in dem Film ein paar Szenen als Killer gespielt. Der Held haute darin heimlich aus Nordirland in die Neue Welt ab (das war übrigens der Titel des Buches: *Seans Neue Welt*), hundert Jahre Zorn und Groll im Gepäck. Im Buch ging Sean nach Boston. Die Filmfritzen machten L. A.

daraus. Zum Teufel damit. Bessere Straßen. Auch das Wetter bereitete den Produzenten hier weniger Kopfschmerzen.

Driver trank einen Schluck von seiner Horchata und warf einen Blick auf den Fernseher, wo Jim Rockford sein übliches verbales Tänzchen veranstaltete. Er schaute wieder in das Buch, las ein paar weitere Zeilen, bis er an dem Wort *Ungebräuchlichkeit* hängen blieb. Was für ein Scheißwort war das denn? Er schlug das Buch zu und legte es auf den Nachttisch. Dort leistete es anderen von Richard Stark, George Pelecanos, John Shannon und Gary Phillips Gesellschaft, alle aus demselben Laden am Pico, in dem stündlich Damen jeden Alters Armladungen von Liebesromanen und Krimis anschleppten, um sie zwei zu eins einzutauschen.

Ungebräuchlichkeit.

Im Denny's zwei Blocks weiter fütterte Driver das Telefon mit Münzen und wählte Manny Gildens Nummer, beobachtete dabei, wie Leute das Restaurant betraten und verließen. Ein beliebtes Lokal, jede Menge Familien, jede Menge Typen, bei denen man ein Stück zur Seite rutschen würde, wenn sie sich neben einen setzten. Und das in einem Viertel, in dem die Sprüche auf den T-Shirts und Grußkarten bei Walgreen's in der Mehrzahl auf Spanisch waren.

Vielleicht würde er anschließend frühstücken, dann hatte er wenigstens was zu tun.

Er und Manny hatten sich bei den Dreharbeiten zu einem Science-Fiction-Film kennengelernt, bei dem Driver in einem Post-Apokalypse-Amerika einen El Dorado unter dem Hintern hatte, der rein optisch an einen Panzer erinnerte. Das traf auch für das Handling zu.

Manny war einer der angesagtesten Autoren in Hollywood. Es hieß, er hätte schon Millionen gebunkert. Vielleicht stimmte das ja auch, wer wusste das schon? Jedenfalls lebte er immer noch in einem heruntergekommenen Bungalow draußen Richtung Santa Monica und trug immer noch T-Shirts und Chinos mit umgekrempelten Aufschlägen, dazu bisweilen bei offiziellen Anlässen, wie bei einem der in Hollywood so beliebten Meetings, ein uraltes Kordsakko. Und er kam von der Straße. Keine gutbetuchte Familie, keine akademischen Titel. Bei einem schnellen Gläschen hatte Drivers Agent mal erzählt, dass Hollywood fast komplett aus Cum-laude-Absolventen von Ivy-League-Universitäten bestünde. Manny, der für alles Mögliche engagiert wurde, von Henry-James-Adaptionen bis zur Massenproduktion von Drehbuchschnellschüssen für Genre-Filme wie *Billy's Tank*, strafte das jedoch Lügen.

Wie üblich meldete sich sein Anrufbeantworter:

»Sie wissen selbst, wer hier spricht, sonst würden Sie nicht anrufen. Mit ein bisschen Glück arbeite ich gerade. Wenn nicht – und falls Sie Geld für mich haben oder einen Auftrag –, hinterlassen Sie bitte eine Nummer. Andernfalls nerven Sie nicht und legen einfach auf.«

»Manny«, sagte Driver. »Bist du da?«

»Ja. Ja, ich bin hier ... Bleib 'ne Sekunde dran, okay? Muss nur schnell was zu Ende bringen.«

»Du bringst immer gerade irgendwas zu Ende.«

»Lass mich nur gerade speichern ... So. Erledigt. Was total Neues, sagt mir die Produzentin. Virginia Woolf, plus Leichen und heiße Verfolgungsjagden.«

»Und was hast du gesagt?«

»Nachdem ich mich geschüttelt hab? Was ich immer sage. Treatment, Überarbeitung oder Drehplan? Wann brauchen Sie's? Was springt für mich dabei raus? Scheiße. Sekunde mal, ja?«

»Klar.«

»... na, wenn das mal kein Zeichen unserer Zeit ist. Ein Vertreter für Bio-Lebensmittel.«

»Super Geschäft, darum dreht sich doch alles in Amerika. Bei mir ist hier letzte Woche eine Frau aufgekreuzt, die mir Kassetten mit Liedern von Walen andrehen wollte.«

»Wie hat sie ausgesehen?«

»So Ende dreißig. Jeans mit abgeschnittenem Bund, zerschlissenes blaues Arbeitshemd. Latina. Muss so gegen sieben Uhr morgens gewesen sein.«

»Ich glaube, die war auch bei mir. Hab nicht aufgemacht, aber einen Blick durch den Spion riskiert. Stoff für 'ne gute Geschichte – würde ich noch Geschichten schreiben. Was brauchst du?«

»Ungebräuchlichkeit.«

»Ah, wir lesen wieder, was? Könnte gefährlich sein ... Es bedeutet, dass etwas nicht mehr gängig ist. Wenn etwas nicht mehr gebräuchlich ist, kommt es außer Gebrauch.«

»Danke, Mann.«

»Das war's?«

»Ja, aber wir sollten mal wieder einen trinken gehen.«

»Unbedingt. Ich hab noch *diese* Sache hier, ist aber schon fast fertig, dann muss ich noch ein bisschen am Remake eines argentinischen Films feilen, danach bleiben ein oder zwei Tage, um die Dialoge für so eine künstlerisch anspruchsvolle polnische Scheiße auf Vordermann zu bringen. Hast du kommenden Donnerstag schon was vor?«

»Donnerstag ist gut.«

»Im Gustavo's? So gegen sechs? Ich bring 'ne Flasche von dem guten Stoff mit.«

Das war Mannys einziges Zugeständnis an den Erfolg: er liebte guten Wein. Er würde mit einem chilenischen Merlot oder einer australischen Cuvée aus Merlot und Shiraz aufkreuzen. In Klamotten, für die er vor sechs Jahren beim erstbesten Secondhand-Laden vielleicht zehn Dollar hingeblättert hatte, würde er dasitzen und diesen fantastischen Tropfen einschenken.

Schon bei dem Gedanken daran hatte Driver den Geschmack von Gustavos geschmortem Schweinefleisch mit Yucca im Mund. Das machte ihn hungrig. Und erinnerte ihn an den Slogan eines anderen, erheblich nobleren Restaurants in L. A.: Wir würzen unseren Knoblauch mit Speisen. Im Gustavo's hatte man für die zwei Dutzend Stühle und halb so viele Tische vielleicht alles in allem hundert Dollar hingelegt, die Vorratskisten mit Fleisch und Käse waren für jeden zu sehen, und es war auch schon eine ganze Weile her, seit die Wände ihren letzten Anstrich bekommen hatten. Aber ja, das beschrieb es ziemlich gut: Wir würzen unseren Knoblauch mit Speisen.

Driver kehrte zum Tresen zurück, trank seinen kalten Kaffee. Bestellte noch eine Tasse, eine heiße, die auch nicht viel besser war.

Ein Stück den Block hinunter nahm er bei Benito's einen Burrito mit Machaca-Füllung auf einem Berg in Scheiben geschnittener Tomaten und Jalapeños. Das schmeckte zumindest nach etwas. Aus der Musicbox tönte die typisch mexikanische Musik, Gitarre und Bajo Sexto erzählen davon, wie's schon immer gewesen ist, das Akkordeon öffnet und schließt sich wie die Kammern eines Herzens.

DREI

Bis Driver mit ungefähr zwölf einen Wachstumsschub bekam, war er klein für sein Alter, etwas, das sein Vater schamlos auszunutzen wusste. Der Junge passte locker durch schmale Öffnungen, Badezimmerfenster, kleine Hunde- und Katzenklappen und so weiter, was ihn zu einer großen Hilfe in der Branche seines Vaters machte: der Einbruchsbranche. Als dann der Wachstumsschub kam, ging es schlagartig. Praktisch über Nacht machte er einen Sprung von eins zwanzig auf fast eins neunzig. Seitdem fühlte er sich irgendwie fremd in seinem eigenen Körper. Die Arme baumelten an seinen Seiten, und er hatte einen trottenden Gang. Wenn er zu rennen versuchte, geriet er oft ins Stolpern und knallte der Länge nach hin. Was er jedoch ausgezeichnet konnte, war Auto fahren. Und er fuhr wie der Teufel.

Nachdem er ausgewachsen war, konnte sein Vater ihn

kaum noch gebrauchen. Für seine Mutter hatte sein Vater schon erheblich länger keine Verwendung mehr. Daher überraschte es Driver auch nicht, als sie eines Abends beim Essen mit Fleisch- und Brotmesser auf ihn losging, eines in jeder Faust, wie eine Ninjakämpferin in rot-weiß karierter Schürze. Bevor sein Vater seine Kaffeetasse abstellen konnte, hatte sie ihm ein Ohr abgeschnitten und einen breiten roten Mund quer über seine Kehle gezogen. Driver schaute zu, aß dann weiter sein Sandwich: Frühstücksfleisch und Pfefferminzmarmelade auf Toast. Das beschrieb ziemlich umfassend die Kochkünste seiner Mutter.

Er hatte immer über den Gewaltausbruch dieser sonst so sanftmütigen, stillen Frau gestaunt – als wäre ihr ganzes Leben auf diese eine, unerwartete drastische Tat ausgerichtet gewesen. Danach war sie nicht mehr zu gebrauchen. Driver gab sein Bestes. Aber am Ende kam der Staat und schälte sie samt Schonbezug aus einem dreckverkrusteten, dick gepolsterten Sessel. Driver verfrachteten sie zu Pflegeeltern nach Tucson. Bis zu dem Tag, an dem er sie verließ, zeigten sich Mr und Mrs Smith überrascht, wann immer er durch die Haustür kam oder aus dem winzigen Mansardenzimmer, in dem er wie ein Zaunkönig lebte.

Ein paar Tage vor seinem sechzehnten Geburtstag kam Driver herunter, mit seiner gesamten Habe in einem Matchbeutel und dem Ersatzschlüssel des Ford Galaxie, den er aus einer Küchenschublade gefischt hatte. Mr Smith war arbeiten, Mrs Smith unterrichtete in der Bibelschule, wo Driver bis vor zwei Jahren, als er beschloss, nicht mehr hinzugehen, ständig Preise gewonnen hatte, weil er sich die meisten Textstellen aus der Bibel einprägen konnte. Es war Hochsommer, oben in seinem Zimmer war es unerträglich heiß und unten kaum weniger. Schweißtropfen fielen auf den Zettel, während er schrieb.

Das mit dem Auto tut mir leid, aber ich brauche einen fahrbaren Untersatz. Sonst hab ich nichts mitgenommen. Danke, dass ihr mich aufgenommen habt, danke für alles, was ihr getan habt. Ehrlich.

Er warf das Bündel auf den Rücksitz, setzte aus der Garage zurück, hielt vor dem Stoppschild am Ende der Straße und bog dann scharf links Richtung Kalifornien ab.

VIER

Sie trafen sich in einer schäbigen Bar zwischen Sunset und Hollywood Boulevard östlich der Highland Avenue. Katholische Mädchen in Schuluniformen warteten gegenüber von auf Spitze, Leder und Dessous spezialisierten Läden und Schuhgeschäften voller Pumps mit Mega-Stiletto-Absätzen auf ihren Bus. Driver erkannte den Kerl in dem Augenblick, als er durch die Tür kam. Gebügelte Kakihose, dunkles T-Shirt, Sakko. Die obligatorische goldene Armbanduhr. Massig Ringe an Fingern und Ohren. Smooth Jazz plätscherte vom Band, ein Piano-Trio, vielleicht ein Quartett, etwas rhythmisch Glitschiges, das sich nie richtig fassen ließ.

Der Neuankömmling nahm einen Johnny Walker Black, pur. Driver blieb bei dem, was er hatte. Sie gingen zu einem Tisch im hinteren Teil des Lokals.

»Hab deinen Namen von Revell Hicks.«

Driver nickte. »Guter Mann.«

»Wird immer schwerer, an all den Amateuren vorbeizukommen, wenn du verstehst, was ich meine. Jeder hält sich für supercool, jeder meint, er macht die beste Spaghettisoße, jeder hält sich für einen guten Fahrer.«

»Du hast mit Revell gearbeitet, also gehe ich davon aus, dass du ein Profi bist.«

»Kompliment zurück.« Der Kerl kippte seinen Scotch herunter. »Tatsache ist, dass du nach allem, was ich höre, der Beste bist.«

»Bin ich.«

»Dann hab ich noch gehört, dass es problematisch sein kann, mit dir zu arbeiten.«

»Solange wir uns verstehen, nicht, nein.«

»Was gibt's da zu verstehen? Es ist mein Job. Also hab ich auch das Sagen. Ich leite das Team, nur ich sage, wo's langgeht. Entweder reihst du dich im Team ein oder du lässt es bleiben.«

»Dann lass ich's bleiben.«

»Okay. Deine Entscheidung …«

»Und wieder geht eine großartige Gelegenheit den Bach runter.«

»Komm, ich geb dir wenigstens noch einen aus.«

Der Mann ging zur Theke eine neue Runde holen.

»Interessieren tut's mich aber doch«, sagte er und stellte ein frisches Bier und einen Scotch auf den Tisch. »Macht's dir was aus, mich aufzuklären?«

»Ich fahre. Das ist alles, was ich mache. Ich bin nicht dabei, wenn du das Ding planst, und auch nicht, wenn du's den anderen verklickerst. Du sagst mir, wo es losgeht, wohin wir fahren und wo es anschließend hingeht. Du bestimmst die Uhrzeit. Ich beteilige mich an nichts, ich kenne niemanden, ich bin unbewaffnet. Ich fahre.«

»Mit der Einstellung dürftest du gewaltig Probleme kriegen, was Angebote betrifft.«

»Das ist keine Einstellung, es ist ein Prinzip. Ich lehne erheblich mehr Arbeit ab, als ich annehme.«

»Dieser Job ist aber erste Sahne.«

»Das ist jeder.«

»Aber dieser ist anders.«

Driver zuckte mit den Achseln.

Eine dieser reichen Gemeinden nördlich von Phoenix, sagte der Kerl, sieben Autostunden von hier, so viele teure Villen wie Karnickelhügel. Die verdrängen noch die Kakteen aus der Wüste. Er schrieb etwas auf einen Zettel, schob ihn dann mit zwei Fingern über den Tisch. Driver erinnerte sich, so was schon mal bei Autoverkäufern gesehen zu haben. Manche Menschen waren so verdammt blöd. Wie könnte jemand, der auch nur einen Funken Stolz und Selbstachtung besaß, sich auf so etwas einlassen? Welcher Idiot würde sich das bieten lassen?

»Das ist ein Scherz, ja?«, sagte Driver.

»Wenn du nicht aktiv beteiligt sein willst, keinen Anteil haben willst, dann eben so. Honorar für eine Dienstleistung. Wir machen's ganz unkompliziert.«

Driver leerte seinen Kurzen und schob das Bier über den Tisch. Tanz mit dem, der dich bezahlt hat. »Tut mir leid, deine Zeit verschwendet zu haben.«

»Und wenn ich eine Null dranhänge?«

»Wie wär's mit dreien?«

»So gut ist keiner.«

»Du hast es selbst gesagt, da draußen gibt's jede Menge Fahrer. Such dir einen aus.«

»Ich glaube, das hab ich gerade.« Er forderte Driver mit einem Kopfnicken auf, sich wieder zu setzen, schob das Bier wieder auf seine Seite. »Ich mach hier nur ein kleines Tänzchen mit dir, check dich aus.« Er befingerte den kleinen Ring in seinem rechten Ohr. Später glaubte Driver, dieser Tick hätte ihm schon alles sagen müssen. »Wir sind zu viert, geteilt wird durch fünf. Zwei Anteile für mich, einer für jeden von euch. Kommst du damit klar?«

»Kann ich mit leben.«

»Dann sind wir uns einig.«

»Sind wir.«

»Gut. Noch einen Kurzen?«

»Warum nicht?«

Genau in dem Augenblick hob das Altsaxofon zu einem langen Solo an, so langsam und geschmeidig wie eine nächtliche Autofahrt.

FÜNF

Als Driver das Benito's verließ, empfing ihn eine verwandelte Welt. Wie die meisten Städte wurde auch L. A. nachts zu einem völlig anderen Tier. Die letzten orangefarbenen Flecken lösten sich am Horizont auf, die Lichter der Stadt verdrängten die Sonne, hunderttausend ungeduldige Stellvertreter. Drei Typen mit rasierten Schädeln und Baseballkappen lungerten an seinem Wagen herum. Obwohl der auf sie nicht sonderlich reizvoll gewirkt haben konnte. Ein stinknormaler 80er Ford. Ohne vorher die Haube aufzumachen, konnten sie unmöglich wissen, was mit der Karre angestellt worden war. Aber ... da standen sie.

Driver ging zur Fahrertür und blieb abwartend stehen.

»Cooler Schlitten, Mann«, meinte einer der Typen und rutschte von der Motorhaube. Er sah seine Kumpels an. Alle lachten.

Ja, zum Brüllen.

Drivers Schlüsselbund lag in seiner Hand, einen Schlüssel ließ er zwischen Mittel- und Ringfinger hervorragen. Er machte einen blitzschnellen Schritt vorwärts, schlug mit der Faust genau auf die Luftröhre des Anführers. Er spürte, wie der Schlüssel sich ins Fleisch bohrte, und blickte dann zu ihm hinab, als er verzweifelt nach Luft schnappend auf dem Boden lag.

Im Rückspiegel beobachtete er kurz darauf die anderen beiden, die wild herumfuchtelnd über dem Verletzten standen und aufgeregt darüber diskutierten, was zum Teufel sie jetzt tun sollten. So hatten sie es sich wohl nicht vorgestellt.

Vielleicht sollte er wenden. Und ihnen sagen, dass genau so das Leben war – nichts als eine lange Abfolge von Ereignissen, die nicht so liefen, wie man es sich ursprünglich vorgestellt hatte.

Zum Teufel damit. Entweder kamen sie selbst dahinter oder eben nicht. Die meisten Menschen kapierten es nie.

»Zuhause« war natürlich relativ, aber dorthin fuhr er jetzt. Driver zog alle paar Monate um. In dieser Hinsicht hatte sich nicht viel geändert, seit er in Mr und Mrs Smith' Mansardenzimmer gewohnt hatte. Er lebte ein oder zwei Schritte außerhalb der normalen Welt, weitgehend verborgen, wie ein Schatten, fast unsichtbar. Was er besaß, konnte er entweder auf dem Rücken tragen oder einfach zurücklassen. Anonymität war, was er am meisten an der Stadt liebte. Ein Teil von ihr zu sein und doch gleichzeitig ein Stück außerhalb zu stehen. Er bevorzugte ältere Wohnblocks, deren Parkplätze rissig waren und mit Ölflecken übersät. In denen sich kein Mensch beschwerte, wenn der Nachbar zu laut Musik hörte, und Mieter häufig mitten in der Nacht ihren Kram ins Auto packten und auf Nimmerwiedersehen verschwanden. Nicht mal die Cops kamen gern an diese Orte.

Seine derzeitige Wohnung befand sich im ersten Stock. Von vorne sah es aus, als sei die Vordertreppe der einzige Weg hinauf und hinunter. Doch nach hinten führten die Wohnungen auf eine Art Galerie, die sich über die gesamte Breite jeder Etage zog und von der weitere Treppen abgingen. Aus einem klaustrophobisch engen Eingangsbereich direkt hinter der Tür gelangte man rechts in ein Wohnzimmer, links ins Schlafzimmer, und die Küche befand sich wie der unter einem Flügel verborgene Kopf eines Vogels hinter dem Wohnzimmer. Mit einiger Sorgfalt ließen sich dort eine Kaffeemaschine, zwei oder drei Kochtöpfe, vielleicht noch ein halbes Service und ein paar Becher unterbringen, und es blieb immer noch genug Platz, um sich umzudrehen.

Und genau das tat Driver jetzt, nachdem er einen Topf Wasser zum Kochen aufgesetzt hatte. Er kam wieder heraus und blickte auf die leeren Fenster gegenüber. Lebte da drüben jemand? Irgendwie wirkte es bewohnt, aber bislang hatte er dort keinerlei Bewegung, nicht das geringste Lebenszeichen gesehen. Eine fünfköpfige Familie wohnte in dem Apartment darunter. Egal, zu welcher Tages- oder Nachtzeit er hinübersah, immer schienen mindestens zwei von ihnen vor dem Fernseher zu hocken. Rechts davon, in einem der Studioapartments, hauste ein alleinstehender Mann. Jeden Abend um zwanzig vor sechs kam er mit einem Sixpack und seinem Abendessen in einer weißen Tüte nach Hause. Dann saß er da, starrte die Wand an und trank ruhig sein Bier, jede halbe Stunde eine Dose. Nach der dritten nahm er den Burger aus der Verpackung und legte los. Anschließend trank er die restlichen Biere, und wenn er damit fertig war, ging er ins Bett.

Während der ersten ein, zwei Wochen nach Drivers Einzug wohnte eine Frau unbestimmten Alters in der Wohnung links daneben. Nach dem Duschen setzte sie sich morgens stets an den Küchentisch und rieb ihre Beine mit Körperlotion ein. Abends, wieder nackt, oder zumindest fast nackt, hing sie stundenlang an ihrem schnurlosen Telefon. Einmal hatte Driver mitbekommen, wie sie das Telefon mit voller Wucht quer durchs Zimmer schleuderte. Dann war sie ans Fenster getreten und hatte ihre Brüste an der Scheibe platt gedrückt. Mit Tränen in den Augen – oder hatte er sich das nur eingebildet? Nach dieser Nacht sah er sie nie wieder.

Driver kehrte in die Küche zurück, schüttete kochendes Wasser in den Kaffeefilter.

Klopfte da jemand an seine Tür?

So etwas kam hier eigentlich nicht vor. Menschen, die an Orten wie dem Palm Shadows lebten, waren nur selten gesellig und hatten meist guten Grund, keine Besucher zu erwarten.

»Duftet gut«, sagte sie, als er die Tür öffnete. Um die dreißig. Zerschlissene Jeans. Ein zu großes T-Shirt, schwarz, schlabberig und ausgewaschen, nur noch Reste von Buchstaben darauf, ein F, ein A, ein paar verstümmelte Vokale. Halblange blonde Haare, dunkler Haaransatz.

»Bin gerade ein paar Türen weiter eingezogen.«

Eine lange, schmale Hand, die ihn auf seltsame Art an einen Fuß erinnerte, tauchte vor ihm auf. Er nahm sie.

»Trudy.«

Er fragte nicht, was ein Weißbrot wie sie hier zu suchen hatte. Aber der Akzent beschäftigte ihn. Alabama vielleicht?

»Hab Ihr Radio gehört, daher wusste ich, dass Sie zu Hause sind. Wollte gerade loslegen und mir ein Maisbrot backen, als mir einfiel, dass ich kein einziges Ei im Haus hab. Hätten Sie vielleicht ...«

»Sorry. Einen halben Block weiter gibt's einen koreanischen Lebensmittelmarkt.«

»Danke ... Was dagegen, wenn ich reinkomme?«

Driver trat zur Seite.

»Ich kenne gern meine Nachbarn.«

»Dann sind Sie hier wahrscheinlich im falschen Haus.«

»Wär nicht das erste Mal. Hab geradezu ein Händchen dafür.«

»Kann ich Ihnen irgendwas anbieten? Ich glaube, ich hab noch ein oder zwei Bier im Kühlschrank.«

»Eine Tasse von dem Kaffee, den ich da gerochen habe, wäre nicht schlecht.«

Driver ging in die Küche, füllte zwei Tassen, kehrte damit zurück.

»Komischer Ort zum Leben«, sagte sie.

»L.A.?«

»Ich meine das hier.«

»Vermutlich.«

»Der Typ unter mir linst immer aus der Tür, wenn ich reinkomme. Die im Apartment neben mir haben rund um die Uhr den Fernseher laufen. Irgendeinen spanischen Sender. Salsa, Seifenopern, in denen die eine Hälfte umgelegt wird und die andere am laufenden Band schreit, dazu beschissene Comedy-Sendungen mit fetten Männern in rosa Anzügen.«

»Ich sehe schon, Sie leben sich ein.«

Sie lachte. Sie saßen da, tranken ruhig ihren Kaffee, plauderten über nichts Bestimmtes. Driver hatte noch nie ein Händchen für Smalltalk gehabt, sah auch keinen Sinn darin. Auch hatte er keine besondere Antenne dafür, was andere empfanden. Jetzt aber merkte er, dass er offen über seine Eltern redete, und bei seiner Gesprächspartnerin spürte er einen tiefen Schmerz, der womöglich nie nachlassen würde.

»Danke für den Kaffee«, sagte sie schließlich. »War nett, mit Ihnen zu plaudern. Aber ich muss jetzt ins Bett.«

»Man wird älter.«

Sie gingen zur Tür. Die lange, schmale Hand tauchte wieder auf, und er ergriff sie.

»Ich wohne in 2-G. Arbeite nachts, bin also den ganzen Tag über zu Hause. Vielleicht kommen Sie mal vorbei.«

Sie zögerte, und als er nichts sagte, drehte sie sich um und ging den Flur hinunter. Wunderbare Hüften, toller Hintern in dieser Jeans. Sie wurde mit zunehmender Entfernung immer kleiner. Und nahm diesen Schmerz und diese Traurigkeit, die sie umgaben, mit sich.

SECHS

Bei seinem zweiten Fahrer-Job ging alles schief, was schiefgehen konnte. Die Typen hatten sich als Profis ausgegeben. Waren sie aber nicht.

Die Gans, die ausgenommen werden sollte, war eine Pfandleihe Richtung Santa Monica, in der Nähe des Flughafens, neben ein paar Gebäuden, die Erinnerungen an altmodische Computer-Lochkarten weckten. Der Laden sah nach nichts weiter aus, wenn man durch den Vordereingang hereinkam, die übliche Ansammlung von Akkordeons, Fahrrädern, Stereoanlagen, Schmuck und billigem Ramsch. Das richtig gute Zeug wanderte durch den Hintereingang rein und raus. Was an diesem Hintereingang umgesetzt wurde, lagerte in einem Safe, der so alt war, dass schon

Doc Holliday seine zahnärztlichen Instrumente darin aufbewahrt haben könnte.

Sie brauchten weder Akkordeons noch Schmuck. Anders war es mit dem Geld im Safe.

Er fuhr einen Ford Galaxie. Schon vom Band hatte die Karre mehr Power, als es vernünftig oder nötig war, und er war unter der Haube noch mal sorgfältig ans Werk gegangen. Aus einer nahe gelegenen Gasse beobachtete er, wie seine Auftraggeber, von denen er zwei für Brüder hielt, auf die Pfandleihe zumarschierten. Minuten später hörte er die Schüsse, wie Peitschenschläge. *Eins. Zwei. Drei.* Dann hörte es sich an, als würde aus Kanonenrohren gefeuert, und irgendwo flog ein Fenster aus dem Rahmen. Als er spürte, wie hinter ihm etwas in den Wagen krachte, fuhr er los, ohne sich auch nur einmal umzudrehen. Ein halbes Dutzend Blocks weiter hängten sich Cops an seine Stoßstange, zuerst zwei Streifenwagen, dann drei, aber sie hatten nicht die geringste Chance gegen den Galaxie, zumal auf der Route, die er ausgearbeitet hatte – von seinen Fahrkünsten mal ganz zu schweigen. Schon bald hatte er sie abgeschüttelt. Als alles vorbei war, entdeckte er, dass er nur mit zwei seiner drei Auftraggeber entkommen war.

»Das Arschloch hat 'ne Schrotflinte auf uns gerichtet, kannst du dir so was vorstellen? Eine gottverdammte Schrotflinte!«

Sie hatten einen der mutmaßlichen Brüder zurückgelassen, erschossen oder auf dem Boden der Pfandleihe im Sterben liegend.

Außerdem hatten sie das beschissene Geld zurückgelassen.

SIEBEN

Er sollte das Geld eigentlich gar nicht haben. Er sollte eigentlich überhaupt nichts mit der Sache zu tun haben. Er sollte jetzt verdammt noch mal wieder bei der Arbeit sein und halsbrecherische Kurven fahren. Bei seinem Agenten Jimmie hingen wahrscheinlich die Anrufer schon in der Warteschleife. Ganz zu schweigen von dem Dreh, bei dem er jetzt gerade fahren sollte. Die Einstellungen ergaben für ihn nicht viel Sinn, aber das war meistens so. Drehbücher bekam er nie zu sehen; wie ein Studiomusiker sorgte er quasi für die Akkordbegleitung. Er vermutete, die Einstellungen würden für das Publikum auch nicht viel mehr Sinn ergeben, sollte es jemals anfangen, darüber nachzudenken. Aber die Produzenten hatten jede Menge Ideen. Er musste dabei nichts anderes tun als auftauchen, sein Ding machen, den Stunt durchziehen – »das Produkt liefern«, wie Jimmie sich ausdrückte. Und genau das machte er. In hervorragender Qualität.

Dieser Italo-Typ mit den vielen Stirnfalten und Warzen war der Hauptdarsteller des Films. Driver ging nicht oft ins Kino und konnte sich nie richtig seinen Namen merken, aber er hatte früher schon einige Male mit ihm gearbeitet. Er hatte immer seine eigene Kaffeemaschine dabei, pfiff sich den ganzen Tag Espressos rein wie andere Leute Hustenbonbons. Manchmal tauchte seine Mutter auf, die dann überall herumgeführt wurde wie eine Königin.

Seine Arbeit am Set war, was er jetzt eigentlich tun sollte.

Aber er war hier.

Das Ding war für neun Uhr an diesem Morgen angesetzt gewesen, unmittelbar nach Ladenöffnung. Schien jetzt schon eine Ewigkeit her zu sein. Sie waren zu viert. Cook, der die Sache eingefädelt hatte, der Chef. Außerdem ein wandelnder Muskelberg aus Houston namens Dave Strong. War angeblich mal Ranger gewesen, und natürlich Kriegsveteran. Dazu das Mädchen, Blanche. Und er als Fahrer, klar. Um Mitternacht hatten sie L. A. verlassen. Ziemlich einfacher Plan: Blanche würde reingehen und alles vorbereiten, für Ablenkung sorgen, bis Cook und Strong dazukamen.

Drei Tage vorher hatte Driver das Auto besorgt. Er suchte sich den Wagen immer selbst aus. Die Autos durften nicht gestohlen sein, das war normalerweise gleich der erste Fehler, von Profis ebenso wie von Amateuren. Stattdessen kaufte er sie bei kleinen Händlern. Immer Karren, die nicht weiter auffielen. Gleichzeitig wollte er aber welche, die sich bei Bedarf auf den Hinterreifen aufbäumen und richtig Gummi geben konnten. Er bevorzugte ältere Buicks, mittlere Baureihe, in Braun- oder Grautönen, war da aber durchaus offen. Diesmal fand er einen zehn Jahre alten Dodge. Man konnte die Karre in einen Panzer krachen lassen, und nichts würde passieren. Schmeiß einen Amboss auf die Kiste, das Ding prallt ab. Aber wenn er den Motor anließ, dann war es, als ob dieses Schätzchen sich räusperte, um etwas zu sagen.

»Gibt's auch 'ne Rückbank dafür?«, fragte er den Verkäufer, der auf die Probefahrt mitgekommen war. Man musste das Auto nicht treten, man konnte es einfach laufen lassen und sehen, wohin es einen brachte. Spüren, wie es in die Kurve ging, ob es im Mittelbereich stabil blieb, wenn man beschleunigte, bremste, fliegend die Spuren wechselte. Aber vor allen Dingen: seinem Klang lauschen. Als Erstes hatte er das Radio ausgeschaltet. Dann musste er den Verkäufer mehrere Male zum Schweigen bringen. Das Getriebe hatte für seinen Geschmack etwas zu viel Spiel. Die Kupplung musste ein wenig nachgestellt werden. Und die Kiste zog nach rechts. Davon abgesehen war sie ungefähr so perfekt, wie er es erwarten konnte. Wieder auf dem Grundstück des Händlers, kroch er drunter, um sich zu vergewissern, dass das Fahrwerk nicht verzogen, Achsen und Querträger in gutem Zustand waren. Dann erkundigte er sich nach der Rückbank.

»Wir besorgen Ihnen eine.«

Er bezahlte den Mann in bar und brachte den Wagen in eine von mehreren Werkstätten, mit denen er zusammenarbeitete. Sie würden sich die Karre vornehmen, ihr neue

Socken, Keilriemen, Schläuche und einen Ölwechsel verpassen, sie abschmieren, neu einstellen und dann an einem Ort lagern, wo sie von der Bildfläche war, bis er sie für den Job abholte.

Am nächsten Tag musste er um sechs Uhr morgens zum Dreh, was in Hollywood bedeutete, gegen acht aufzukreuzen. Der Chef der Second Unit wollte die Aufnahme schnell durchziehen (warum auch nicht, schließlich wurde er genau dafür bezahlt), aber Driver bestand auf einem Probelauf. Die Karre, die sie ihm gaben, war ein weiß-blauer 58er Chevy. Sah erste Sahne aus, fuhr sich aber wie die letzte Gurke. Beim ersten Versuch verfehlte er die letzte Markierung um einen halben Meter.

»Passt schon«, sagte der Chef der Second Unit.

»Passt nicht«, antwortete Driver.

»O Mann«, konterte Second Unit, »um was geht's hier schon? Um neunzig Sekunden in einem Film, der zwei Stunden dauert? Das war doch super!«

»Gibt jede Menge andere Fahrer da draußen«, antwortete Driver. »Häng dich an die Strippe.«

Beim zweiten Mal lief's wie Butter. Driver ließ sich etwas mehr Zeit, um das richtige Tempo zu erreichen, nahm die Rampe, um auf zwei Rädern durch die Gasse zu segeln, dann wieder runter auf alle vier und eine Rockford-Wende, damit die Schnauze wieder in die Richtung zeigte, aus der er gekommen war. Die Rampe würde später beim Schnitt rausfliegen, und die Gasse würde erheblich länger aussehen, als sie tatsächlich war.

Die Crew applaudierte.

Für diesen Tag war noch eine weitere Szene angesetzt, eine simple Fahrt im Gegenverkehr auf einer Interstate. Als die Crew endlich alles aufgebaut hatte, immer der komplizierteste Teil, war es schon fast zwei Uhr nachmittags. Driver kriegte es gleich beim ersten Anlauf hin. 14.23 Uhr, und der Rest des Tages gehörte ihm.

Er zog sich auf dem Pico ein Double Feature mit zwei

mexikanischen Filmen rein, genehmigte sich ein paar Bierchen in einer Kneipe in der Nähe, machte Smalltalk mit dem Typen auf dem Barhocker neben ihm und ging dann zum Abendessen in das salvadorianische Restaurant ein Stück die Straße rauf: Reis mit Shrimps und Huhn, fette Tortillas mit diesem unschlagbaren Bohnendip, Gurkenscheiben, Rettich und Tomaten.

Zu diesem Zeitpunkt hatte er den größten Teil des Abends hinter sich gebracht, was ziemlich genau das war, worauf er für gewöhnlich aus war, wenn er nicht gerade einen Job zu erledigen hatte. Doch selbst nach einem Bad und einem halben Glas Scotch konnte er nicht einschlafen.

Jetzt wusste er, da war etwas, dem er mehr Beachtung hätte schenken müssen.

Das Leben schickt uns ständig Botschaften – und sieht dann gemütlich zu und lacht sich einen darüber ab, dass wir unfähig sind, aus ihnen schlau zu werden.

Also schaute er um drei Uhr morgens aus dem Fenster zu der Laderampe auf der anderen Straßenseite hinüber und dachte, das kann niemals sauber sein, wie die Jungs da drüben Zeug aus dem Lager schleppen und in den verschiedenen Lastern verstauen. Sonst rührte sich dort absolut nichts, kein Vorarbeiter in Sicht, kein Licht, und sie bewegten sich in einem ordentlichen Tempo, völlig untypisch für gewerkschaftlich organisierte Arbeiter.

Er dachte kurz daran, die Polizei anzurufen und zuzusehen, wie es sich dann weiter entwickelte, wie etwas mehr Spannung in die Geschichte kam. Er tat es dann aber doch nicht.

Gegen fünf zog er Jeans und ein altes Sweatshirt an und ging im Greek's frühstücken.

Wenn bei einem Job etwas schiefläuft, fängt es manchmal so unauffällig an, dass man es zuerst gar nicht mitbekommt. Wie bei dieser Sache.

Während Driver in dem Dodge saß und tat, als wäre er

in eine Zeitung vertieft, beobachtete er, wie die anderen hineingingen. Vor der Tür hatte eine kleine Schlange gewartet, fünf oder sechs Leute. Er konnte sie alle durch die Jalousien sehen.

Blanche plauderte mit dem Sicherheitsmann direkt hinter der Tür, strich sich immer wieder das Haar aus dem Gesicht. Die beiden anderen schauten sich um, sie waren kurz davor, ihre Kanonen zu ziehen. Noch lächelten alle.

Außerdem beobachtete Driver:

einen alten Mann, der genau gegenüber auf der anderen Straßenseite auf einer niedrigen Ziegelmauer kauerte, die Knie angezogen wie ein Grashüpfer, und verzweifelt versuchte, zu Atem zu kommen;

zwei Kids, ungefähr zwölf Jahre alt, die auf Skateboards den Bürgersteig hinunterfegten;

das übliche Rudel Angestellte in Business-Anzügen und -Kostümen, die auf dem Weg zur Arbeit ihre Aktentaschen fest umklammerten und schon jetzt müde aussahen;

eine attraktive, gut gekleidete Frau um die vierzig mit einem Boxer an der Leine, dem links und rechts klebriger Sabber von den Lefzen hing;

einen muskulösen Latino, der ein Stück den Block runter von seinem in zweiter Reihe geparkten Pick-up Gemüsekisten in ein arabisches Restaurant schleppte;

und er registrierte einen Chevy in der engen Gasse drei Häuser weiter.

Driver stockte. Es war, als blickte er in einen Spiegel. Das Auto stand dort, der Fahrer saß hinter dem Steuer, und seine Augen wanderten von rechts nach links, von oben nach unten. Passte überhaupt nicht hierher. Es gab auch nicht den geringsten Grund dafür, dass dieser Wagen stand, wo er stand.

Dann erregte eine Bewegung im Inneren des Ladens Drivers Aufmerksamkeit – alles passierte sehr schnell, er fügte die einzelnen Steinchen erst später zusammen –, und er sah, wie Strong, der Mann für die Rückendeckung, sich zu Blanche umdrehte, wie seine Lippen sich bewegten. Sah ihn fallen, während sie zog und schoss, bevor auch sie zu Boden ging, als hätte sie selbst einen Schuss abbekommen. Cook, der Kerl, der alles eingefädelt hatte, begann, in ihre Richtung zu schießen.

Was zum Teufel ... dachte er, als Blanche auch schon mit der Tasche voller Geld herausgerannt kam und sie auf den neuen Rücksitz warf.

»Fahr los!«

Und er fuhr los, mit einer Bremse-Gas-Kombi setzte er sich zwischen einen FedEx-Laster und einen Volvo mit einem Dutzend Puppen auf dem Armaturenbrett und dem Nummernschild *Urthship2*. Driver war nicht überrascht, als sich der Chevy hinter ihn klemmte, während Urthship2 eine Bruchlandung in die Auslagekästen eines Buch- und Schallplattenantiquariats hinlegte.

Die Luft würde dünn sein dort für Urthship2, die Eingeborenen der Neuen Welt waren höchstwahrscheinlich feindlich gesinnt.

Der Chevy blieb ziemlich lange hinter ihnen – so gut war der Typ –, während Blanche neben ihm händeweise Geld aus der Sporttasche baggerte, den Kopf schüttelte und immer wieder sagte: »Scheiße! Oh Scheiße!«

Die Vororte waren ihre Rettung, genau wie sie so viele andere vor dem vernichtenden Einfluss der Stadt retteten. Auf dem Weg in das Viertel, das er zuvor ausgekundschaftet hatte, raste Driver über eine ruhige Wohnstraße, trat einmal kurz auf die Bremse, noch mal und dann noch mal. Mit sicheren vierzig Sachen erreichte er die Radarfalle. Da der Typ im Chevy die Gegend nicht kannte und sie nicht verlieren wollte, kam er mit hohem Tempo angerast. Driver beobachtete im Rückspiegel, wie Cops den Wagen rechts rauswinkten. Ein Streifenwagen setzte sich schräg hinter ihn, ein Motorrad-Cop vor ihn. Die Jungs würden diese Geschichte auf dem Revier noch wochenlang erzählen.

»Scheiße«, sagte Blanche neben ihm. »Hier ist erheblich mehr Geld drin, als eigentlich drin sein sollte. Gut und gern eine Viertelmillion. Oh, Scheiße!«

ACHT

Als Jugendlicher und noch neu in der Stadt hatte er sich bei den Studios herumgetrieben. Genau wie eine Menge anderer auch, alle möglichen Typen jeden Alters. Aber er interessierte sich weder für die Stars in ihren dicken Limousinen noch für die Nebendarsteller, die in Mercedes und BMWs eintrafen. Ihn reizten vielmehr die Burschen, die auf Harleys oder mit aufgemotzten Pick-ups anrauschten. Wie immer blieb er still, hielt sich zurück, sperrte die Ohren auf. So unauffällig wie ein Schatten. Es dauerte nicht lange und er hörte von einer Bar in einem der miesesten Teile von Hollywood, die regelmäßig von diesen Typen besucht wurde, also fing er an, dort herumzulungern. Irgendwann in der zweiten Woche, gegen zwei oder drei Uhr nachmittags, schaute er auf und sah, wie Shannon ans eine Ende der Theke trat. Der Barkeeper begrüßte ihn mit Namen und hatte ihm bereits ein Bier und einen Kurzen hingestellt, noch bevor er sich hinsetzte.

Shannon hatte auch einen Vornamen, aber den benutzte kein Mensch. Er wurde im Abspann genannt, ziemlich weit hinten, und das war's dann auch schon. Shannon stammte von irgendwo im Süden, aus den Bergen, sagten alle. Die irische Abstammung schimmerte wie bei so vielen dieser Leute aus den Bergen in seinen Gesichtszügen durch, in seinem Teint und seiner Stimme. Aber vor allen Dingen sah er aus wie ein typischer Redneck aus Alabama.

Er war der beste Stuntfahrer der Branche.

»Immer weiter so«, sagte Shannon zum Barkeeper.

»Brauchst du mir nicht zu sagen.«

Er hatte bereits drei Krüge geleert und ebenso viele

Bourbons, bis Driver genug Mut zusammengekratzt hatte, ihn anzusprechen. Shannon ließ die Hand mit dem Glas mitten in der Bewegung erstarren, als Driver neben ihm stand. »Kann ich dir irgendwie helfen, Junge?«

Ein Junge, unwesentlich älter (dachte Shannon) als all die anderen, die jetzt in Bussen, Autos und Limousinen von der Schule nach Hause strömten.

»Ich dachte, vielleicht kann ich Sie auf ein Glas einladen. Oder zwei.«

»Dachtest du, ja?« Er machte weiter, leerte das Glas, stellte es behutsam wieder auf die Theke. »Du hast fast keine Sohlen mehr unter den Schuhen. Deine Klamotten sehen auch nicht viel besser aus, und ich wette, in dem Rucksack da steckt so ziemlich alles, was du besitzt. Scheint auch schon 'ne Weile her zu sein, dass du mit Wasser in Berührung gekommen bist. Außerdem hast du wahrscheinlich schon seit ein, zwei Tagen nichts mehr gegessen. Lieg ich damit ungefähr richtig?«

»Jawohl, Sir.«

»Aber du willst mich auf einen Drink einladen.«

»Jawohl, Sir.«

»Du wirst hier in L. A. blendend klarkommen«, sagte Shannon und leerte in großen Schlucken ein Drittel seines Biers. Dann winkte er dem Barkeeper, der sofort kam.

»Gib dem jungen Mann hier, was immer er trinken will, Eddie. Und lass aus der Küche einen Burger mit Fritten und Krautsalat kommen.«

»Geht klar.« Danny kritzelte die Bestellung auf einen Block, riss das oberste Blatt ab und klemmte es mit einer hölzernen Wäscheklammer an einen Metallring, den er dann Richtung Küche schob. Von dort griff eine Hand danach. Driver sagte, ein Bier wäre in Ordnung.

»Was willst du von mir, Junge?«

»Ich heiße …«

»So schwer es dir vielleicht fällt, mir das zu glauben, aber es ist mir scheißegal, wie du heißt.«

»Ich komme aus ...«

»Das interessiert mich noch viel weniger.«

»Das macht's nicht leichter.«

»Leicht ist es nie.«

Wenig später kam Danny mit dem Essen; in Läden wie diesem dauerte es nie sehr lange. Er stellte den Teller vor Shannon, der mit dem Kopf auf Driver deutete.

»Für den Jungen. Ich wiederum könnte zwei weitere Soldaten vertragen.«

Der Teller wurde vor ihn hingeschoben, und Driver langte zu. Er bedankte sich bei beiden. Der Burger war fettgetränkt, die Fritten außen knusprig und innen schön fest, der Krautsalat sahnig und süß. Shannon widmete sich diesmal erst ausgiebig seinem Bier, während der Schnaps geduldig wartete.

»Seit wann bist du schon hier draußen, Junge?«

»Fast einen Monat, schätz ich. Man verliert das leicht aus dem Blick.«

»Ist das die erste anständige Mahlzeit in dieser ganzen Zeit?«

»Am Anfang hatte ich ein bisschen Geld. Hat aber nicht lange gereicht.«

»Das tut's nie. In dieser Stadt noch weniger als anderswo.« Er genehmigte sich einen bedächtigen Schluck Bourbon. »Morgen, übermorgen, da wirst du wieder genauso hungrig sein wie vor zehn Minuten. Was machst du dann? Klaust du dann auf dem Sunset Boulevard Touristen die paar Dollar, die sie bei sich haben, oder Reiseschecks, die du sowieso nicht einlösen kannst? Überfällst du vielleicht ein paar kleine Läden? Für so was haben wir Berufsverbrecher.«

»Ich kann gut mit Autos umgehen.«

»Na, da haben wir's ja. Ein guter Mechaniker findet überall und jederzeit einen Job.«

Ganz falsch sei das nicht, erwiderte Driver. Er war unter der Haube fast genauso gut wie hinter dem Steuer. Aber was er wirklich am besten konnte, was er besser machte als so ziemlich jeder andere, das war fahren.

Nachdem er seinen Whiskey geleert hatte, lachte Shannon.

»Verdammt lange her, seit ich mich das letzte Mal daran erinnert habe, was für ein Gefühl das war«, sagte er. »So von sich selbst überzeugt zu sein, vor Selbstvertrauen nur so zu strotzen. Man denkt, man kann die ganze Welt in die Tasche stecken. Bist du wirklich so von dir überzeugt, Junge?«

Driver nickte.

»Gut. Wenn du hier irgendwie überleben willst, wenn du vorhast, hier nicht gefressen zu werden, dann solltest du das zum Teufel noch mal auch sein.«

Shannon trank sein Bier aus, bezahlte die Rechnung und fragte Driver, ob er Lust hätte mitzukommen. Shannon machte sich an das Sixpack, das er bei Eddie gekauft hatte, und sie fuhren ungefähr eine halbe Stunde, bevor Shannon den Camaro langsam über eine niedrige Böschung und weiter einen Hang hinunter in die Abwasserkanäle steuerte.

Driver schaute sich um. Eine Landschaft, die im Grunde gar nicht so anders war als die Wüste von Sonora, wo er sich in Mr Smith' uraltem Ford-Truck das Fahren beigebracht hatte. Kahles Flachland, durchzogen von Kanälen, eine Ansammlung von Einkaufswagen, Mülltonnen, Autoreifen und kleinen Gerätschaften. Das erinnerte doch an die vereinzelten Kandelaberkakteen, das Gestrüpp und die Chollakakteen, um die herum zu manövrieren er damals gelernt hatte.

Shannon hielt an und stieg aus dem Wagen, er ließ den Motor laufen. Die letzten beiden Bierdosen hingen im Plastiknetz, das er in seiner Hand hielt.

»Hier ist deine Chance, Junge. Zeig mir, was du draufhast.«

Und das machte er dann.

Nachher gingen sie in einem mexikanischen Lokal auf dem Sepulveda essen, das so groß war wie ein Güterwaggon und wo alle, Kellnerin, Küchenhilfe und Koch, aus derselben Familie zu kommen schienen. Alle kannten Shannon, und er sprach mit ihnen in perfektem Spanisch. Driver und Shannon tranken zunächst ein paar Scotch, aßen dann Chips mit Salsa, eine höllisch scharfe Brühe, dazu grüne Enchiladas. Am Ende der Mahlzeit war Driver ziemlich bedient.

Am Morgen wachte er auf Shannons Couch auf, wo er auch die nächsten vier Monate schlafen sollte. Zwei Tage später hatte er seinen ersten Job, eine recht durchschnittliche Verfolgungsjagd in einem drittklassigen Thriller. Laut Drehbuch sollte er in eine Kurve rasen und kurz auf zwei Rädern fahren – simples Zeug. Doch gerade als er die Kurve erreichte, sah Driver, was da noch in der Szene steckte. Er zog dichter an die Wand heran und streifte mit den in der Luft befindlichen Reifen die Wand. Es sah aus, als hätte er den Boden verlassen und fahre vertikal.

»Heilige Scheiße!«, rief der Second-Unit-Regisseur dem Kameramann zu. »Lass laufen, lass bloß laufen!«

Der Grundstein für seinen Ruf war gelegt.

Shannon stand im Schatten eines der Trailer und lächelte. Das ist mein Junge, dachte er. Er arbeitete bei einer großen Produktion vier Sets weiter und war in einer Pause kurz vorbeigekommen, um zu sehen, wie Driver sich machte.

Er machte sich gut. Er machte sich auch zehn Monate später noch gut, als bei einem absoluten Routinejob, einem Stunt, wie Shannon ihn schon hundertmal gemacht hatte, sein Wagen über den Rand eines Canyons geriet und vor laufenden Kameras einhundert Meter in die Tiefe stürzte, sich zweimal überschlug und wie ein Käfer auf dem Dach wippend liegen blieb.

NEUN

»Ich lauf kurz rüber und besorg was zu essen«, sagte Blanche. »Ich hab da drüben einen Pizza Hut gesehen. Bin total ausgehungert. Salami und extra Käse?«

»Klar«, antwortete er, neben der Tür vor einem dieser Panoramafenster mit Aluminiumschieberahmen stehend, die es in allen Motels dieser Welt zu geben schien. Die linke untere Ecke war aus dem Rahmen gesprungen, und er spürte von draußen warme Luft hereinziehen. Sie befanden sich in einem nach vorne liegenden Zimmer im ersten Stock. Balkon, Treppe und ungefähr zwanzig Meter Parkplatz bis zum Highway. Das Motel selbst hatte drei voneinander getrennte Ausfahrten. Eine Zufahrt auf den Highway zweigte von der Kreuzung hinter dem Parkplatz ab. Eine weitere lag ein Stück die Straße hinauf.

Als Allererstes, egal, ob in einem Zimmer, einer Wohnung, einer Bar oder einem Restaurant, checkt man die Fluchtwege und prägt sie sich ein.

Einige Zeit zuvor, müde von viel zu vielen Stunden im Auto, hatten sie sich einen Film im Fernsehen angesehen, eine in Mexiko spielende Komödie mit einem Schauspieler, der ungefähr drei Tage lang eine große Nummer gewesen war, bevor er im Drogensumpf versank und ihm nur noch Gastauftritte in Billigproduktionen wie dieser und der klägliche, schnell verblassende Ruhm von Schlagzeilen in der Boulevardpresse blieben.

Driver staunte über die Macht kollektiver Träume. Alles war den Bach runtergegangen, sie waren auf der Flucht, und was taten sie? Saßen herum und sahen sich einen Film an. Bei ein paar Verfolgungsszenen hätte Driver schwören können, dass Shannon hinter dem Steuer saß. Zwar konnte er ihn nie sehen. Aber es war ganz klar sein Stil.

Es muss an Blanche liegen, dachte Driver am Fenster, dass dieser Chevy da unten auf dem Parkplatz steht.

Sie hatte eine Bürste aus ihrer Handtasche genommen und ging ins Bad.

Er hörte sie sagen: »Was ...«

Dann das dumpfe Krachen der Schrotflinte.

Driver stürmte an Blanche vorbei, sah den Mann im Fenster, rutschte im Blut aus und krachte gegen die Duschkabine. Die Glastür zersplitterte und schlitzte ihm den Arm auf. Der Mann versuchte noch immer verzweifelt, sich zu befreien. Doch jetzt hob er wieder die Flinte und richtete sie auf Driver, der ohne nachzudenken eine Glasscherbe aufhob und warf. Sie erwischte den Mann voll an der Stirn. Rosa Fleisch blühte auf, Blut strömte in die Augen des Mannes, und er ließ die Schrotflinte fallen. Driver sah das Rasiermesser neben dem Waschbecken liegen. Er benutzte es.

Der andere tat derweil sein Bestes, die Tür einzutreten. Das hatte Driver schon die ganze Zeit gehört, ohne zu begreifen, was es war, dieses dumpfe, krachende Geräusch. Er brach genau in dem Augenblick durch, als Driver in das Zimmer zurückkehrte – gerade rechtzeitig für die zweite Ladung der Schrotflinte. Das Ding war etwa fünfzig Zentimeter lang und hatte einen mordsmäßigen Rückschlag, gar nicht gut für seinen ohnehin verletzten Arm. Driver sah Fleisch und Muskeln und Knochen.

Aber nicht, dass er sich beklagte.

In einem Motel am nördlichen Stadtrand von Phoenix saß Driver mit dem Rücken an die Zimmerwand gelehnt und schaute zu, wie das Blut sich langsam in seine Richtung ausbreitete. Von der Interstate drang Verkehrslärm herüber. Im Zimmer nebenan weinte jemand. Er wurde sich bewusst, dass er den Atem angehalten hatte, während er auf Sirenen lauschte, auf die Geräusche von Menschen, die sich unten auf dem Parkplatz versammelten, auf hektische Schritte vor der Tür, und er sog tief die Luft des Zimmers ein, die jetzt voll war mit dem Gestank von Blut, Urin, Kot und Angst.

Neonlicht fiel auf die Haut des großen, bleichen Mannes neben der Tür.

Aus dem Bad hörte er das Tropfen des Badewannenhahns.

Er hörte noch etwas anderes, ein scharrendes, tastendes Geräusch. Begriff schließlich, dass es sein eigener Arm war, der zuckte, seine Knöchel, die auf den Boden klopften, seine Finger, die scharrten, wenn die Hand sich zusammenzog.

Der Arm hing einfach nur da, losgelöst von ihm, wie ein vergessener Schuh. Als Driver ihm befahl, sich zu bewegen, passierte nichts.

Mach dir darüber später Gedanken.

Er blickte wieder zur offenen Zimmertür. Vielleicht war's das, dachte Driver. Vielleicht kommt keiner mehr, vielleicht ist es vorbei. Vielleicht sind, vorläufig, drei Leichen genug.

ZEHN

Nach vier Monaten bei Shannon hatte er genug Geld zurückgelegt, um eine eigene Wohnung zu beziehen, in einem Wohnblock in East Hollywood. Der Scheck, den Driver für Kaution und Miete ausstellte, war der erste seines Lebens und einer der letzten. Schon bald lernte er, ausschließlich mit Bargeld umzugehen, um so wenig Spuren wie möglich zu hinterlassen. »Mein Gott, hier sieht's ja aus wie in einem Film aus den Vierzigern«, kommentierte Shannon seine Wohnung. »In welchem Apartment wohnt denn Philip Marlowe?« Doch wenn man draußen auf dem Balkon saß, hörte man erheblich mehr Spanisch als Englisch.

Er war gerade die Treppe hochgekommen, als die Wohnungstür neben seiner geöffnet wurde und eine Frau in perfektem Englisch, aber mit dem unverkennbar singenden Tonfall von jemandem, dessen Muttersprache Spanisch ist, fragte, ob er vielleicht Hilfe brauche.

Als er sie sah, eine Latina ungefähr seines Alters, rabenschwarze Haare, leuchtende Augen, da wünschte er sich, dass er tatsächlich Hilfe brauchte. Aber was er in den Armen hielt, war so ziemlich alles, was er besaß.

»Wie wär's dann mit einem Bier?«, fragte sie, als er es zugab. »Das hilft, sich von der Schlepperei zu erholen.«

»Klingt nicht schlecht.«

»Gut. Ich heiße Irina. Kommen Sie rüber, wenn Sie so weit sind. Ich lehne die Tür nur an.«

Minuten später betrat er ihre Wohnung, tatsächlich ein Spiegelbild seines eigenen Apartments. Gedämpfte Musik im Dreivierteltakt, er hörte ein Akkordeon heraus und immer wieder das Wort *corazon*. Driver erinnerte sich, wie ein Jazzmusiker einmal behauptet hatte, nichts käme dem Rhythmus des menschlichen Herzens näher als der Walzertakt. Auf einer Couch, identisch mit seiner eigenen, nur erheblich sauberer, saß Irina und sah sich auf einem der spanischsprachigen TV-Kanäle eine Seifenoper an. Telenovelas nannten sie die. Waren der totale Renner.

»Falls Sie eins wollen, Bier steht hier auf dem Tisch.«

»Danke.«

Als er sich neben ihr auf der Couch niederließ, roch er ihr Parfüm, roch die Seife und das Shampoo und den Duft ihres Körpers, zart und gleichzeitig intensiv.

»Neu in der Stadt?«, fragte sie.

»Bin schon ein paar Monate hier. Hab bis jetzt bei einem Freund gewohnt.«

»Woher kommen Sie?«

»Tucson.«

Da er mit den üblichen Bemerkungen über Cowboys gerechnet hatte, war er überrascht, als sie sagte: »Ein paar Onkel von mir leben mit ihren Familien dort. Ich glaube, in South Tucson. Hab sie schon Jahre nicht mehr gesehen.«

»South Tucson, das ist eine Welt für sich.«

»Genau wie L. A., oder?«

Für ihn traf das zu.

Für sie wohl auch.

Oder für dieses Kind, das jetzt verschlafen aus dem Schlafzimmer gewankt kam.

»Ihrer?«, fragte er.

»Ja, die gehören irgendwie zu den Wohnungen dazu. Hier wimmelt's nur so von Kakerlaken und Kindern. Sehen Sie besser mal bei sich unterm Schrank nach.«

Sie stand auf und hob das Kind auf einen Arm.

»Das ist Benicio.«

»Ich bin vier«, sagte der Junge.

»Und sehr störrisch, was das Schlafengehen betrifft.«

»Wie alt bist du?«, fragte Benicio.

»Gute Frage. Kann ich meine Mom anrufen und das mit ihr abklären?«

»Und in der Zwischenzeit«, sagte Irina, »besorgen wir dir in der Küche einen Keks und ein Glas Milch.«

Minuten später kehrten sie zurück.

»Und?«, fragte Benicio.

»Zwanzig, fürchte ich«, antwortete Driver. War er nicht, aber das sagte er, wenn er danach gefragt wurde.

»Ganz schön alt.«

»Tut mir leid. Aber vielleicht können wir trotzdem Freunde werden?«

»Vielleicht.«

»Lebt Ihre Mutter noch?«, erkundigte sich Irina, nachdem sie den Jungen wieder ins Bett gebracht hatte.

Einfacher, es zu verneinen, als die ganze Sache zu erklären.

Sie sagte, es tue ihr leid, und fragte nur Sekunden später, womit er sich seine Brötchen verdiene.

»Sie zuerst.«

»Hier im Gelobten Land? Eine Drei-Sterne-Karriere. Montags bis freitags kellnere ich in einem salvadorianischen Restaurant am Broadway für den Mindestlohn plus Trinkgeld – meist von Leuten, denen es kaum besser geht als mir. An drei Abenden die Woche jobbe ich als Hausmädchen in Brentwood. An den Wochenenden putze ich in Bürogebäuden. Jetzt sind Sie dran.«

»Ich bin beim Film.«

»Na klar.«

»Ich bin Fahrer.«

»Wie, für Limousinen?«

»Ich bin Stuntfahrer.«

»Sie meinen Verfolgungsjagden und so?«

»Genau.«

»Wow. Da verdienen Sie bestimmt gutes Geld.«

»Nicht wirklich. Aber es ist ein fester Job.«

Driver erzählte ihr, wie Shannon ihn unter seine Fittiche genommen hatte, wie er ihm alles beigebracht und die ersten Jobs vermittelt hatte.

»Sie haben Glück, dass Sie so jemanden in Ihrem Leben haben. Hatte ich nie.«

»Was ist mit Benicios Vater?«

»Wir waren ungefähr zehn Minuten verheiratet. Sein Name ist Standard Guzman. Als ich ihn gerade kennengelernt hatte, hab ich ihn gefragt: ›Und, gibt's auch noch irgendwo einen Deluxe Guzman?‹ Er hat mich einfach nur angestarrt und überhaupt nichts kapiert.«

»Was macht er so?«

»In letzter Zeit macht er karitative Arbeit, sorgt dafür, dass Beamte ihre Jobs behalten.«

Driver kam nicht mehr mit. Als sie seinen Gesichtsausdruck bemerkte, fügte sie hinzu: »Er sitzt.«

»Sie meinen, im Gefängnis?«

»Genau das meine ich.«

»Wie lange noch?«

»Nächsten Monat kommt er wieder raus.«

Vor den enormen, nur notdürftig bedeckten Brüsten seiner blonden Assistentin führte im Fernsehen gerade ein stämmiger dunkelhäutiger Typ in einem silbernen Jackett Zauberkunststücke vor. Bälle tauchten auf und verschwanden wieder, Karten wurden gezückt, Tauben flatterten aus Rechauds.

»Er ist ein Dieb – ein Meisterdieb, wie er mir immer wieder versichert. Angefangen hat er mit Wohnungseinbrüchen, als er vierzehn, fünfzehn war, und von da an ging's schnell weiter. Bei einem Banküberfall haben sie ihn erwischt. Zwei Detectives kamen zufällig rein, als er gerade den Tresor ausräumte. Sie wollten ihre Gehaltsschecks einreichen.«

Standard kam tatsächlich im folgenden Monat raus. Und trotz aller Beteuerungen Irinas, dass dies *nicht* passieren würde, auf gar keinen Fall, so wahr ihr Gott helfe, kam er zu ihr zurück. (Was soll ich machen?, sagte sie. Er liebt den Jungen. Wo soll er denn sonst hin?) Inzwischen waren sie und Driver häufig zusammen, was Standard aber nicht im Geringsten störte. An den meisten Abenden, lange nachdem Irina und Benicio zu Bett gegangen waren, saßen Driver und Standard im vorderen Zimmer und sahen fern. Viel von dem guten, alten Zeug, das nur spätnachts lief.

Und so saßen sie einmal an einem Dienstagabend, eigentlich schon Mittwochmorgen, gegen eins da und sahen sich einen Krimi an, *Glass Ceiling,* als er durch Werbung unterbrochen wurde.

»Rina hat mir erzählt, du bist Fahrer. Beim Film?«
»Genau.«
»Musst ziemlich gut sein.«
»Ich komme zurecht.«
»Kein normaler Achtstundentag, hm?«
»Einer der Vorteile.«
»Hast du morgen schon was vor? Also, ich meine, heute?«
»Noch nichts geplant.«

Nachdem Werbespots für Möbelhändler, Bettwäsche, Billigversicherungen, zwanzigteilige Kochtopfsets und Videokassetten großer Momente der amerikanischen Geschichte überstanden waren, ging der Film weiter.

»Ich glaube, ich kann offen zu dir sein«, sagte Standard. Driver nickte.

»Rina vertraut dir, ich schätze, dann kann ich's auch ... Noch ein Bier?«

»Klar.«

Er ging in die Küche und kehrte mit zwei Flaschen zurück. Öffnete eine und reichte sie rüber.

»Du weißt, was ich mache, oder?«

»Mehr oder weniger.«

Er machte auch sein Bier auf und trank einen großen Schluck.

»Okay. Die Sache ist die: Ich hab einen Job laufen, eine Sache, die schon lange in Planung ist. Aber mein Fahrer ist ... na, sagen wir mal, verhindert.«

»So wie der Typ da«, sagte Driver und deutete mit dem Kopf auf den Fernseher, wo gerade ein Verdächtiger verhört wurde. Die Vorderbeine des Stuhls, auf dem er saß, waren gekürzt worden, um es ihm so ungemütlich wie nur möglich zu machen.

»Kann schon sein. Würdest du für ihn einspringen?«

»Fahren?«

»Genau. Wir gehen am frühen Morgen rein. Es ist ...«

Driver hob eine Hand.

»Ich muss es nicht wissen, ich will es nicht wissen. Ich fahre. Mehr mache ich nicht.«

»Ist in Ordnung.«

Drei oder vier Minuten Film, dann wieder Werbespots. Ein Wundergrill für den Herd. Gedenktafeln. Greatest-Hits-Alben.

»Hab ich dir eigentlich schon mal gesagt, wie sehr Rina und Benicio sich auf dich verlassen?«

»Hab ich dir eigentlich schon mal gesagt, was für ein Arschloch du bist?«

»Nee«, antwortete Standard. »Aber ist schon okay, hat schon so ziemlich jeder andere getan.«

Sie lachten beide.

ELF

Bei diesem ersten Job sackte Driver knapp dreitausend ein.
»Steht irgendwas an?«, fragte er Jimmie, seinen Agenten, am nächsten Tag.
»Hab ein paar Eisen im Feuer.«
»Du meinst Vorsprechtermine.«
»Ja.«
»Und dafür zahle ich dir fünfzehn Prozent?«
»Willkommen im Gelobten Land.«
»Einschließlich Heuschrecken und allem Drum und Dran.«
Aber am Ende des Tages hatte er zwei Jobs in der Tasche. Es spricht sich herum, sagte Jimmie. Nicht nur, dass er fahren konnte – die Stadt wimmelte von Leuten, die fahren konnten –, sondern vielmehr, dass er auch da war, wenn man ihn brauchte, nie auf die Uhr schaute, nie Stress machte, immer das Gewünschte lieferte. Sie wissen, dass du ein Profi bist, nicht so ein Arschloch, das sich einen Namen machen will, sagte Jimmie.
Der erste Drehtag war frühestens Anfang nächster Woche, also beschloss Driver, zu einem Kurzbesuch nach Tucson zu fahren. Er hatte seine Mom nicht mehr gesehen, seit man sie vor vielen Jahren aus ihrem Sessel geschält hatte. Damals war er fast noch ein Kind gewesen.
Warum ausgerechnet jetzt? Scheiße, wenn er das wüsste.
Während der Fahrt veränderte sich die Landschaft um ihn herum von Minute zu Minute. Zuerst wichen die planlos angelegten Straßen des Zentrums von L.A. den unüberschaubaren Trabantenstädten der Vororte, dann kam lange Zeit nicht viel mehr als der Highway. Tankstellen, Denny's, Del Tacos, Einkaufszentren, Holzlager. Bäume, Mauern und Zäune. Zu diesem Zeitpunkt hatte Driver den Galaxie für einen alten Chevy in Zahlung gegeben, auf dessen Kühlerhaube Flugzeuge landen konnten und dessen

Rücksitz groß genug war, um eine kleine Familie zu beherbergen.

Zum Frühstück hielt er bei einer Union-76-Raststätte und beobachtete einige Trucker, die in dem für sie reservierten Teil des Lokals vor Tellern mit Steaks und Eiern, Roastbeef, Hackbraten, gegrillten Hühnchen und panierten Schnitzeln saßen. Großartige amerikanische Wegzehrung. Trucker – das war die letzte Verkörperung des unsterblichen amerikanischen Traums absoluter Freiheit. Immer wieder aufsitzen, immer dem Sonnenuntergang entgegen.

Das Gebäude, auf dessen Parkplatz er mit dem Chevy langsam einbog, sah aus wie eine der Bruchbuden, in denen die Sonntagsschule stattgefunden hatte, als er noch ein Kind war. Billigste Bauweise, mattweiße Wände, nackte Betonböden.

»Wen wollen Sie besuchen ...?«

»Sandra Daley.«

Die Frau am Empfang starrte auf ihren Bildschirm. Ihre Finger tanzten flink über eine abgenutzte Tastatur.

»Ich kann sie nicht ... Doch, hier haben wir sie ja. Und Sie sind ...?«

»Ihr Sohn.«

Sie nahm ihr Telefon ab.

»Wenn Sie bitte dort Platz nehmen würden, Sir? Es wird gleich jemand bei Ihnen sein.«

Wenige Minuten später erschien eine junge eurasisch aussehende Frau in gestärktem weißem Kittel und Jeans darunter. Niedrige Holzabsätze klackerten über den Betonboden.

»Sie wollen Mrs Daley besuchen?«

Driver nickte.

»Und Sie sind ihr Sohn?«

Er nickte wieder.

»Verzeihen Sie die Nachfrage. Aber den Unterlagen zufolge hatte Mrs Daley all die Jahre keinen einzigen Besucher. Dürfte ich vielleicht einen Ausweis sehen?«

Driver zeigte ihr seinen Führerschein. Damals hatte er noch einen, der nicht gefälscht war.

Mandelaugen musterten ihn scharf.

»Ich möchte mich nochmals entschuldigen«, sagte sie.

»Kein Problem.«

Die Brauen über ihren Mandelaugen beschrieben nur andeutungsweise einen Bogen und waren ein wenig zerzaust.

»Ich bedaure sehr, Ihnen mitteilen zu müssen, dass Ihre Mutter letzte Woche verstorben ist. Es gab eine ganze Reihe Probleme, aber am Ende ist sie an kongestivem Myokardversagen gestorben. Eine aufmerksame Krankenschwester hat die Auffälligkeiten bemerkt; keine Stunde später hatten wir sie an einen Respirator angeschlossen. Aber da war es bereits zu spät. So ist es leider viel zu oft.«

Sie berührte seine Schulter.

»Es tut mir sehr leid. Wir haben alles in unserer Macht Stehende versucht, um uns mit Ihnen in Verbindung zu setzen. Offenbar waren sämtliche Kontaktdaten, die wir besaßen, schon lange nicht mehr gültig.« Ihr Blick wanderte über sein Gesicht, suchte nach einer Reaktion. »Ich fürchte, nichts von dem, was ich Ihnen sagen kann, ist eine große Hilfe.«

»Ist schon okay, Doktor.«

Ihr entging nicht die leichte Anhebung der Tonhöhe am Satzende, die ihm selbst gar nicht bewusst war.

»Park«, sagte sie. »Doktor Park. Amy.«

Beide drehten sich um, als am Ende des Korridors eine fahrbare Krankentrage in Sicht kam. Wie ein Lastkahn auf einem Fluss. *African Queen*. Eine Krankenschwester war über den Patienten gebeugt und drückte immer wieder auf seinen Brustkorb. »Scheiße!«, fluchte sie. »Ich glaub, ich hab ihm gerade eine Rippe gebrochen.«

»Ich kannte sie kaum. Ich dachte nur ...«

»Ich muss los.«

Auf dem Parkplatz lehnte er sich an den Chevy und

starrte auf die Bergketten, die Tucson umgaben. Die Santa Catalina Mountains im Norden, die Santa Rita Mountains im Süden, die Rincon Mountains im Osten, die Tucson Mountains im Westen. Die ganze Stadt war ein einziger Kompass.

Wie konnte sich hier jemand nur so hoffnungslos verlaufen haben?

ZWÖLF

Der zweite und dritte Job mit Irinas Mann lief gut. Drivers Sporttasche, die auf dem Schrankboden unter Schuhen und Schmutzwäsche lag, wurde immer fetter.

Dann der nächste Job.

Es fing ganz okay an. Alles bestens organisiert, ein guter, klarer Plan. Das Ziel war ein unauffälliger Laden, der das vorzeitige Einlösen von Schecks sowie Vorschüsse auf zukünftige Gehaltszahlungen anbot. Er stand am Ende eines Einkaufszentrums aus den Sechzigern neben einem verlassenen Kino, an dem noch immer Plakate von synchronisierten Science-Fiction-Filmen und ausländischen Krimis mit zweitklassigen amerikanischen Schauspielern in den Glasvitrinen hingen. Auf der anderen Seite war eine Pfandleihe mit so unregelmäßigen Öffnungszeiten, dass sie sich nicht einmal die Mühe machten, diese anzuschlagen. Die eigentlichen Geschäfte liefen am Hintereingang. Der Geruch von Knoblauch, Kreuzkümmel, Koriander und Zitrone von einem Falafel-Imbiss lag über der näheren Umgebung.

Als sie um neun aufmachten, gingen sie rein. Metallgitter wurden hochgeschoben, Türen aufgeschlossen. Die anwesenden Angestellten erhielten nur den gesetzlichen Mindestlohn und hatten nicht die geringste Lust, sich zu wehren. Der Chef kam nie vor zehn oder sogar noch später. Selbst wenn es eine Alarmanlage gegeben hätte, konnte man sich um diese Tageszeit darauf verlassen, dass die Polizei im Rushhour-Verkehr feststeckte.

Unglücklicherweise observierten die Cops die Pfandleihe, und einer von ihnen schaute, zu Tode gelangweilt, zufällig genau in dem Augenblick hinüber, als Standards Crew hineinging. Der Cop war vernarrt in die große, schlanke Latina hinter der Kundentheke.

»Scheiße, Mann!«

»Was ist? Liebt sie dich nicht mehr?«

Er erzählte seinen Kollegen, was er gesehen hatte. »Und was machen wir jetzt?« Mit so etwas hatten sie nicht einmal annähernd gerechnet.

Als ranghöchstem Beamten lag die Entscheidung bei ihm. Er strich mit einer Hand über seinen grauen Bürstenschnitt. »Hängt euch Jungs dieser Job genauso zum Hals raus wie mir?«, fragte er.

Ob es ihnen zum Hals raushing, Scheiße zu fressen? Den lieben langen Tag in ihrem Van gegrillt zu werden? In Flaschen pinkeln zu müssen? Was sollte einem da zum Hals raushängen?

»Alles klar. Scheiß drauf. Schlagen wir zu.«

Driver beobachtete, wie das Kommando aus den Hecktüren des Vans stürmte und zur Pfandleihe hinüberrannte. Da er wusste, dass ihre ganze Aufmerksamkeit jetzt ausschließlich nach vorne gerichtet war, rollte er vorsichtig hinter dem Müllcontainer hervor. Er brauchte nur Sekunden, um bei laufendem Motor aus dem Wagen zu springen und die Reifen des Vans zu zerstechen. Dann fuhr er genau vor den Laden. Es gab Schüsse im Inneren. Drei waren reingegangen. Zwei tauchten wieder auf und warfen sich auf den Rücksitz, während er die Kupplung losließ, Vollgas gab und über den Parkplatz davonschoss. Einer der beiden, die wieder rausgekommen waren, war tödlich verletzt. Keiner von ihnen war Standard.

DREIZEHN

»Du hattest schon mal das Schweinefleisch mit Yucca, richtig?«

»Nur ungefähr zwanzigmal. Schöne Weste! Neu?«

»In jedem steckt ein Komiker.«

Selbst so früh, um kurz vor sechs, war es im Gustavo's gerammelt voll. Manny blinzelte, als Anselmo ihm ein Bier hinschob. Egal, wann er seine Höhle verließ, das Licht war immer viel zu grell.

»Gracias.«

»Wie läuft's mit der Schreiberei?«, fragte Driver.

»He, wir sind alle gleich. Sitzen den ganzen Tag nur auf dem Arsch rum und rutschen auf die Katastrophe zu. Kommt man von der Fahrbahn ab, fängt man eben wieder von vorne an.« Mit wenigen Schlucken leerte er sein Bier. »Genug von dieser Scheiße. Lass uns was Anständiges trinken.« Er zog eine Flasche aus seinem Rucksack. »Ganz neu, aus Argentinien. Ein Malbec.«

Anselmo tauchte mit Weingläsern auf. Manny schenkte ein, schob Driver ein Glas hin. Beide nahmen einen kleinen Schluck.

»Hab ich recht?« Er probierte einen weiteren Schluck. »O ja. Ich hab recht.« Während er sich an das Glas klammerte wie an eine Boje, schaute Manny sich um. »Hast du je gedacht, dass dein Leben so endet? Nicht, dass ich auch nur einen Furz über dein Leben wüsste.«

»Bin nicht sicher, ob ich überhaupt schon mal darüber nachgedacht habe.«

Manny hob sein Weinglas, blickte mit zusammengekniffenen Augen über die dunkle Oberfläche der Flüssigkeit, neigte das Glas, als ob er so die Welt wieder ins Lot bringen wollte.

»Ich sollte einmal der nächste große amerikanische Schriftsteller werden. Gab nicht den geringsten Zweifel daran. Hatte einen ganzen Arsch voll Kurzgeschichten in literarischen Zeitschriften veröffentlicht. Dann erschien mein erster Roman und rutschte einfach über den Rand der Welt. Der zweite hatte nicht mal mehr genug Kraft, um zu schreien, als er seinen Abgang machte. Was ist mit dir?«

»Meistens hab ich einfach versucht, die Zeit von Montag bis Mittwoch zu überstehen. Aus meinem Bett zu kommen, aus dem Zimmer, aus der Stadt.«

»Viel unterwegs, was?«

»Das ist das normale Leben.«

»Ich hasse das normale Leben.«

»Du hasst alles.«

»Sir, ich protestiere aufs Schärfste. Das ist eine üble Verdrehung der Tatsachen. Es mag ja stimmen, dass ich eine große Abscheu hege gegenüber dem politischen System, dem New Yorker Verlagswesen, dem letzten halben Dutzend Präsidenten, jedem einzelnen der in den letzten zehn Jahren gedrehten Filme – ausgenommen die der Coen-Brüder –, außerdem gegen Tageszeitungen, gegen Radiosendungen, in denen der Moderator die Hörer bequatscht, den Sender anzurufen, amerikanische Autos, die Musikindustrie, die neuen Medien, alle gerade angesagten Trends ...«

»Ganz schön lange Liste.«

»... aber daneben besitze ich für viele Dinge im Leben eine geradezu an Verehrung grenzende Wertschätzung. Diese Flasche Wein hier zum Beispiel. Das Wetter in L.A. Oder das Essen, das gleich kommt.« Er füllte ihre Gläser nach. »Und du hast immer noch genug zu tun?«

»Meistens.«

»Gut. Dann ist das Filmgeschäft ja nicht völlig überflüssig. Im Gegensatz zu den meisten Eltern sorgt es wenigstens für seine Kinder.«

»Für manche.«

Erwartungsgemäß war das Essen nachher alles, woran Driver sich erinnerte. Sie machten in einer nahe gelegenen Bar weiter, Bier für Driver, Brandy für Manny. Ein alter

Mann, der nur ein paar Brocken Englisch sprach, kam mit seinem ramponierten Akkordeon herein, setzte sich und spielte Tangos und Lieder seiner Jugend, Lieder über Liebe und Krieg. Die Gäste gaben ihm Drinks aus und ließen Scheine in seinen Instrumentenkoffer fallen, während ihm Tränen über die Wangen liefen.

Gegen neun sprach Manny nur noch undeutlich.

»So viel zu meinem großen Abend in der Stadt. Früher konnte ich die ganze Nacht durchmachen.«

»Ich kann dich nach Hause fahren.«

»Natürlich kannst du.«

»Nur noch eine Sache«, sagte Manny, als sie vor seinem Bungalow hielten. »Nächste Woche muss ich nach New York. Und ich hasse es zu fliegen.«

»Fliegen? Du kannst ja kaum kriechen.«

Nun spürte Driver die Drinks ebenfalls.

»Wie auch immer«, fuhr Manny fort, »ich hab mich gefragt, ob du vielleicht in Erwägung ziehen könntest, mich zu fahren. Ich bezahle erstklassig.«

»Wüsste wirklich nicht, wie ich das hinkriegen sollte. Ich bin für ein paar Stunts gebucht. Aber selbst wenn ich könnte, würde ich dein Geld niemals annehmen.«

Nachdem er sich aus dem Wagen gekämpft hatte, beugte Manny sich zur Seitenscheibe herunter. »Behalt's einfach mal im Hinterkopf, okay?«

»Klar, mach ich. Warum nicht? Geh 'ne Runde schlafen, mein Freund.«

Nach zehn Blocks tauchte in seinem Rückspiegel ein Streifenwagen auf. Sorgfältig darauf achtend, die Geschwindigkeitsbegrenzung einzuhalten und frühzeitig zu blinken, bog Driver bei einem Denny's ab und parkte den Wagen mit der Schnauze zur Straße.

Der Cop fuhr vorbei. Er war allein auf Streife. Die Seitenscheibe heruntergekurbelt, einen Kaffeebecher von 7-Eleven in der Hand, Knistern und Knacken aus dem Funk.

Kaffee klang gut. Wo er schon mal hier war.

VIERZEHN

Von drinnen hörte er das weinerliche Klagen eines tödlich verwundeten Saxofons. Doc hatte Vorstellungen von Musik, die sich von denen der meisten Menschen erheblich unterschieden.

»Lange her«, sagte Driver, als die Tür aufging und dahinter eine Nase wie ein aufgedunsener Champignon und weich pochierte Augen auftauchten.

»Kommt mir vor, als wär's erst gestern gewesen«, antwortete Doc. »Wie alles andere auch. Wenn ich mich überhaupt noch an irgendwas erinnere.«

Dann stand er einfach da. Das Saxofon hinter ihm jammerte weiter. Doc warf einen Blick zurück über seine Schulter, und einen Moment lang dachte Driver, er würde gleich nach hinten brüllen, es sollte die Schnauze halten.

»So spielt heute keiner mehr«, sagte Doc seufzend.

Er schaute nach unten.

»Du tropfst meine Fußmatte voll.«

»Du hast doch gar keine Fußmatte.«

»Nein – aber ich hatte immer eine. Eine richtig schöne. Da sind die Leute sogar auf die Idee gekommen, sie wären hier willkommen.« Ein ersticktes Geräusch – ein Lachen? »Du könntest der Blutmann sein, weißt du das? Wie der Milchmann. Die Leute würden Flaschen vor die Tür stellen, mit einem zusammengerollten Zettel, auf dem all die Sachen stehen, die sie brauchen. Einen Viertelliter Serum, einen halben Liter Vollblut, eine kleine Portion rote Blutkörperchen ... Ich brauch heute kein Blut, Blutmann.«

»Aber ich, und noch erheblich mehr, wenn du mich nicht reinlässt.«

Doc wich einen Schritt zurück, der Türspalt wurde breiter. Der Mann hatte in einer Autowerkstatt gelebt, als er und Driver sich kennenlernten. Jetzt wohnte er immer noch in einer Werkstatt. Allerdings einer größeren – das musste Driver zugeben. Doc hatte sein halbes Leben lang Hollywood mit so gerade eben noch legalen Drogen versorgt, bevor man ihm die Praxis schloss und er nach Arizona zog. Er besaß damals eine Villa oben in den Hills, sagten die Leute, mit so vielen Zimmern, dass niemand, nicht mal Doc selbst, genau wusste, wer dort alles lebte. Bei Partys schlenderten Gäste die Treppe hinauf und wurden dann tagelang nicht mehr gesehen.

»Wie wär's mit einem Schlückchen?«, fragte Doc, als er sich aus einer Zweiliterflasche Bourbon einschenkte.

»Warum nicht.«

Doc reichte ihm ein zur Hälfte gefülltes Glas, das so trüb war, als wäre es mit Vaseline eingeschmiert.

»Cheers«, sagte Driver.

»Der Arm da sieht gar nicht gut aus.«

»Findest du?«

»Wenn du willst, könnte ich ihn mir mal ansehen.«

»Ich hab keinen Termin.«

»Ich schieb dich irgendwo dazwischen.«

Driver merkte, wie Doc ernst wurde.

»Gut, mal wieder nützlich sein zu können.«

Er huschte herum und suchte seine Sachen zusammen. Einige der Instrumente, die er sorgfältig nebeneinander aufreihte, sahen ein wenig unheimlich aus. Während er Driver behutsam die Jacke auszog und mit einer Schere das blutgetränkte Hemd und das klebrige T-Shirt wegschnitt, pfiff Doc unmelodisch vor sich hin und blinzelte.

»Meine Augen sind auch nicht mehr, was sie mal waren.« Seine Hand zitterte, als er sie ausstreckte, um die Wunde mit einer Arterienklemme zu untersuchen. »Aber andererseits, was währt schon ewig?«

Er lächelte.

»Das ruft Erinnerungen wach. Als ich noch auf der Highschool war, hab ich wie besessen *Gray's Anatomy* gelesen. Hab das Scheißding überall mit hingeschleppt, als wär's die Bibel.«

»Bist in die Fußstapfen deines Vaters getreten, was?«

»Wohl kaum. Mein alter Herr war zu sechsundachtzig Prozent Weißbrot und ein hundertprozentiges Arschloch. Hat sein Leben damit verbracht, ganze Zimmer voll Möbel auf Pump an Familien zu verkaufen, von denen er genau wusste, dass sie sich den Plunder nicht leisten konnten. Nur damit er ihnen anschließend das Zeug wieder abnehmen und weiter abkassieren konnte.«

Doc öffnete eine Flasche Betadine, leerte sie in einen Kochtopf, fand ein Paket Baumwollläppchen und warf diese ebenfalls hinein. Dann fischte er eines mit zwei Fingern heraus.

»Meine Mutter war Peruanerin. Wie die zwei sich kennenlernen konnten, habe ich nie kapiert, bei den Kreisen, in denen er verkehrte. Bei sich zu Hause war sie Hebamme und Schamanin gewesen, eine wichtige Persönlichkeit in ihrer Gemeinde. Hier bei uns wurde sie in eine perfekte Ehefrau und Hausfrau verwandelt.«

»Von ihm?«

»Von ihm. Von der Gesellschaft. Von Amerika. Von ihren eigenen Erwartungen. Wer weiß das schon?«

Doc tupfte die Wunde behutsam ab.

Seine Hände zitterten nicht mehr.

»Die Medizin war die große Liebe meines Lebens, die einzige, der ich je nachlief ... Aber, wie du selbst sagst – alles lange her. Ich hoffe nur, ich kann mich noch erinnern, wie's geht.«

Gelbe Zähne zeigten sich in einem breiten Grinsen.

»Entspann dich«, sagte er. Er zog eine billige Schreibtischlampe näher heran. »Ich mach nur Spaß.«

Die Glühbirne der Schreibtischlampe flackerte, ging aus und wieder an, als Doc dagegenklopfte.

Nachdem Doc selbst einen kräftigen Schluck genommen hatte, reichte er Driver die Bourbonflasche.

»Meinst du, die Platte hat einen Sprung?«, fragte Doc. »Hört sich für mich an, als würde sie hängen.«

Driver lauschte. Wie sollte man das wissen? Die gleiche Phrase immer und immer wieder. Irgendwie.

Doc deutete mit dem Kopf auf die Flasche.

»Nimm noch ein paar Schlucke, Junge. Wie's aussieht, wirst du es brauchen. Wir beide. Bist du so weit?«

Nein.

»Ja.«

FÜNFZEHN

Wie immer ging die meiste Zeit für die Organisation drauf. Fünf Stunden Vorbereitung für einen Stunt von anderthalb Minuten. Für die fünf Stunden erhielt Driver das gleiche Geld wie für die anderthalb Minuten. War es ein hochkarätiger Dreh, war er einen Tag vorher da, um den Wagen zu überprüfen und Probe zu fahren. Bei der Billigversion machte er das am Drehtag morgens als Erstes, während alle anderen noch wie die Ameisen durcheinanderrannten und sich sortierten. Anschließend verbrachte er seine Zeit mit Drehbuchschreibern und Nebendarstellern oder machte sich über das Buffet her. Selbst bei einem *richtig kleinen* Film (wie Shannon es nannte) gab's noch genug zu essen, um eine ganze Kleinstadt abzufüttern. Aufschnitt, verschiedene Käsesorten, Obst, Pizza, Kanapees, Hotdogs in Barbecue-Soße, Donuts, Sandwiches, gekochte Eier, Chips mit Salsasoße, Zwiebeldip, Müsli, Säfte und Mineralwasser, Kaffee, Tee, Milch, Energy-Drinks, Kekse, Kuchen.

Heute fuhr er einen Impala, die Szene sah wie folgt aus: Zusammenstoß mit zwei Autos, Bootlegger-Wende, Moonshiner-Wende, gegenseitiges Streifen. Normalerweise würde man so etwas in mehrere Einstellungen aufgliedern, aber der Regisseur wollte versuchen, das Ganze an einem Stück und in Echtzeit in die Kiste zu kriegen.

Driver war auf der Flucht. Als er über einen Hügel kam,

sah er die Straßensperre, zwei Streifenwagen der State Police Schnauze an Schnauze.

Am besten steht man fast, wenn man in einen kleinen Gang runterschaltet. Man kommt von rechts rein, wie beim Bowling, wenn man die Kugel zwischen dem ersten und einem der beiden dahinterstehenden Pins platziert, um einen Strike zu erzielen. Das Gaspedal bis auf den Boden durchtreten. Aufprall mit irgendwas zwischen dreißig und fünfzig Stundenkilometern.

Und es lief erste Sahne. Die beiden Streifenwagen sprangen links und rechts weg, der Impala schoss mit schlitterndem Heck und quietschenden Reifen hindurch. Driver bekam wieder Bodenhaftung und gab Vollgas.

Aber es war noch nicht vorbei. Ein dritter Streifenwagen kam den Hügel heruntergerast. Er hatte die Straße verlassen und rutschte jetzt durch die Bäume, schleuderte Erdbrocken und Grünzeug hoch, setzte mehrmals hart auf und erreichte fünfzig Meter hinter ihm die Straße.

Driver ging sofort vom Gas, bremste auf vierzig, vielleicht fünfzig km/h ab, dann riss er das Steuer eine Vierteldrehung herum. Gleichzeitig zog er die Handbremse und trat auf die Kupplung.

Der Impala drehte sich.

Nach einer Neunzig-Grad-Wende löste er die Handbremse, brachte das Steuer wieder in die Normalposition, gab Gas und ließ die Kupplung kommen.

Jetzt hatte er den entgegenkommenden Wagen genau vor sich.

Er beschleunigte wieder auf fünfzig und riss das Steuer im letzten Moment hart und schnell nach links. Das fassungslose Gesicht des Bullen folgte ihm. Driver schaltete blitzschnell runter, trat aufs Gas, lenkte wieder geradeaus.

Jetzt war er hinter seinem Verfolger.

Driver beschleunigte, brachte den Tacho exakt auf dreißig km/h und erwischte den Streifenwagen wenige Zentimeter rechts neben der linken Heckleuchte. Der Wagen brach aus, Driver fing ihn ab und steuerte ihn von der Straße runter.

Zur allgemeinen Überraschung lief der Stunt gleich beim ersten Mal reibungslos ab. Der Regisseur brüllte »Ja!«, als die beiden aus ihren Wagen stiegen. Vereinzelter Applaus von den Kameramännern, Zuschauern, Assistenten, Bühnenbildnern.

»Saubere Arbeit«, sagte Driver.

Er war schon ein- oder zweimal mit dem Kerl gefahren. Patrick soundso. Rundes irisches Mondgesicht, schlecht operierte Hasenscharte, widerspenstige, strohblonde Haare. Entgegen allen Klischees über Iren ein Mann weniger Worte.

»Ebenfalls«, sagte er.

Das Essen fand an diesem Abend in einem Restaurant draußen in Culver City statt, das Lokal war zum Bersten vollgestellt mit massigen Eichenmöbeln im Missions-Stil, Schutzschilde aus Gips und Blechschwerter hingen an der Wand, dazu rote Teppiche, die Eingangstür erinnerte an Burgtore aus Ritterfilmen. Alles neu und auf alt getrimmt. Holztische und Stühle mit künstlichen Gebrauchsspuren, mit Säure behandelte Deckenbalken, der Betonboden abgeschliffen und sorgfältig mit Rissen versehen. Auf jeden Fall war das Essen vom Feinsten. Man hätte schwören können, in der Küche formten zwei oder drei Generationen Frauen die Tortillas noch von Hand und hockten neben dem offenen Feuer, um Chilischoten und Hühnchen zu braten.

Was wusste er schon, vielleicht war's ja so. Manchmal konnte er sich über so was Gedanken machen.

Zuerst genehmigte Driver sich ein paar Drinks in der Bar. Dort war alles schamlos neu, rostfreier Stahl, poliertes Holz, wie um zu widerlegen, was jenseits der Schwingtür lag. Als er etwa die Hälfte seines ersten Biers getrunken hatte, fand er sich in einer politischen Diskussion mit dem neben ihm sitzenden Mann wieder.

Ohne von der aktuellen Tagespolitik etwas zu wissen, improvisierte Driver. Anscheinend stand das Land am Rande eines Krieges. Wiederholt tauchten Worte wie *Freiheit, Befreiung* und *Demokratie* im Gefasel seines Gesprächspartners auf, was Driver irgendwie an Reklame für Thanksgiving-Truthähne erinnerte. Wie einfach es doch geworden war: Schieb sie einfach in den Ofen, und dann erscheinen diese kleinen Fähnchen, um dich wissen zu lassen, dass der Vogel fertig ist.

Außerdem erinnerte der Kerl Driver an einen Mann aus seiner Kindheit.

Jeden Tag fuhr Sam mit seinem Maultierkarren durchs Viertel und rief: »Sachen zu verkaufen! Sachen zu verkaufen!« Sein Karren war vollgepackt mit Plunder, den kein Mensch brauchte, Kram, den niemand haben wollte. Stühle mit drei Beinen, abgetragene Kleidungsstücke, Lavalampen, Fonduesets und Fischgläser, alte National-Geographic-Hefte. Tag für Tag, Jahr für Jahr. Warum und wieso, das wusste kein Mensch.

»Darf ich mal unterbrechen?«

Driver schaute nach links.

»Einen doppelten Wodka, pur«, sagte Standard zum Barkeeper. Er ging mit seinem Drink zu einem Tisch weiter hinten, bedeutete Driver, ihm zu folgen.

»Hab dich in letzter Zeit kaum gesehen.«

Driver zuckte die Achseln. »Viel Arbeit.«

»Gibt's 'ne Chance, dass du morgen frei bist?«

»Könnte schon sein.«

»Ich hab da was laufen. Einer dieser Läden, die Schecks einlösen. Total abgelegen – von *allem*. Weit und breit überhaupt nichts. Morgen früh, bevor sie aufmachen, wird das Bargeld für die ganze Woche – und fürs Wochenende – angeliefert.«

»Und woher weißt du das?«

»Sagen wir einfach mal, von jemandem, den ich kennengelernt habe. Jemand, der einsam ist. So wie's aussieht, sind wir in höchstens fünf, sechs Minuten wieder draußen. Eine halbe Stunde später sitzt du beim Mittagessen vor einem fetten Prime-Rib-Steak.«

»Okay«, sagte Driver.

»Hast du ein Fahrzeug?«

»Werde eins haben. Die Nacht ist noch jung.« Einerseits mochte er es nicht, so wenig Vorlauf zu haben. Andererseits hatte er schon ein Auge auf einen Buick LeSabre im benachbarten Wohnblock geworfen. Sah nicht besonders aus, aber der Motor schnurrte wie ein Kätzchen.

»Also abgemacht.« Sie vereinbarten eine Uhrzeit und einen Treffpunkt. »Kann ich dich zum Essen einladen?«

»Meinetwegen.«

Beide nahmen Steaks unter einem Berg Zwiebeln, Chilis und Tomaten, dazu schwarze Bohnen, Paprikareis, Weizentortillas. Ein oder zwei Bier zum Essen, anschließend zurück an die Bar. Der Fernseher lief, aber erfreulicherweise ohne Ton. Irgendeine hirnlose Comedy-Sendung, in der Schauspieler mit strahlend weißen Zähnen ihren Text sprachen und erstarrten, wenn das Lachen vom Band kam.

Driver und Standard saßen ruhig zusammen, zwei stolze Männer, die ihre Meinung in der Regel für sich behielten. Für belanglosen Smalltalk bestand bei ihnen weder Grund noch Notwendigkeit.

»Rina hält große Stücke auf dich«, sagte Standard, nachdem er eine letzte Runde bestellt hatte. »Und Benicio liebt dich. Das weißt du, oder?«

»Beides beruht auf Gegenseitigkeit.«

»Wenn irgendein anderer Mann meiner Frau so nahe käme, hätte ich ihm schon längst die Kehle durchgeschnitten.«

»Sie ist nicht deine Frau.«

Die Drinks kamen. Standard bezahlte, gab ein fettes Trinkgeld. Überall Verbindungen, dachte Driver. Er identifiziert sich mit dem Bedienungspersonal, kennt sich aus in ihrer Welt.

»Rina hat immer behauptet, ich erwarte zu wenig vom Leben«, sagte Standard.

»Dann wirst du wenigstens auch nie enttäuscht.«

»So ist es.«

Er stieß mit Driver an, trank, zog wegen der hohen Dosis Alkohol die Lippen zurück.

»Aber sie hat recht. Wie kann ich mehr erwarten als das, was ich vor mir sehe? Wie kann das überhaupt jemand?« Er trank aus. »Schätze, wir sollten jetzt los. Unseren Schönheitsschlaf halten. Wird ein anstrengender Tag morgen.«

Draußen blickte Standard zum Vollmond auf, dann zu einigen Pärchen hinüber, die an der Ecke neben ihren Autos standen, vier oder fünf Kids im Gangsta-Outfit – tief sitzende Hosen, viel zu große Shirts, Kopftücher.

»Nehmen wir an, mir passiert was ...«, sagte er.

»Nehmen wir's an.«

»Meinst du, du könntest dich dann um Irina und Benicio kümmern?«

»Ja, das würde ich tun.«

»Gut.« Inzwischen hatten sie ihre Autos erreicht. Es war gar nicht Standards Art, einem die Hand zu geben. »Wir sehen uns morgen, mein Freund. Pass auf dich auf.«

Sie verabschiedeten sich.

Ein beschwingtes Akkordeon ertönte aus einem der mexikanischen Sender, als Driver seinen Wagen anließ. Zurück zu seiner Wohnung. Eigentlich war keine seiner Wohnungen für Driver je so etwas wie ein Zuhause gewesen, wie lange auch immer er darin gewohnt hatte. Er drehte die Lautstärke hoch.

Fröhliche Musik.

Bevor er losfahren konnte, kamen zwei Feuerwehrwagen mit heulenden Sirenen die Straße heruntergerast, gefolgt von einem uralten, himmelblauen Chevy-Kombi, aus dem fünf oder sechs braune Gesichter nach draußen starrten. Auf dem Dach war ein Hühnerkäfig festgebunden.

Leben.

SECHZEHN

Im Chevy fand er nichts, das ihn irgendwie weitergebracht hätte. Im Grunde nur ein leerer Behälter. So unpersönlich wie ein Kaffeebecher. Es hätte ihn überrascht, wär's anders gewesen.

Hätte er eine Möglichkeit gehabt, das Kennzeichen zu überprüfen – neun zu eins, dass es gefälscht war. Und selbst wenn nicht, es würde ihm nicht mehr sagen, als dass der Wagen gestohlen war.

Okay.

Aber die Karten waren ausgeteilt. Er war am Zug.

Wenn ihre harten Jungs nicht zurückkamen – der Fettsack, der Albino –, würden diejenigen, die sie geschickt hatten, andere hinterherschicken. Zu viele lose Enden peitschten im Wind, es war lediglich eine Frage der Zeit, bis jemand einen Schlag vor den Kopf bekam.

Das war sein Vorteil.

Driver vermutete, es wäre das Beste, den Chevy umzuparken. Ihn irgendwo zu verstecken, wo er schwer, aber nicht zu schwer zu finden war. Dann ganz einfach in der Nähe abwarten.

Also saß Driver zwei Tage lang gegenüber dem Einkaufszentrum, wo er den Chevy geparkt hatte, wobei ihm die ganze Zeit der Arm höllisch wehtat, die sprichwörtlichen Messer ihn wieder und wieder von der Schulter bis zum Handgelenk aufschlitzten, die Geisteraxt über ihm schwebte und bei der kleinsten Bewegung zu fallen drohte. Er zwang sich, den verletzten Arm zu benutzen, etwa den todschicken Kaffee zu halten, den er sich für 3,68 $ an dem Stand direkt hinter dem Osteingang der Mall besorgt hatte. Das hier war Scottsdale, eigentlich schon fast Phoenix, ein nobler Vorort, in dem jede Bevölkerungsgruppe ihr eigenes Territorium besaß. Eigentlich ein Ort, an dem zwischen den Mercedes und BMWs ein Oldtimer wie der Chevy nicht zu deplatziert wirken würde. Driver hatte ihn am äußeren Rand des Parkplatzes im Schatten zweier Paloverde-Bäume abgestellt, damit er leichter entdeckt werden konnte.

Nicht, dass es an diesem Punkt noch eine große Rolle gespielt hätte, aber in Gedanken spulte er immer wieder das Drehbuch ab.

Natürlich hatte Cook ihnen allen das eingebrockt. Daran bestand kaum ein Zweifel. Driver hatte Strong zu Boden gehen sehen – allem Anschein nach für immer. Vielleicht war Strong an der abgekarteten Sache beteiligt gewesen, vielleicht war er wie die anderen auch nur eine Spielfigur, ein Helfershelfer, ein Strohmann. Bei Blanche war er nicht ganz sicher. Möglich, dass sie von Anfang an eingeweiht gewesen war, aber es fühlte sich nicht so an. Konnte sein, dass sie ihre ganz eigenen Interessen im Kopf gehabt hatte, sich alle Möglichkeiten offen gehalten und versucht hatte, einen Weg aus der Ecke zu finden, in die sie und Driver gedrängt worden waren. Soweit Driver wusste, war Cook immer noch im Rennen. Allerdings besaß Cook niemals den Einfluss oder den Mumm, diese harten Typen zum Kassieren zu schicken. Also war auch er ein Strohmann.

Was die Frage aufwarf: wer würde als Nächstes aufkreuzen?

Jeden Augenblick konnte ein Auto mit Mafiosi anhalten.

Oder aber, nur hypothetisch, die Bosse würden anordnen, so wie es manchmal lief, dass Cook selbst den Dreck hinter sich wegmachte.

Um neun Uhr vierzig morgens, am dritten Tag. Die letzte Brise war in den Süden verschwunden und der Asphalt warf bereits Blasen. Sein Arm hing von der Schulter wie ein heißer Amboss, und Driver dachte gerade »Also schön, Plan B«, als er beobachtete, wie Cook in einem Crown Vic zwei Runden auf dem äußeren Ring des Parkplatzes drehte und dann direkt neben dem Chevy hielt. Er beobachtete, wie Cook ausstieg, sich umsah und mit einem Schlüssel in der Hand beiläufig zu dem parkenden Auto hinüberschlenderte.

Cook öffnete die Fahrertür, glitt hinein. Kurz darauf stieg er wieder aus, ging zum Heck und öffnete den Kofferraum. Sein Oberkörper verschwand hinter der Klappe.

»Die Schrotflinte taugt nicht mehr besonders viel«, sagte Driver.

Cook knallte mit dem Kopf gegen den Kofferraumdeckel, als er versuchte, sich gleichzeitig aufzurichten und umzudrehen.

»Tut mir leid. Blanche ist in keinem viel besseren Zustand. Aber ich dachte mir, ein paar Requisiten könnten dich vielleicht in eine leicht nostalgische Stimmung versetzen, dir helfen, dich zu erinnern, was genau abgegangen ist. Damit du's mir erzählen kannst.«

Cooks Hand hob sich zu dem Ring an seinem rechten Ohr. Driver fing sie auf halbem Weg ab und schlug mit einem Knöchel auf einen Punkt unmittelbar oberhalb des Handgelenks, wo ein Nervenzentrum lag, das sofort sämtliche Sinneseindrücke abschaltete und einkommende Nachrichten schredderte. Diesen Trick hatte er bei Drehpausen auf dem Set von einem Stuntman aufgeschnappt, mit dem er mal bei einem Jackie-Chan-Film zusammengearbeitet hatte. Und dann, wie bei einem Tanzschritt, schob er den rechten Fuß vor, der linke glitt seitlich weg, eine Drehung auf den Absätzen, und schon hatte er Cook im Würgegriff. Das hatte ihm auch der Stuntman beigebracht.

»He, entspann dich. Der Typ, von dem ich das gelernt hab, hat gesagt, der Griff ist kurzfristig absolut sicher«, sagte er. »Nach vier Minuten lässt das Gehirn die Jalousien runter, aber bis dahin ...«

Er lockerte den Griff und ließ Cook zu Boden fallen. Die Zunge ragte aus seinem Mund, und er schien nicht mehr zu atmen. Der Gerichtsmediziner würde die Hautfarbe blau nennen, aber eigentlich war sie grau. Das Gesicht war mit den winzigen Sternen geplatzter Äderchen überzogen.

»Ist natürlich möglich, dass ich's nicht ganz richtig verstanden hab. Immerhin schon lange her.«

Ein stechender Schmerz schoss durch Drivers Arm, als er Cooks Brieftasche herausfischte. War nichts Brauchbares darin.

Dann der Wagen.

Im Handschuhfach des Crown Vic fand er einen ganzen Packen Tankquittungen, alle aus dem Innenstadtbereich, Seventh Street, McDowell, Central. Vier oder fünf Seiten handschriftlicher Wegbeschreibungen, das meiste unleserlich, zu verschiedenen Orten in Phoenix und Umgebung. Ein halbes abgerissenes Ticket von einem Laden namens Paco Paco, ein Streichholzheftchen von Philthy Phil's, einem »Cabaret für Herren«. Eine Straßenkarte von Arizona. Und ein ganzes Bündel Coupons, das von überkreuzten Gummibändern zusammengehalten wurde.

NINO'S PIZZA
(RESTAURANT IM HINTEREN TEIL)
719 E. Lynwood
(480) 258–1433
Wir liefern auch außer Haus

SIEBZEHN

Die ersten paar Drinks des Tages genehmigte er sich immer außerhalb seiner Wohnung. Es gab zwei Alternativen, Rosie's oben an der Main Street, ein weiter Weg ohne Auto, oder The Rusty Nail direkt an der Ecke. Er besaß ein Auto, aber der Führerschein hatte sich schon vor Jahren verabschiedet, und er ging nicht gern unnötige Risiken ein. Das Rosie's war eine Arbeiterkneipe und machte um sechs Uhr morgens auf. Wenn man dort einen Bourbon oder Whisky bestellte, musste der Barkeeper nicht erst fragen, welche Sorte, es gab von jedem nur eine Flasche. Auch

Fenster gab es keine, der Laden war eine Höhle. The Rusty Nail war im Grunde ein Strip-Schuppen, geöffnet ab neun. Bis ungefähr drei Uhr, wenn langsam die Mädchen eintrudelten und die Kundschaft sich änderte (ein paar Mal war er überrascht worden), wurde es von Mechanikern einer nahe gelegenen Lkw-Werkstatt und Metzgern des fleischverarbeitenden Betriebs direkt gegenüber bevölkert, von denen viele blutverschmierte Schürzen trugen. Deshalb gab er damals meistens Rosie's den Vorzug, zumindest an den Tagen, an denen seine Beine nicht zu wackelig waren oder sein Zittern zu stark.

Die frühmorgendlichen Trinker waren ohne Ausnahme Stammgäste, aber niemand sagte ein Wort. An den meisten Tagen wurde die Tür mit einem Stuhl offen gehalten, und wenn jemand hereinkam, drehten sich alle Köpfe in diese Richtung, und gelegentlich nickte der eine oder andere stumm zur Begrüßung, bevor er sich wieder seinem Glas widmete. Noch bevor er die Theke erreichte, hatte Benny ihm für gewöhnlich bereits einen Doppelten eingeschenkt. Hab dich gestern vermisst, sagte er vielleicht noch. Die ersten paar Drinks servierte Benny in einem Highball-Glas – bis die Hände wieder ruhig wurden. An diesem Morgen war er später dran als üblich.

»Schlechte Nacht gehabt?«, fragte Benny.

»Konnte nicht schlafen.«

»Mein alter Herr hat's immer auf sein schlechtes Gewissen geschoben«, meinte Benny.

»Tja, kann man mal sehen, ich denke aber, es hat erheblich mehr mit einem schlecht panierten Schnitzel zu tun.«

Jemand tippte ihm auf die Schulter.

»Doc? Du bist doch Doc, richtig?«

Einfach ignorieren.

»Natürlich bist du's. Kann ich dir einen ausgeben?«

Vielleicht doch nicht ignorieren.

Benny bringt dem Kerl ein weiteres Bud und schenkt Doc einen Doppelten ein.

»Ich kenne dich, Mann. Ich bin aus Tucson. Du hast dich doch früher um die Typen von der Rennbahn gekümmert. Vor ein paar Jahren hast du meinen Bruder nach einem Banküberfall zusammengeflickt. Noel Guzman? Drahtig und groß? Gebleichtes Haar?«

Er erinnerte sich nicht. Seinerzeit hatte er Dutzende von diesen Typen behandelt. Seinerzeit – und er fragte sich wieder mal, woher dieser Ausdruck kam. Seinerzeit. Früher kannte man diese Redewendung nicht, und auf einmal benutzte sie jeder.

»Das mache ich nicht mehr.«

»Mein Bruder auch nicht, jetzt wo er tot ist.«

Doc kippte seinen Scotch. »Tut mir leid.«

»Er hat nicht viel getaugt, weißt du – gehörte nur zur Familie.«

Benny war mit der Flasche zurück. Mit leichtem Entsetzen sah der junge Mann, wie die Summe von sechs Dollar im Kassendisplay auftauchte, bedeutete Benny dann aber mit einem Kopfnicken nachzuschenken. Benny klemmte den Beleg unter einen Aschenbecher auf der Theke neben ihnen.

»Hat den Löffel abgegeben, als er versuchte, so einen Laden voller Schlitzaugen auszunehmen. War hinüber, bevor er es richtig mitkriegte, sagte die Polizei, die ihn eine halbe Sekunde später auf dem Boden fand. Da war er schon hirntot. Nicht gerade das Ende, das er sich vorgestellt hatte.«

»Wann ist es das schon?«

»Nicht, dass sonst irgendwer überrascht gewesen wäre.«

Er trank sein Bier aus und wollte offensichtlich noch eines. Zögerte, weil das automatisch auch einen weiteren Sechs-Dollar-Scotch bedeuten konnte.

»Die Runde geht auf mich«, sagte Doc. Benny nahm das Highball-Glas fort, stellte ein Schnapsglas vor ihn und schenkte ein. Docs Hand war ruhig, als er das Glas hob.

»Noch mal das Gleiche?«, fragte Benny den Jungen.

»Was immer du willst«, sagte Doc.

»Ein Bud wär' okay.«

Benny brachte ihm eine Dose. Doc stieß mit seinem leeren Schnapsglas dagegen, und der Junge trank.

»Also ... Du wohnst jetzt hier oben?«

Doc nickte.

»Und machst was?«

»Bin im Ruhestand.«

»Mann, du warst schon damals im Ruhestand.«

Achselzuckend gab Doc dem Barkeeper ein Zeichen. Diesmal fiel der Drink etwas großzügiger aus, da es der Rest aus der Flasche war. Das erinnerte Doc an Sterno. Als kleiner Junge war er mal nach draußen hinters Haus gegangen, in die Wildnis mit den Pekannussbäumen und Hecken, und hatte, in einem Schlafsack kauernd, in dem trotz des bis zum Hals zugezogenen Reißverschlusses an Schlafen nicht zu denken gewesen war, versucht, über einer Dose Sterno-Brennpaste Frühstücksspeck zu braten. Er hatte es gerade mal geschafft, sich den Daumen zu verbrennen.

»Die Sache ist nämlich die: ich habe da ein dickes Ding laufen.«

Natürlich hatte er. Solche Typen, die einen in einer Bar ansprachen, einen von früher kannten oder es zumindest behaupteten, die hatten immer irgendein dickes Ding laufen, von dem sie einem erzählen wollten.

»Trittst aber nicht in die Fußstapfen deines Bruders, hoffe ich.«

»He, du weißt selbst, wie's ist. Manche Familien produzieren Ärzte, andere produzieren Anwälte ...«

Der Junge zog seinen Schuh aus, klappte die Einlegesohle zurück und fischte zwei Hundertdollarscheine heraus, die er auf die Theke legte. Immer ein bisschen Geld gebunkert haben – um die Kaution zahlen zu können, jemanden kurzfristig zu bestechen, oder auch einfach nur, um durchzukommen –, eine alte Angewohnheit von Ex-Sträflingen.

Doc warf einen Blick auf die Scheine.

»Wie heißt du, Junge?«

»Eric. Eric Guzman. Betrachte das als Vorauszahlung.«

»Rechnest du damit, in nächster Zeit medizinische Hilfe zu benötigen?«

»Nee, ich doch nicht. Ich pass schon auf. Plane immer voraus.«

Zum Teufel auch, vielleicht war das ganze Leben dieses Jungen eine einzige unlogische Schlussfolgerung. Das Bier konnte ihn wohl kaum so schwer erwischt haben. Nicht ein Bud, und nicht in den paar Stunden, die er daran genuckelt hatte. Doc schaute auf und in die stecknadelkopfgroßen Pupillen des Jungen. Okay. Jetzt ergab das Sinn.

»Ich baue immer vor. Wenn irgendwas passiert, weiß ich, wohin ich gehen muss, richtig?«

Der Junge wusste einen Scheißdreck. Das war heutzutage bei allen so. Hielten sich für Outlaws, jeder einzelne von denen. Immer voll gegen die Gesellschaft, und dann zu Tode betrübt, wenn mal was nicht nach ihrer Nase lief.

Doc ließ eine weitere halbe Stunde Eric Guzman über sich ergehen, bevor er sich entschuldigte und seinen eigenen traurigen Arsch vom Barhocker und nach Hause beförderte. Lange genug, dass Guzman ihm von seinem dicken Ding erzählen konnte. Sie wollten einen Elektronikladen an der Central überfallen, weit draußen am Rand der Stadt, wo die Straßen ins Nichts liefen und es fast nur noch Lagerhäuser und dergleichen gab. Der Laden machte am Wochenende einen großen Räumungsverkauf, und Guzman vermutete, dass dort am Sonntag ein fetter Haufen Geld herumliegen würde. Die Sicherheitstypen sprachen von hundertzehn. Der Junge hatte seine Crew zusammen, was ihnen noch fehlte, war ein Fahrer.

Miss Dickinson wartete bereits auf Doc und beschwerte sich, als er die Einfahrt heraufkam. Als er vor ungefähr einem Jahr seine Tür eines späten Nachmittags offen stehen gelassen hatte, war sie hereinstolziert, und seitdem gab er ihr zu fressen. Der Mischlingskatze fehlten das halbe linke Ohr und zwei Zehen der linken Vorderpfote.

»Die wievielte Mahlzeit ist das denn heute, Miss D.?«, fragte er. Ihre Besuche erfolgten in beunruhigender Regelmäßigkeit; er argwöhnte, dass sie in der ganzen Nachbarschaft von Haus zu Haus zog. Er öffnete eine Dose Thunfisch und stellte sie in eine Ecke, wo sie fressen konnte, ohne die Dose quer durchs Zimmer zu schieben. Wenn sie leer war, würde sie das natürlich dennoch tun.

Er hatte nach letzter Nacht noch nicht aufgeräumt. Blutdurchtränkte Stoffstreifen, zehn mal zehn Zentimeter groß, Schalen mit Wasserstoffperoxyd und Betadine. Bleiche, Nähnadeln aus rostfreiem Stahl, Flaschen mit Alkohol.

Gut, wieder nützlich zu sein.

Bevor er mit Aufräumen fertig war, hatte Miss Dickinson den Thunfisch verschlungen und kam herüber, um zu sehen, was er da machte. Sie war skeptisch gegenüber der Bleiche und dem Reinigungsmittel, machte einen weiten Bogen um Peroxyd und Betadine, zeigte aber großes Interesse an dem blutgetränkten Stoff, der Baumwolle und dem Verbandsmull. Sie versuchte ständig, es mit den Pfoten aus den Schalen und Plastikbehältern zu fischen, in die er es geworfen hatte.

Sein neuer Patient kam am Freitag zur Nachuntersuchung. Doc machte sich Sorgen wegen einer möglichen Infektion. Jetzt fragte er sich jedoch, ob eine Infektion wohl die geringere Gefahr war. Er sollte seinen Patienten vor Eric Guzman warnen.

ACHTZEHN

Lange Zeit nach Standards Tod nahm er keine weiteren Jobs mehr an. Nicht, dass er nicht angesprochen worden wäre. Ein Name spricht sich schnell herum. Er sah viel fern mit Benicio, kochte gewaltige Mahlzeiten für und mit Irina. »Hab ich aus reiner Notwehr gelernt«, hatte er geantwortet, als sie ihn fragte, wie er zum Kochen gekommen sei. Und dann, als er frischen Parmesan rieb, die italienische Wurst zum Wärmen ausgebreitet auf dem Schneidbrett, erzählte er ihr von seiner Mutter. Sie stießen an. Ein guter, preiswerter Sauvignon Blanc.

An einem oder zwei Tagen pro Woche fuhr er ins Studio, lieferte ab, was sie haben wollten, und war zurück, bevor Benicio aus der Schule nach Hause kam. Die Schecks, die Jimmie ihm jeden Monat schickte, wurden immer höher. Er konnte für immer und ewig so weitermachen. *Nothing gold can stay* – er erinnerte sich an diese Zeile eines Gedichts, das er auf der Highschool gelesen hatte. *Alles Gute hat einmal ein Ende ...*

Nicht, dass man es in L.A. problemlos sagen konnte, ohne einen Kalender zu Hilfe zu nehmen – aber es war Herbst geworden. Die Nächte waren kühl und windig. Jeden Abend stemmte sich das Licht heldenhaft gegen den Horizont und war dann fort.

Wieder zu Hause von ihrem neuen Job in der Unfallambulanz des örtlichen Krankenhauses füllte Irina ihre Weingläser nach.

»Trinken wir auf ...«

Er erinnerte sich, wie das Glas fiel, wie es beim Aufprall auf den Boden zerbarst.

Er erinnerte sich an das Blut auf ihrer Stirn und daran, wie es im Schneckentempo ihre Wange hinunterzog, während sie noch versuchte auszuspucken, was sie in dem Augenblick im Mund hatte, bevor sie zusammenbrach.

Er erinnerte sich, sie aufgefangen zu haben, als sie fiel – und dann sehr lange an nichts mehr.

Gang-Geschichten, würde ihm die Polizei später sagen. Irgendwelche Revierstreitigkeiten.

Irina starb kurz nach vier Uhr morgens.

Da Driver keinerlei Rechtsansprüche besaß, wurde Benicio zu seinen Großeltern nach Mexico City gebracht. Über ein Jahr schrieb er dem Jungen jede Woche einen Brief, und Benicio schickte ihm Zeichnungen zurück. Er heftete sie an den Kühlschrank jedes Apartments, das er bezog, sofern es einen Kühlschrank gab. Eine Zeit lang blieb er immer auf Trab, wechselte alle ein oder zwei Monate die Bude, von Hollywood über Echo Park nach Silverlake, immer in dem Glauben, das könnte vielleicht helfen. Die Zeit verging, denn genau das macht die Zeit ja, das ist ihr Wesen. Und dann fiel ihm eines Tages auf, wie lange es schon her war, seit er das letzte Mal von dem Jungen gehört hatte. Er versuchte ihn anzurufen, aber die Nummer gab es nicht mehr.

Da er es hasste, allein zu sein, und ebenso die leeren Wohnungen und die leeren Stunden des Tages, beschäftigte Driver sich. Nahm alles mit, was ihm über den Weg lief, und suchte ständig nach mehr. Er bekam sogar eine Sprechrolle in einem Film, als eine halbe Stunde nach Drehbeginn ein Nebendarsteller krank wurde.

Der Regisseur wies ihn ein.

»Du hältst an, und dieser Typ steht da. Du schüttelst den Kopf, als täte er dir so richtig leid, dieser erbärmliche Dreckskerl, dann steigst du aus, lehnst dich mit dem Rücken an deinen Wagen. ›Deine Entscheidung‹, sagst du zu ihm. Alles klar?«

Driver nickte.

»Das hat verdammt noch mal nur so getrieft vor Boshaftigkeit«, schwärmte der Regisseur später, als sie Mittagspause hatten. »Zwei Worte – nur zwei beschissene Worte! Es war sagenhaft. Du solltest ernsthaft drüber nachdenken, mehr zu machen.«

Was er dann auch tat, allerdings nicht das, was der Regisseur meinte.

Standard war oft in einer Bar namens Buffalo Diner gewesen, in Downtown L.A., Nähe Broadway. Speisen waren dort schon seit Nixon nicht mehr serviert worden, aber der

Name hatte irgendwie überlebt, genau wie die Kreidespuren der letzten Speisekarte auf einer Tafel über der Theke. Also verbrachte Driver seine Nachmittage dort. Begann Unterhaltungen, spendierte ein paar Drinks, erwähnte, dass er ein Freund von Standard sei, fragte, ob man jemanden kannte, der einen erstklassigen Fahrer suchte. In der zweiten Woche war er bereits Stammgast, kannte die anderen mit Namen und hatte mehr Arbeit, als er bewältigen konnte.

Als er anfing, Filmjobs abzulehnen, wurden die Angebote sofort weniger.

»Was soll ich den Leuten denn erzählen?«, fragte Jimmie zuerst.

Nach einigen Wochen wechselte er zu: »Sie wollen den Besten. Das sagen sie mir immer wieder.« Sogar dieser italienische Typ mit den vielen Falten auf der Stirn und den Warzen habe angerufen, sagte er. »Persönlich, nicht über irgendeine Sekretärin oder Assistentin. Persönlich, verdammt noch mal.«

»Hör zu«, begann Jimmies vorletzte Nachricht. Inzwischen ging Driver schon längst nicht mehr ans Telefon. »Ich muss davon ausgehen, dass du noch lebst, aber so langsam ist mir das scheißegal, wenn du weißt, was ich meine. Was ich den Leuten sage, ist Folgendes: Ich sage ihnen, dass ich mir ein zweites Arschloch zugelegt habe.«

Seine letzte Nachricht lautete: »Hat Spaß gemacht, Junge, aber ich hab gerade deine Nummer verloren.«

NEUNZEHN

Aus einer Telefonzelle rief Driver die Nummer auf den Coupons an. Es klingelte und klingelte – immerhin, es war noch früh. Wer immer dann schließlich abhob, er bestand unnachgiebig darauf – so unnachgiebig jemand in gebrochenem Englisch sein konnte –, dass Nino's nicht geöffnet habe. Er solle bitte nach elf noch mal anrufen.

»Könnte ich machen«, sagte Driver, »aber es ist durchaus möglich, dass dein Chef überhaupt nicht glücklich sein wird, wenn er erfährt, dass er wegen dir warten musste.«

Das waren anscheinend zu viele Worte auf einmal.

»Es sollte außerdem möglich sein, dass du mich zu jemandem durchstellst, der einen Tick besser Englisch spricht.«

Draußen auf der Straße ging ein Obdachloser vorbei und schob einen vollgepackten Einkaufswagen vor sich her. Wieder dachte Driver an Sammy und seinen Maultierkarren voller Kram, den kein Mensch haben wollte.

Eine neue Stimme am anderen Ende der Leitung. »Kann ich Ihnen behilflich sein, Sir?«

»Das will ich doch hoffen. Wie's aussieht, hab ich etwas, das nicht mir gehört.«

»Und was könnte das sein ...?«

»Fast eine Viertelmillion Dollar.«

»Bitte bleiben Sie dran, Sir.«

Augenblicke später war eine tiefe, raue Stimme in der Leitung.

»Nino hier. Wer zum Henker bist du? Dino sagt, du hast etwas, das mir gehört?«

Nino und Dino? »Ich habe Grund zu der Annahme, ja.«

»Schön, viele Leute haben nämlich etwas von mir. Und ich besitze eine Menge Dinge. Wie heißt du noch mal?«

»Meinen Namen würde ich gern behalten. Hab ihn schon eine ganze Weile.«

»Zum Teufel, warum nicht? Ich brauch auch keine weiteren Namen.« Er wandte sich vom Hörer ab. »Scheiße, ich telefoniere hier, siehst du das nicht?« Dann wieder ins Telefon: »Und? Um was geht's?«

»Kürzlich hatte ich geschäftlich mit einem Mann aus Ihrer Gegend zu tun. Fuhr einen Crown Vic.«

»Ein beliebtes Auto.«

»Stimmt. Was ich Ihnen mitteilen wollte, er wird keine Geschäfte mehr machen. Genauso wenig wie Strong und

Blanche. Oder die beiden Herren, die zum letzten Mal aus einem Motel nördlich von Phoenix ausgecheckt haben, obwohl es nicht einmal ihr Zimmer war.«

»Ja, ja, Phoenix ist eine harte Stadt.«

Driver hörte das schwere Atmen des Mannes am anderen Ende der Leitung.

»Was bist du, so was wie eine beschissene Armee?«

»Ich fahre. Das tue ich. Und nichts anderes.«

»Ja. Also, ich muss dir eins sagen, für mich hört sich das an, als würdest du für dein Geld manchmal ein kleines Extra drauflegen, wenn du verstehst, was ich meine.«

»Wir sind beide Profis. Leute machen Abmachungen, also müssen sie sich dran halten. Nur so läuft es, wenn es überhaupt laufen soll.«

»Das hat mein alter Herr auch immer gesagt.«

»Ich hab nicht nachgezählt, aber Blanche hat gesagt, es sind irgendwas über zweihundert Riesen in der Tasche.«

»Das will ich verdammt noch mal auch hoffen. Und warum erzählst du mir das alles?«

»Weil es Ihr Geld ist und Ihre Tasche. Sagen Sie was, und beides liegt innerhalb einer Stunde vor Ihrer Tür.«

Driver hörte im Hintergrund Musik plätschern, Sinatra vielleicht.

»Du bist bei so was nicht besonders gut, stimmt's?«

»Bei dem, was ich tue, bin ich der Beste. Das hier ist nicht, was ich normalerweise tue.«

»Ist okay für mich. Und was springt für dich dabei raus?«

»Draußen zu sein. Sobald Sie das Geld haben, sind wir quitt. Sie vergessen Cook und seinen Crown Vic, vergessen die Dumpfbacken aus dem Motel, vergessen, dass wir diese Unterhaltung hatten. Niemand kommt in einer Woche oder in einem Monat mit Grüßen von Ihnen zu mir.«

Schweigen kämpfte sich durch die Leitung. Dann setzte am anderen Ende wieder Musik ein.

»Was, wenn ich ablehne?«, fragte Nino.

»Warum sollten Sie? Sie haben nichts zu verlieren und eine Viertelmillion zu gewinnen.«

»Guter Punkt.«

»Also sind wir im Geschäft?«

»Wir sind im Geschäft. Innerhalb der nächsten Stunde ...?«

»Richtig. Vergessen Sie nur nicht, was Ihr alter Herr immer gesagt hat.«

ZWANZIG

Doc warf Schwämme, Tupfer, Spritzen und Handschuhe in einen Plastikeimer, der eigentlich in ein Auto gehörte. Aber hey, er wohnte schließlich in einer Werkstatt, richtig? Würde er auf einer Insel leben, würde er Kokosnussschalen benutzen. Gar kein Problem.

»Das war's«, sagte er. »Die Fäden sind gezogen, die Wunde sieht gut aus.«

Die schlechte Nachricht lautete, dass sein Patient von jetzt an nicht mehr besonders viel Gefühl in diesem Arm haben würde.

Die gute Nachricht war, dass er seine Beweglichkeit uneingeschränkt behielt.

Driver reichte ihm ein Bündel Geldscheine, das von einem Gummiband zusammengehalten wurde.

»Hier ist die Summe, von der ich meine, dass ich Sie Ihnen schulde. Es ist natürlich nicht genug ...«

»Doch, da bin ich sicher.«

»War immerhin nicht das erste Mal, dass Sie meinen Arsch getackert haben.«

»War ein 1950er Ford, richtig?«

»Wie der, den Mitchum in *Kilometerstein 375* gefahren ist, ja.«

Eigentlich war es ein 51er – man erkannte das an den V-Emblemen, dem Schriftzug auf den vorderen Kotflügeln, dem Armaturenbrett und dem Lenkrad –, aber die Windsplits aus Chrom an den hinteren Kotflügeln waren entfernt und ein Kühlergrill der 50er-Baureihe anmontiert worden. Aber es war schon nahe dran.

»Sie sind damals gegen die neuen Stützpfeiler der Interstateauffahrt gekracht.«

»Hatte völlig vergessen, dass die da standen. Als ich die Strecke die letzten paar Male gefahren war, gab's sie noch nicht.«

»Absolut verständlich.«

»Aber mit dem Wagen war auch was nicht ganz in Ordnung.«

»Das könnte einen veranlassen, künftig genau zu prüfen, von wem man ein Auto stiehlt.«

»Ausleiht. Ich wollte es zurückbringen ... Im Ernst, Doc: Sie haben mir damals den Arsch gerettet, und jetzt wieder. Weiß Ihre Warnung vor Guzman zu schätzen. Ich hab die Nachrichten gesehen. Alle drei sind am Tatort draufgegangen.«

»Das passt ins Bild. Er gehörte zu der Sorte, die nichts als Ärger bedeutet.«

»Es gibt nicht viele, die mit einem einarmigen Fahrer arbeiten würden. Ich war verzweifelt. Hätte zum damaligen Zeitpunkt so ziemlich alles angenommen. Das wussten Sie.«

Aber Doc war in seine eigene Welt abgedriftet, wie es manchmal bei ihm vorkam, und erwiderte nichts.

Als Driver ging, kam Miss Dickinson heraufgestürmt. Doc hatte ihm von ihr erzählt. Er ließ sie hinein und zog die Tür zu. Das Letzte, was er sah, war, wie sie ruhig neben Docs Füßen saß und wartete.

Doc dachte gerade an eine Geschichte von Theodore Sturgeon, die er mal gelesen hatte. Dieser Typ, der nicht mehr alle Tassen im Schrank hat, wohnt in einer Werkstattwohnung ganz ähnlich seiner eigenen. Er ist ein grober Kerl; viele Feinheiten des Lebens entgehen ihm. Aber er kann alles reparieren. Eines Tages findet er eine Frau auf der Straße liegen. Sie ist zusammengeschlagen worden, halb tot. Er nimmt sie mit in die Wohnung – Sturgeon schildert detailliert die Vorkehrungen zur Blutdrainage und die improvisierten chirurgischen Instrumente – und repariert sie.

Wie hieß die Geschichte noch gleich?

Ein lichter Augenblick – das war's.

Wenn wir in unserem Leben einen oder zwei davon haben, nur einen oder zwei lichte Augenblicke, dachte Doc, dann haben wir richtig Glück. Die meisten haben sie nicht.

Und der Rest war nicht Schweigen, wie es in dieser Oper, in *I Pagliacci* hieß.

Der Rest war bloß Lärm.

EINUNDZWANZIG

Der beste Job, den Driver je hatte, war ein Remake von *Kilometerstein 375*. Der Film bestand zu zwei Dritteln aus Fahrszenen. Dieser 56er Chevy, mit Driver hinter dem Steuer, war der eigentliche Star.

Bei der Produktion handelte es sich um eine dieser Geschichten, die sich wie aus heiterem Himmel ergeben: zwei Typen sitzen in einer Kneipe und quatschen über ihre Lieblingsfilme. Es waren Brüder, und sie hatten bereits ein paar äußerst einträgliche Filme für Teenager gemacht. Der ältere, George, war zuständig für die geschäftliche Seite, er kümmerte sich um die Produktion, trieb das Geld auf. Sein jüngerer Bruder Junie führte Regie. Sie schlugen sich in verschiedenen Denny's in der Innenstadt von L. A. die Nächte um die Ohren und schrieben gemeinsam die Drehbücher.

Sie hatten sich drei oder vier Minuten lang Szenen und Dialoge aus *Kilometerstein 375* erzählt, als beide gleichzeitig verstummten.

»Wir könnten's machen«, sagte George.

»Wir könnten's todsicher probieren.«

Am Ende des darauffolgenden Tages, ohne irgendwas auf Papier zu haben, kein Treatment, nicht ein einziges Wort des Drehbuchs, von einer Kostenkalkulation ganz zu schweigen, hatten sie das Ding in trockenen Tüchern. Beteiligungszusagen von Investoren, einen Verleih, die ganze Kiste eben. Ihre Anwälte kümmerten sich um die Rechte und Genehmigungen.

Den Ausschlag gab, dass die beiden an den heißesten jungen Schauspieler des Jahres herantraten, der zufälligerweise auch noch ein großer Robert-Mitchum-Fan war. »Mann, ich wollte schon immer Bob Mitchum sein!«, sagte er und unterschrieb. Driver hatte an dem Film mitgearbeitet, der den Jungen zum Star gemacht hatte. Schon damals war er ein kleiner Pisser gewesen, und seitdem war er nicht besser geworden. Es dauerte noch weitere ein, zwei Jahre, bevor er von der Bildfläche verschwand. Danach hörte man von Zeit zu Zeit noch in der Boulevardpresse von ihm. Wenn er wieder in eine Entzugsklinik verschwunden war, kurz vor einem Comeback stand oder für einen Gastauftritt in irgendeiner lahmen Sitcom gecastet wurde. Doch damals wurde er hoch gehandelt, und nachdem er an Bord war, lief alles andere wie von selbst.

Was viele Leute über das Original nicht wussten, war, dass der Ford, der in der Karambolage-Szene benutzt wurde, eine Spezialanfertigung gewesen war. Sie montierten gusseiserne Stoßstangen, verstärkten Karosserie und Chassis, brachten den Motor auf maximale Pferdestärken und begriffen erst dann, dass normale Reifen mit dem Gewicht und der Geschwindigkeit nicht klarkamen. Sie brauchten Sonderanfertigungen aus massivem Schaumgummi. Sämtliche Autos der Whiskeyschmuggler in dem Film waren Originale. Sie waren von Schmugglern aus der Gegend von Asheville, North Carolina, benutzt worden, die sie an die Filmgesellschaft verkauften und sich dann von dem Geld neue, schnellere Autos kauften.

Driver war der Hauptakteur in dem Film, ein junger Typ namens Gordon Ligocki aus Gary, Indiana, machte den Rest. Er hatte eine Schmalzlocke wie aus den Fünfzigern, trug ein Freundschaftsarmband mit eingraviertem *Your Name* und sprach so leise, dass man ihn ständig bitten musste, noch mal zu wiederholen, was er gerade gesagt hatte.

So auch am ersten Tag, als sie Mittagspause machten.

»'tschuldigung?«, fragte Driver.

»Sagte, du fährst gut.«

»Du auch.«

Schweigend saßen sie da. Ligocki kippte eine Dose Coke nach der anderen. Während Driver ein Sandwich aß und seinen Kaffee trank, ging ihm durch den Kopf, dass der Bursche vermutlich bei jedem verdammten Stunt eine Pinkelpause benötigen würde.

Dann sagte Ligocki wieder etwas Unverständliches.

»Was?«

»Hab gefragt, ob du Familie hast?«

»Nein, bin allein.«

»Schon lange hier?«

»Paar Jahre. Du?«

»Fast ein Jahr jetzt. Nicht leicht, in dieser Stadt jemanden kennenzulernen. Du kommst hier sofort mit jedem ins Gespräch, aber das war's dann auch schon.«

Obwohl sie die nächsten ein oder zwei Jahre einige Zeit miteinander verbracht hatten, gelegentlich zusammen essen oder einen trinken gingen, war das die längste Aneinanderreihung von Worten, die Driver jemals aus Ligockis Mund hörte. Ganze Abende konnten verstreichen, ohne dass zwischen »Wie geht's?« und »Wir sehen uns« viel gesprochen wurde. Beide fühlten sich wohl dabei.

Dieser Film war für Driver der schwerste, an dem er je mitgewirkt hatte. Gleichzeitig hatte er noch nie so viel Spaß gehabt. Für einen der Stunts benötigte er fast einen ganzen Tag. Er sollte die Straße entlanggerast kommen, die Straßensperre sehen und auf eine Mauer zuhalten. Der Wagen sollte ausreißen, ohne sich zu überschlagen, weswegen Geschwindigkeit und Winkel absolut perfekt sein mussten. Bei den ersten beiden Durchgängen überschlug er sich. Beim dritten Mal dachte er, jetzt hätte er es, aber der Regisseur sagte hinterher, es habe irgendein technisches Problem gegeben und sie müssten es noch mal machen. Vier Versuche später bekam er es hin.

Driver wusste nicht, was passiert war, jedenfalls kam der Film nie in die Kinos. Vielleicht irgendwas mit den Rechten oder eine andere juristische Geschichte. Kann ja alles Mögliche passieren. Die meisten Sachen, aus denen eigentlich ein Film werden sollte, wurden nie gedreht. Diesen jedoch hatten sie im Kasten gehabt, und er war gut gewesen.

Daraus sollte einer schlau werden.

ZWEIUNDZWANZIG

Sechs Uhr morgens, das erste Licht des Morgengrauens, die Welt da draußen flickte sich wieder zusammen, während er ihr zuschaute.

Ein Blinzeln, und das Lagerhaus gegenüber tauchte wieder auf.

Noch mal blinzeln, und in der Ferne ragte bedrohlich die Stadt auf, ein schweres Schiff lief in den Hafen ein.

Vögel flatterten schimpfend von einem morschen Baum zum nächsten. Autos standen im Leerlauf am Straßenrand, nahmen menschliche Fracht auf, fuhren los.

Driver saß in seiner Wohnung und trank Scotch aus dem einzigen Glas, das er behalten hatte. Einen Buchanan's, ein Blend der mittleren Preisklasse. Gar nicht übel. Ein Verkaufsschlager bei Latinos. Nichts im Zimmer war von Wert. Couch, Bett und Stühle waren in der Miete inbegriffen. Kleidung, Rasierer, Geld und andere unentbehrliche Dinge warteten in einem Matchbeutel neben der Tür.

Ein gutes Auto wartete auf dem Parkplatz.

Den Fernseher hatte er neben Mülltüten am Straßenrand gefunden, als er seine Gläser, das Geschirr und verschiedene andere Sachen zum Abholen rausgestellt hatte. Warum nicht, dachte er. Fünfundzwanzig-Zentimeter-Bildschirm und von außen total ramponiert, aber er funktionierte. Also sah er jetzt eine Tiersendung, in der vier oder fünf Kojoten einen Hasen verfolgten. Die Hunde wechselten sich ab: immer einer jagte eine Zeit lang den Hasen, dann übernahm ein anderer.

Früher oder später würden sie natürlich hinter ihm her sein. Nur eine Frage der Zeit. Nino hatte das die ganze Zeit gewusst. Sie hatten es beide gewusst. Der Rest war nichts als ein Tänzchen, kunstvolle Schrittfolgen, die Bewegungen eines Stierkämpfers. Niemals würden sie es auf sich beruhen lassen.

Driver schüttete den Rest des Buchanan's in sein letztes Glas.

Bald kamen Gäste, gar keine Frage.

DREIUNDZWANZIG

In seinem Traum blieb der Hase unvermittelt stehen und griff nun seinerseits den Kojoten an. Unmittelbar vor dem Sprung entblößte er rasiermesserscharfe Zähne.

Genau in dem Augenblick wachte Driver auf und wusste, dass jemand im Zimmer war. Eine Veränderung der Dunkelheit vor dem Fenster verriet ihm, wo sich der Eindringling befand. Driver wälzte sich im Bett herum, tat so, als würde er unruhig schlafen. Das Bettgestell stieß hart gegen die Wand.

Der Mann verharrte.

Driver drehte sich wieder um und setzte die Bewegung fließend fort, sprang auf die Füße. Die Radioantenne in seiner Hand schlug wie eine Peitsche auf den Hals des Mannes. Blut schoss hervor, und einen Augenblick lang, zwei Herzschläge, vielleicht drei, stand der Mann wie erstarrt da. Inzwischen war Driver hinter ihm. Er trat dem Mann die Beine weg und schlug, als er zu Boden ging, wieder mit der Antenne zu, auf die andere Seite des Halses diesmal, dann auf die Hand, die vermutlich nach einer Kanone greifen wollte.

Driver beugte sich vor, einen Fuß auf dem Arm des Mannes, und zog die Waffe heraus. Eine .38er mit gekürztem Lauf. Als hätte das arme kleine Ding sich die Nase richten lassen, damit es in die Tasche passte.

»Okay. Steh auf.«

»Alles, was Sie wollen.« Sein Besucher hob beide Hände, die Handflächen nach vorn. »Ich bin cool.«

Er war fast noch ein Jugendlicher. Aufgepumpt zu gleichen Teilen von Krafttraining und Steroiden. Dunkles Haar, an den Seiten fast bis auf den Schädel abrasiert, oben länger. Trainingsjacke über einem schwarzen T-Shirt, Goldketten. Kleine, quadratische Zähne. Ganz anders als die des Hasen.

Driver drängte ihn durch die Wohnungstür und hinaus auf den Balkon, der das ganze Gebäude umgab. Alle Wohnungen führten auf diesen Balkon hinaus.

»Spring«, sagte Driver.

»Du bist verrückt, Mann. Wir sind im ersten Stock.«

»Deine Entscheidung. Mir ist es scheißegal. Entweder du springst oder ich erschieße dich. Denk drüber nach. Sind bestenfalls, wie viel, neun Meter? Du wirst es überleben. Mit ein bisschen Glück kommst du mit zwei gebrochenen Beinen davon, vielleicht noch mit einem zertrümmerten Knöchel.«

Driver registrierte den Moment, als es umschlug, als die Anspannung des Mannes wich und sein Körper akzeptierte, was gleich passieren würde. Er legte eine Hand aufs Geländer.

»Grüß Nino von mir«, sagte Driver.

Hinterher holte er den Matchbeutel von seinem Platz hinter der Tür und ging über die hintere Treppe zu seinem Auto hinunter. *Jumpin' Jack Flash* lief gerade im Radio, als der Motor ansprang.

Verdammt.

Offensichtlich hatte der Sender sein – wie sie sich gern ausdrückten – Profil gewechselt. War vielleicht aufgekauft worden. Scheiße, die sollten eigentlich Smooth Jazz spielen. Als er vor ein paar Tagen die Tasten programmiert hatte, war's noch so. Und jetzt das.

Der Punkt, an dem man sich auf nichts mehr verlassen kann.

Driver drehte am Radio, Country, Nachrichten, eine Talkshow über Außerirdische in Amerika, wieder Country, Hardrock, noch eine Talkshow, diesmal über Ausländer in Amerika, wieder Nachrichten.

Besorgte Bürger Arizonas protestierten, weil eine Menschenrechtsgruppe angefangen hatte, Wasserstellen in jener Wüste einzurichten, die illegale Einwanderer durchqueren mussten, um aus Mexiko in die Vereinigten Staaten zu kommen. Tausende waren dabei bereits gestorben. *Besorgte Bürger Arizonas*, dachte Driver, das sprach sich ebenso flüssig aus wie *Massenvernichtungswaffen* oder *die rote Gefahr*.

Wie zu hören war, versuchte die Legislative von Arizona Gesetze zu verabschieden, die illegalen Einwanderern den Zugang zu kostenloser medizinischer Versorgung in den überlasteten, nicht subventionierten Unfallstationen und Krankenhäusern untersagen sollten.

Doc sollte eine Franchise-Kette gründen.

Driver bog auf die Interstate ein.

Hatten sie einen einzelnen Hund auf ihn angesetzt? Und noch dazu einen neuen, nicht mal einen aus dem eigenen Wurf? Das war schlicht und einfach dumm, ergab auch gar keinen Sinn.

Oder vielleicht doch.

Zwei Möglichkeiten.

Nummer eins: Sie versuchten, ihm was anzuhängen. Sein designierter Mörder würde natürlich nicht reden. Aber wenn Driver ihn getötet hätte – wovon ausgehen musste, wer immer ihn geschickt hatte –, würde die Polizei jetzt schon von Tür zu Tür gehen und die Unterlagen der Mietshäuser überprüfen. In ganz Kalifornien und den angrenzenden Staaten würden Faxgeräte aus ihrem Schlummer erwachen und Kopien des Fotos aus Drivers alten Zulassungspapieren ausspucken, zusätzlich zu allen Informationen, die sonst noch über ihn ausgegraben werden konnten. Viel war es nicht; schon damals hatte er instinktiv den Kopf unten gehalten.

Die zweite Möglichkeit schien eher infrage zu kommen. Außerhalb von Sherman Oaks überholte ein blauer Mustang eine ganze Reihe Autos hinter ihm, nahm dann einen festen Platz in seinem Rückspiegel ein und ließ sich nicht mehr abschütteln.

Also hatten sie ihm nicht nur jemanden auf die Fersen geheftet, sie wollten auch, dass er *wusste*, dass sie das getan hatten.

Unvermittelt bog Driver scharf von der Interstate zu einer Raststätte ab, hielt mit laufendem Motor zwischen den Trucks. Nicht weit entfernt schälte sich eine Familie mit Hunden im Schlepptau aus ihrem Van, die Eltern brüllten ihre Kinder an, die Kinder brüllten sich gegenseitig und die Hunde an.

Der Mustang tauchte in seinem Rückspiegel auf.

Also schön, dachte er, jetzt bestimme ich die Spielregeln.

Er ließ die Kupplung abrupt kommen, schoss die Zufahrtsstraße entlang. Während er beschleunigte, pendelte sein Blick immer wieder zwischen Rückspiegel und Straße. Mit nicht mehr als einer Autolänge Abstand schob er sich zwischen zwei Sattelschlepper.

Aber egal, was er auch unternahm, er konnte den Dreckskerl nicht abschütteln.

Immer wieder verließ er die Schnellstraße, mischte sich unter den Ortsverkehr, um Ampeln zwischen sich und seinen Verfolger zu bringen. Oder er beschleunigte auf der Interstate, während sein Blinker suggerierte, er wolle die nächste Ausfahrt nehmen. Dann setzte er sich vor einen Sattelschlepper und gab, sobald er außer Sicht war, Vollgas.

Was immer er tat, der Mustang klebte hinter ihm wie eine schlechte Erinnerung, wie ein Schicksal, dem man nicht entrinnen kann.

Schwierige Zeiten verlangen schwerwiegende Maßnahmen.

Ein gutes Stück außerhalb der Stadt, da, wo die ersten Windräder auftauchten und sich träge drehten, steuerte Driver ohne Vorwarnung in eine Ausfahrt und legte eine Hundertachtziggraddrehung hin. Er stand mit der Schnauze in die Richtung, aus der er gekommen war. Der Mustang kam auf ihn zugerast.

Dann trat er aufs Gas.

Er würde für ein oder zwei Minuten außer Gefecht sein, nicht länger. Ein alter Stuntmen-Trick: Im letzten Augenblick warf er sich auf den Rücksitz und wappnete sich für den Aufprall.

Die Autos krachten frontal gegeneinander. Keines würde mehr selbstständig weiterfahren, aber der Mustang hatte, wie vorherzusehen war, den größeren Schaden abbekommen. Driver trat seine Tür auf und kletterte aus dem Auto.

»Sind Sie in Ordnung?«, rief jemand aus dem Seitenfenster eines verbeulten Pick-ups, der im Leerlauf am unteren Ende der Ausfahrt stand.

Dann ertönte die lange Fanfare einer Hupe und das Quietschen von Reifen, als hinter dem Pick-up ein Chevy-Van gerade noch zum Stehen kam.

Driver trat an den Mustang. Sirenengeheul in der Ferne.

Gordon Ligockis Schmalztolle würde nie wieder gut aussehen. Er hatte sich den Hals gebrochen. Auch innere Verletzungen, nach dem Blut um seinen Mund herum zu urteilen. War vermutlich aufs Lenkrad geknallt.

Driver hatte immer noch die Gutscheine für Nino's Pizza.

Einen davon stopfte er jetzt in Gordon Ligockis Brusttasche.

VIERUNDZWANZIG

Der Typ in dem Pick-up nahm ihn mit. Als er mit einem Baseballschläger aus Aluminium ausgestiegen war, hatten sich die jugendlichen Insassen des Vans schnell wieder in den Verkehr eingefädelt.

»Ich schätze mal, Sie haben viele gute Gründe, nicht mehr in der Nähe zu sein, wenn die Schmiere eintrudelt«, sagte er, als Driver sich ihm näherte. »Davon kann ich selbst ein Lied singen. Steigen Sie ein.«

Driver stieg ein.

»Ich heiße Jodie«, sagte er ungefähr nach einer Meile, »aber hier in der Gegend nennt mich jeder Sailor.« Er zeigte auf eine Tätowierung auf seinem rechten Bizeps. »Soll eigentlich ein Fledermausflügel sein. Sieht aber aus wie ein Großsegel.«

Professionell gestochene Tattoos bedeckten seine Arme – die Fledermaus, eine Frau in einem Baströckchen mit Kokosschalen als Brüste, eine amerikanische Flagge, ein Drache. Die Hände auf dem Lenkrad trugen dagegen Knasttätowierungen, grob gemacht, vermutlich mit Tinte und dem Ende eines Drahtes oder einer Gitarrensaite.

»Wo fahren wir hin?«, fragte Driver.

»Kommt drauf an ... In der nächsten Stadt gibt's was Anständiges zu essen. Haben Sie zufällig Hunger?«

»Könnte was vertragen.«

»Woher wusste ich das nur?«

Es war ein klassischer Kleinstadt-Imbiss, Vitrinen übervoll mit Braten, Shrimps, scharf gewürzten Chickenwings, Bohnen mit Würstchen, Bratkartoffeln, Roastbeef. Dazu Hüttenkäse, Gemüse in Aspik, grüner Salat, Pasteten, Möhren- und Sellerieschnitze, Bohnenauflauf. Die Gäste: eine Mischung aus Arbeitern, Angestellten aus den nahe gelegenen Büros in kurzärmeligen Hemden und Polyester-Kleidern, blauhaarige alte Damen. Letztere kamen jeden Nachmittag in ihren panzerartigen Autos vorgefahren, erzählte Jodie, die Köpfe kaum sichtbar hinter Steuer und Armaturenbrett. Jeder wusste, dass man dann besser nicht auf der Straße war.

»Haben Sie keine Arbeit, um die Sie sich jetzt kümmern müssten?«, fragte Driver.

»Nö, meine Zeit gehört mir. Dafür kann ich mich beim Vietcong bedanken. Die Behörden hatten mich wegen bewaffnetem Raubüberfall am Wickel, wissen Sie, und der Richter sagt, er gibt mir eine Chance, ich kann mich freiwillig melden oder wieder in den Knast gehen. Ich fand's da schon beim ersten Mal nicht so toll, konnte mir kaum vorstellen, dass es erheblich besser geworden war. Also ziehe ich die Grundausbildung durch, werde verschifft, und nach ungefähr drei Monaten sitz ich da und genehmige mir gerade das erste meiner gewohnten Frühstücksbierchen, da erwischt mich auch schon ein Scharfschütze. Hab die gesamte Dose verschüttet. Das Arschloch war die ganze Nacht da draußen und hat gewartet. Die fliegen mich nach Saigon, entfernen mir einen halben Lungenflügel und schicken mich dann zurück in die Staaten. Mit der Invalidenrente komm ich einigermaßen zurecht, solange ich keinen Wert lege auf anderes als fettige Hamburger und billigen Alk.«

Er trank seinen Kaffee aus. Das Hula-Mädchen auf seinem Arm tanzte. Darunter schwang wabbeliges Fleisch wie der Kehllappen eines Truthahns.

»Schätze, Sie waren selbst schon mal im Kampfeinsatz.«

Driver schüttelte den Kopf.

»Dann aber Knast. Sie haben schon gesessen.«

»Noch nicht.«

»Ich hätt's schwören können ...« Er nahm einen weiteren Schluck aus seiner Kaffeetasse und stellte überrascht fest, dass sie leer war. »Aber was zum Teufel weiß ich schon.«

»Wie sieht der Rest von Ihrem Tag aus?«, fragte Driver.

Beschissen, wie üblich. Jodie wohnte in einem Wohnwagen in Paradise Park. Mit Blick auf die Interstate. Überall standen ausrangierte Kühlschränke, Stapel abgefahrener Reifen und verrostete Autos ohne Räder herum. Ein halbes Dutzend Hunde bellte und knurrte in der Siedlung ohne Unterbrechung. In Jodies Spüle in der Küche hätte sich wahrscheinlich schmutziges Geschirr getürmt, wenn er genug Geschirr dafür gehabt hätte. Das wenige, das er besaß, stand allem Anschein nach schon eine ganze Weile im Becken. Fett schwamm in den Vertiefungen des Herdes.

Jodie schaltete den Fernseher ein, sobald sie hereinkamen, wühlte in der Spüle herum, wusch zwei Gläser mit Leitungswasser aus und füllte sie mit Bourbon. Ein räudiger Hund unbestimmter Rasse kam ihnen zur Begrüßung aus den Tiefen des Wohnwagens entgegen, um dann völlig erschöpft von der Anstrengung vor ihren Füßen zusammenzubrechen.

»Das ist General Westmoreland«, erklärte Jodie.

Sie schauten sich eine alte Verfilmung von *Der dünne Mann* an, danach eine Folge von *Detektiv Rockford – Anruf genügt*, tranken dabei ständig Bourbon. Drei Stunden später, kurz bevor Driver in seinem Truck wegfuhr, brach auch Jodie zusammen. Genau wie der Hund. Driver hinterließ ihm einen Zettel, auf dem *Vielen Dank* stand, und ein Bündel Fünfzigdollarscheine.

FÜNFUNDZWANZIG

Er kam in einem Karton nicht viel größer als eins der Lexika, die im Wohnzimmer hinter verstaubten Figurinen von

Fischen und Engeln aufgereiht auf einem Regal standen. Wie konnte ein ganzer Tisch nur da hineinpassen? Der Beistelltisch, hieß es in der Werbung, war von führenden amerikanischen Designern entworfen worden. Zusammenbau erforderlich.

Das Paket kam gegen Mittag. Seine Mutter war schrecklich aufgeregt. Wir werden warten und es erst nach dem Mittagessen auspacken, sagte sie.

Sie hatte den Tisch bei einem Versandhaus bestellt. Er erinnerte sich, dass er sich darüber gewundert hatte. Würde der Postbote klingeln und, wenn sie die Tür aufmachte, ihn einfach überreichen? Ihr Tisch ist da, Ma'am. Man malt einen Kreis, schreibt eine Zahl auf ein Blatt Papier und legt einen Scheck bei – und schon taucht ein Tisch vor deiner Tür auf. Das ist Magie. Aber in so einem kleinen Karton?

Weitere Erinnerungen an seine Mutter, an seine frühe Kindheit, kamen gelegentlich in den Stunden vor Tagesanbruch hoch. Er wachte auf, und sie hingen noch in seinem Kopf, aber sobald er versuchte, sie sich bewusst zu machen oder in Worte zu fassen, waren sie auch schon wieder weg.

Er war damals – wie alt? – neun oder zehn? Saß am Küchentisch und trödelte mit seinem Erdnussbutter-Sandwich herum, während seine Mutter mit den Fingern auf die Arbeitsplatte trommelte.

»Fertig?«, fragte sie.

Es lag immer noch fast ein halbes Sandwich auf seinem Teller, und er hatte Hunger, aber er nickte trotzdem. Immer zu allem Ja sagen. Das war die erste Regel.

Sie riss seinen Teller weg, räumte ihn auf einen Stapel neben der Spüle.

»Dann wollen wir mal sehen.« Sie stach ein Fleischmesser in ein Ende des Kartons, um ihn zu öffnen.

Liebevoll breitete sie die Einzelteile auf dem Boden aus. Ein nicht zu lösendes Puzzle. Billig gefertigte Metallteile und Schläuche, Gummistücke, Beutel mit Schrauben und Muttern.

Die Blicke seiner Mutter wanderten immer wieder zu der Anleitung, während sie Schritt für Schritt und Teil um Teil den Tisch zusammenbaute. Als die Füße Gummistopper bekommen hatten und die untere Hälfte der Beine montiert war, verriet ihre Miene, die er stets aufmerksam beobachtete, nicht mehr Glück, sondern Verwirrung. Als sie die obere Hälfte der Tischbeine verband und die Querstützen verschraubte, war ihr Gesichtsausdruck traurig. Diese Traurigkeit breitete sich über ihren ganzen Körper aus und schwappte schließlich in das Zimmer.

Genau beobachten – das war die zweite Regel.

Seine Mutter hob die Tischplatte aus den Tiefen des Kartons und legte sie auf das Gestell.

Ein hässliches, billig wirkendes, wackliges Ding.

Das Zimmer, die ganze Welt wurde plötzlich sehr still. So verharrten beide eine ganze Weile.

»Ich verstehe das einfach nicht«, sagte seine Mutter.

Sie saß immer noch auf dem Boden, inmitten von Zangen und Schraubenzieher. Tränen rollten über ihr Gesicht.

»*Im Katalog hat er so hübsch ausgesehen. So hübsch. Überhaupt nicht so wie das hier.*«

SECHSUNDZWANZIG

Jodies alter Fahruntersatz war ein Ford F-150, so anmutig wie eine Schubkarre, so zuverlässig wie Rost und Steuern, so unzerstörbar wie ein Panzer. Mit Bremsen, die eine Lawine aufhalten konnten, und einem Motor, der stark genug war, um Gletscher zu verschieben. Wenn Bomben die Zivilisation, wie wir sie kennen, auslöschen, werden zwei Spezies aus der Asche wieder hervorkommen: Kakerlaken und F-150er. Die Kiste ließ sich lenken wie ein Ochsenkarren, schüttelte einem sämtliche Plomben aus den Zähnen und sorgte dafür, dass man sich permanent wund geritten fühlte, aber sie war ein echter Überlebenskünstler. Machte ihren Job, was immer der Job auch war.

Genau wie er.

Driver steuerte die bis auf einige Flecken schwarze Bestie auf der I-10 zurück Richtung L. A. Er hatte einen College-Radiosender gefunden, der Duette von Eddie Lan und Lonnie Johnson spielte, dazu Georges Barnes, Parker mit Dolphy, Sidney Bechet, Django. Schon komisch, wie ein so kleiner Erfolg einem die Laune von Grund auf verbessern konnte.

In einem Friseurladen am Sunset Boulevard ließ er sich die Haare fast bis auf die Kopfhaut abrasieren. Er kaufte nebenan Klamotten in XXL und eine große Sonnenbrille mit verspiegelten Gläsern.

Das Nino's befand sich zwischen einer Bäckerei und einer Metzgerei im italienischen Viertel. Alte Frauen saßen auf den Veranden der Nachbarhäuser, die Männer an Tischen, die auf den Bürgersteig gestellt worden waren, um darauf Domino zu spielen. Aufgewachsen zwischen Supermärkten hatte Driver gar nicht gewusst, dass es überhaupt noch Metzgereien gab.

Besonders zwei Typen in dunklen Anzügen verbrachten ein Menge Zeit im Nino's. Sie kreuzten frühmorgens auf, frühstückten zusammen, saßen dann eine Weile herum und gingen schließlich wieder. Circa eine Stunde später waren sie zurück. Manchmal ging das den ganzen Tag so. Der eine kippte einen Espresso nach dem anderen, der andere hielt sich an Wein.

Unterm Strich waren die zwei eine Studie in Gegensätzen.

Der Espresso-Mann war jung. Vielleicht Ende zwanzig, schwarze, kurz geschnittene Haare, in Form geklatscht mit weiß der Himmel wie viel Vaseline. Hätte man eine UV-Lampe auf diese Haare gerichtet, sie hätten fluoresziert. Klobig wirkende schwarze Schuhe ragten unter den Hosenaufschlägen hervor. Unter seinem Sakko trug er ein marineblaues Polohemd.

Der Wein-Mann, irgendwo in den Fünfzigern, trug ein dunkles Hemd mit goldenen Manschettenknöpfen, aber keine Krawatte, dazu schwarze Reeboks; die grauen Haare hatte er sich zu einem kurzen, dicken Pferdeschwanz zurückgebunden. Während sein junger Partner mit dem bedächtigen, körperbewussten Schritt eines Bodybuilders ging, schien er einfach nur dahinzuschweben. Als trüge er Mokassins oder berührte den Boden nur mit jedem dritten oder vierten Schritt.

Am zweiten Tag verschwand der Espresso-Mann direkt nach dem Frühstück hinter dem Gebäude, um eine zu rauchen. Tief inhalierend sog er das langsam wirkende Gift ein, atmete wieder aus und wollte einen weiteren Zug nehmen, was aber nicht gelang.

Etwas schnürte ihm den Hals ab. Scheiße – Draht? Er zerrte daran, wusste aber, dass es nichts nützen würde. Irgendwer hinter ihm zog immer fester zu. Und das Warme auf seiner Brust, das musste dann wohl Blut sein. Als er fieberhaft versuchte, nach unten zu sehen, fiel ein blutiger Fleischbrocken, *sein* Fleisch, auf seine Brust.

Das war's dann also, dachte er, in dieser beschissenen Gasse, mit vollgeschissener Hose. Verdammte Scheiße.

Drive steckte dem Espresso-Mann einen Coupon von Nino's in die Jackentasche. Vorher hatte er die Worte »Wir liefern auch außer Haus« rot eingekreist.

Scheiße, sagte Minuten später auch der Wein-Mann. Ninos Leibwächter hatte ihn hierhergeführt, nachdem einer der Köche über Junior gestolpert war, als er einen Fettabscheider entleeren wollte.

Wie konnte man sein Kind nur Junior nennen?

Jedenfalls war der Junge Geschichte, gar keine Frage. Die Augen waren ihm aus den Höhlen getreten, die typischen sternförmigen Muster geplatzter Äderchen sprenkelten das Gesicht. Die Zunge hing heraus wie ein Fleischkorken.

Erstaunlich. Der Junge hatte immer noch einen Ständer. Manchmal hatte er gedacht, aus mehr bestünde der Junge gar nicht.

»Was machen wir jetzt, Mr Rose?«, fragte der Leibwächter. Wie hieß der jetzt noch? Sie kamen und gingen. Keith soundso.

Hurensohn, dachte er. Hurensohn.

Nicht, dass ihm der Typ viel bedeutet hätte. Er konnte eine gigantische Nervensäge sein, nichts als Bodybuilding, Möhrensaft und Steroide im Kopf. Und immer genug Koffein im Blut, um ein komplettes Pferdegespann aus den Hufen zu hauen. Aber, Scheiße auch, wer immer das getan hatte, *hier* hätte das niemals passieren dürfen.

»Sieht aus, als müssten wir eine härtere Gangart vorlegen, Mr Rose«, meinte Keith soundso hinter ihm.

Er stand da, das Weinglas in der einen Hand, den Pizza-Coupon in der anderen. Rot eingekreist: Wir liefern auch außer Haus.

»Ich würde sagen, das ist schon geschehen.«

Konnte kaum länger als ein paar Minuten her sein. Wie weit würde der Hurensohn sein? Aber das musste noch warten.

Er trank sein Glas aus.

»Gehen wir's Nino sagen.«

»Wird ihm nicht gefallen«, sagte Keith soundso.

»Wem würde es das schon?«

Bernie Rose gefiel es jedenfalls nicht.

»Dann hast du also die Bluthunde auf diesen Kerl gehetzt, und ich höre zum ersten Mal davon, als er in meinem eigenen Hinterhof aufkreuzt und meine Leute umlegt ... Gut, dass es in unserer Branche keine Gewerkschaft gibt. Das ist *mein* Geschäft, Nino. Das weißt du verdammt gut.«

Nino, der Pasta jeder Art nicht ausstehen konnte, stopfte sich den Rest eines Schoko-Croissants in den Mund und spülte mit einem Schluck Earl-Grey-Tee nach.

»Wir kennen uns jetzt schon seit – wie lange? Seit wir sechs waren?«

Bernie Rose sagte nichts.

»Vertrau mir. Das lief extra, hatte überhaupt nichts mit unserem Geschäft zu tun. War vernünftig, es aus der Hand zu geben.«

»Extradinger sind genau die Sachen, die einen zu Fall bringen, Nino. Das weißt du selbst.«

»Die Zeiten ändern sich.«

»Die Zeiten ändern sich verdammt noch mal wirklich, wenn du Amateurkiller losschickst und es noch nicht mal für nötig hältst, deinen eigenen Leuten zu sagen, was läuft.«

Bernie Rose schenkte sich ein weiteres Glas Wein ein. Dago red – ein billiger italienischer Tropfen. Nino ließ ihn keine Sekunde aus den Augen.

»Erzähl's mir«, sagte Bernie Rose.

Wenn er beim Film gewesen wäre, hätte er jetzt gefragt, wie der Plot aussah. Filmleute hatten ihr ganz eigenes Vokabular. Plot, Subtext, Exposé, Treatment. Produzenten, die nicht mal dann einen klaren Satz zustande brachten, wenn ihr Leben daran hing, liebten es, über die »Struktur« eines Drehbuchs zu reden.

»Es ist kompliziert.«

»Jede Wette.«

Er hörte aufmerksam zu, während Nino erzählte – der getürkte Raubüberfall, der in die Hose gegangen war, dieser Typ, der es sehr persönlich genommen hatte, die Abrechnung.

»Du hast Scheiße gebaut«, sagte Bernie.

»Glaub mir, das weiß ich selbst. Ich hätte dich einschalten müssen. Wir sind ein Team.«

»Nicht mehr«, sagte Bernie Rose.

»Bernie ...«

»Halt die Schnauze, Nino.«

Bernie Rose schenkte sich noch ein Glas Wein ein, machte die Flasche leer. In der guten alten Zeit hätten sie jetzt eine Kerze hineingestellt und das Ding auf einen der Tische gestellt. Wie romantisch.

»Die Sache läuft jetzt so. Ich erledige diesen Kerl, aber es läuft nach *meiner* Ansage. Hat nichts mehr mit dir zu tun. Und wenn das erledigt ist, bin ich hier weg – wie eine schlechte Erinnerung.«

»So leicht geht man nicht weg, mein Freund«, antwortete Nino. »Du steckst mit drin.«

Sie saßen da, rührten sich nicht, sahen sich fest in die Augen. Es dauerte eine ganze Weile, bevor Bernie Rose wieder etwas sagte.

»Ich bitte dich nicht um deine scheiß Erlaubnis, Izzy.« Dass er Ninos Spitznamen aus der Kindheit benutzte, was er in all diesen Jahren noch nie getan hatte, zeigte Wirkung. »Du hast dein Geld wieder. Sei damit zufrieden.«

»Es geht hier nicht ums Geld«, sagte Nino.

»Es geht ums Prinzip, richtig ... Also wirst du was tun? Willst du einen Kommentar für die *New York Times* schreiben? Oder weitere von deinen Amateuren losschicken?«

»Das waren keine Amateure.«

»Heutzutage sind alle nur noch Amateure. Jeder Einzelne. Abziehbilder von Junior, mit ihren beschissenen Tattoos und putzigen kleinen Ohrringen. Aber es ist deine Entscheidung. Tu, was du tun musst.«

»Das mach ich immer.«

»Zwei Dinge noch«, fuhr Bernie fort.

»Ich zähle.«

»Wenn du mir Leute auf den Hals schickst, wenn irgendwer mir Leute auf den Hals schickt, solltest du die Laderampe besser aufhalten, denn dann wird regelmäßig angeliefert.«

»Ist das derselbe Bernie Rose, der sagte, ich drohe niemals jemandem?«

»Es ist keine Drohung. Und das jetzt auch nicht.«
»Was?« Nino sah ihm in die Augen.
»Nur der alten Zeiten wegen kriegst du nichts geschenkt. Wenn ich beim Blick in den Spiegel jemanden auf dem Rücksitz sehe, kümmere ich mich darum – und danach um dich.«
»Bernie, Bernie. Wir sind Freunde.«
»Nein. Sind wir nicht.«

Was sollte man davon halten? Jedes Mal, wenn man dachte, man hätte es geschnallt, zeigte einem die Welt eine lange Nase und wechselte auf ihre eigene Spur zurück, wurde wieder unergründlich. Driver überlegte, dass er jetzt gern Manny Gildens Meinung gehört hätte. Manny hatte immer auf einen Blick Dinge verstanden, über die andere wochenlang nachgrübeln mussten. »Intuition«, hatte er gesagt, »alles nur Intuition. Nur eines meiner vielen Talente. Jeder hält mich für smart, aber das bin ich gar nicht. Irgendwas in mir erkennt einfach Zusammenhänge.« Driver fragte sich, ob Manny es jemals nach New York geschafft oder ob er wie bei den meisten Sachen am Ende doch wieder einen Rückzieher gemacht hatte.

Der Wein-Mann kam heraus, um sich mit völlig ausdruckslosem Gesicht Espresso anzusehen, und kehrte dann ins Haus zurück. Eine halbe Stunde später schwebte er wieder aus der Tür und sattelte auf. Ein himmelblauer Lexus.

Driver dachte später daran, wie der Kerl da gestanden und zu Boden gesehen hatte, das Weinglas in der Hand, und wie er kurz darauf in den Lexus gestiegen war, beinahe schwerelos, und verstand zum ersten Mal, was Manny mit Intuition gemeint hatte.

Der Typ, der hineinging, und derjenige, der wieder herauskam, das waren zwei völlig verschiedene Menschen. Irgendetwas war dort drinnen passiert, das alles verändert hatte.

SIEBENUNDZWANZIG

Bernie Rose und Isaiah Paolozzi waren in Brooklyn aufgewachsen, im alten italienischen Teil rund um die Henry Street. Von dem Dach aus, auf dem Bernie einen guten Teil seiner Teenagerzeit verbracht hatte, konnte man nach links zur Freiheitsstatue und nach rechts zur Brooklyn Bridge sehen, die wie ein riesiges elastisches Band zwei verschiedene Welten zusammenzuhalten schien. Im Laufe der Jahre waren die Unterschiede zwischen diesen Welten ständig geringer geworden. In die Höhe schießende Mieten in Manhattan trieben junge Menschen über den Fluss und ließen auch in Brooklyn die Nachfrage und damit die Preise steigen. Manhattan lag schließlich mit der Linie F nur ein paar Minuten entfernt. In Cobble Hill, Boerum Hill und dem unteren Teil von Park Slope rissen sich die schicken Restaurants ebenso um die Neuankömmlinge wie die vollgestopften Trödelläden und alten, schmutzigen Kaschemmen.

In diesem Teil der Stadt kursierten Geschichten über die Mafia wie die neuesten Witze.

Eine der neu Zugezogenen war mit ihrem Hund um den Block gegangen, hatte ihn einfach mitten auf den Bürgersteig scheißen lassen und es – weil sie ihre Verabredung nicht warten lassen wollte – versäumt, den Dreck wegzumachen. Leider befand sich besagter Bürgersteig unmittelbar vor dem Haus der Mutter eines Mafioso. Tage später fand die junge Frau den Hund aufgeschlitzt in ihrer Badewanne.

Ein anderer Pechvogel war einmal auf der Suche nach einem Parkplatz um den Block gekurvt und schließlich fündig geworden. »He, du kannst da nicht parken, der ist privat«, rief ihm ein Junge von einem Hauseingang aus zu. »So was gibt's hier nicht«, hatte er geantwortet. Als er am nächsten Tag wiederkam, um für die Straßenreinigung Platz zu machen und damit einem Strafzettel zu entgehen, war sein Wagen weg. Er sah ihn nie wieder.

Irgendwann in den Neunzigern hatte Nino die Schnauze voll. »Das ist nicht mehr meine Stadt«, sagte er zu Bernie. »Was hältst du von Kalifornien?« Davon konnte man ziemlich viel halten. Bernie hatte in Brooklyn nicht mehr viel zu tun; das Geschäft lief von allein. Er war die alten Männer gründlich satt, die ihn zum Essen oder zu ihren Dominotischen herüberwinkten, um sich dann stundenlang zu beklagen. Er war den ganzen Haufen seiner Cousins und Neffen und Nichten satt, aus denen fast ganz Brooklyn bestand. Und er hatte genug Espresso für ein ganzes Leben getrunken. Seine letzte Tasse trank er am Tag ihrer Abreise. Danach rührte er nie wieder eine an.

Nino hatte nicht lange gebraucht, um die Zelte abzubrechen. Er verkaufte das Restaurant mitsamt seiner roten Velourstapete und den Kellnerinnen an einen der Neuankömmlinge, der daraus einen »Sushi Palast« machen wollte. Den Zeitungskiosk und die neuen schicken Kaffeehäuser übergab er an zwei Neffen. Onkel Lucius, gedrängt von seiner Frau Louise, die ihn um jeden Preis aus dem Haus haben wollte, übernahm die Bar.

Sie durchquerten das Land in Ninos kirschrotem Cadillac, hielten mehrmals am Tag für Hamburger und Steaks an Truckerbuden, begnügten sich die restliche Zeit mit Chips, Wiener Würstchen und Sardinen. Vorher, bei den wenigen Malen, die sie sich dort hinübergewagt hatten, war ihnen selbst Manhattan wie ein fremdes Land erschienen. Brooklyn hingegen war die Welt. Und hier waren sie jetzt, eilten durch die Wildnis Amerikas, durchquerten seine Hinterhöfe.

»Was für ein Land«, sagte Nino, »was für ein super Land. Alles ist möglich, einfach alles.«

Zumindest wenn man Familie, Verbindungen, Geld hatte, dann ja, klar. Dann war es kein großer Schritt mehr zu jenen Teilen der Gesellschaft, die all diese Kennedys ausspuckten und Typen wie Bürgermeister Daley in Amt und Würden hielten.

»Auch wenn's hier so aussieht«, fügte Nino hinzu – inzwischen waren sie in Arizona –, »als hätte Gott sich hingehockt, gefurzt und ein Streichholz drangehalten.«

Nino lebte sich in ihrer neuen Welt so blendend ein, als wäre er schon immer dort gewesen, übernahm die Kontrolle über mehrere Pizzerien und Fastfood-Lokale, beschäftigte Buchmacher und Geldeintreiber. Es war wie zu Hause, dachte Bernie, nur dass, wenn sie jetzt nach draußen schauten, sie nicht die von Stelzen getragenen Gleise der U-Bahn und auch keine auf die Außenwände der Häuser gemalten Reklamebilder erblickten, sondern blauen Himmel und Palmen.

Bernie Rose hasste das alles. Er hasste die ewig schönen Tage, hasste es, keine Jahreszeiten und keinen Regen mehr zu sehen, hasste die ständig verstopften Straßen und Highways, hasste all die mickrigen Bezirke wie Bel Air, Brentwood, Santa Monica, die Eigenständigkeit vorgaben, während sie die Ressourcen von L. A. anzapften.

Er hatte sich nie für einen politischen Menschen gehalten, aber, hey.

Zugleich machte es ihn zu einem liebenswürdigeren Menschen. Wenn er zum Abkassieren zu einem Trailer oder einer Genossenschaftswohnung fuhr, für die irgend so ein Idiot zwei Riesen hingeblättert hatte, dann versuchte er das zu verstehen, versuchte sich in die Lage des anderen zu versetzen. »Du wirst weich, Junge«, sagte Onkel Ivan – der einzige Mensch im Osten, zu dem er in Verbindung blieb. Aber so war es nicht. Er sah einfach nur, dass manche Menschen nie auch nur eine halbwegs vernünftige Chance hatten und niemals haben würden.

Im China Belle, während er bereits die dritte Tasse grünen Tee trank und an einer Frühlingsrolle knabberte, die zu heiß zum Essen war, dachte Bernie über den Kerl nach, der Nino ins Visier genommen hatte.

»Alles in Ordnung, Mr Rose?«, fragte seine Lieblingskellnerin Mai June. (»Mein Vater besaß nur wenig mehr als seinen Sinn für Humor – auf den jedoch war er außergewöhnlich stolz«, erzählte sie ihm, als er sie nach ihrem Namen fragte.) Wie alles, was sie sagte, selbst wenn es eine unverbindliche Floskel war, klang es in ihrem singenden Tonfall und mit ihrer hellen Stimme wie ein Gedicht oder ein Lied. Er versicherte ihr, das Essen sei wie immer ausgezeichnet. Augenblicke später brachte sie sein Hauptgericht, Riesengarnelen.

Okay. Noch mal von vorn.

Nino hatte hier im Wunderland angefangen, sich für einen dieser gottverdammten Filmproduzenten zu halten. Er wollte nicht einfach mehr nur ein guter Daumenbrecher sein (und er war einer der besten gewesen), sondern ein richtig dicker Fisch. Dieser fatale Ehrgeiz hing hier irgendwie in der Luft. Vielleicht lag's ja am Wasser oder an dem ewigen Sonnenschein. Wie ein Virus nistete er sich in einen ein und ließ nicht mehr los, der Hund des Amerikanischen Traums war zu einem Dingo verkommen. Und so hatte Nino dieses Ding eingefädelt, oder wahrscheinlicher, hatte es sich andrehen und dann von jemand anderem durchziehen lassen, wahrscheinlich von dem Typen, der ihn überhaupt erst darauf gebracht hatte. Dieser Typ hatte ein Team zusammengestellt. Und einen Fahrer dazugeholt.

Durfte nicht zu schwer sein, den zu finden. Es war zwar nicht so, dass er aus dem Stand gewusst hatte, wen er anrufen musste, aber an die entscheidenden Nummern zu kommen, war überhaupt kein Thema. Er würde unters Volk bringen, dass er jetzt selbst ein dicker Fisch war, der ein großes Ding laufen hatte. Und dass er dafür nur noch den besten Fahrer finden musste, den es gab.

Mai June tauchte wie aus dem Nichts neben ihm auf, schenkte Tee nach, erkundigte sich, ob er sonst noch etwas brauchte.

»Tapfere Garnele«, sagte er.

Mai June verbeugte sich und zog sich zurück.

Während Bernie Rose Frühlingsrollen und Riesengarnelen aß, näherte sich Driver dem Lexus, der auf dem leeren Parkplatz nebenan stand.

Die Karre hatte eine serienmäßige Alarmanlage. Die jedoch nicht scharf gemacht worden war.

Ein Streifenwagen rollte vorbei, wurde kurz langsamer. Driver lehnte sich gegen die Kühlerhaube, als wäre es seine eigene Karre, hörte das Knistern und Knacken des Funkgeräts. Der Streifenwagen fuhr weiter.

Driver richtete sich auf und ging zur Seitenscheibe des Lexus.

Das Steuer war mit einer Lenkradkralle gesichert – aber Driver hatte ohnehin keine Verwendung für den Wagen. Er brauchte keine Minute, um die Tür zu knacken. Drinnen alles makellos. Sitze sauber. Nichts auf dem Boden. Trinkbecher, Taschentücher, Kugelschreiber, ordentlich verstaut in einer Kunstledertasche, die am Armaturenbrett hing.

Die Zulassung im Handschuhfach verriet ihm alles, was er wissen wollte.

Bernard Wolfe Rosenwald.

Wohnhaft in Culver City. Wahrscheinlich ein Wohnkomplex mit Schmalspur-Security-Typen an der Zufahrt.

Driver klebte einen der Pizza-Coupons ans Lenkrad. Er hatte einen Smiley draufgemalt.

ACHTUNDZWANZIG

Sein Blick wanderte nach oben zu den Plastikinfusionsbeuteln, die an Stangen über dem Bett hingen, sechs Stück. Darunter eine ganze Batterie Pumpen. Sie mussten stündlich neu justiert werden. Bei einer blinkte bereits ein Alarmsignal.

»Was, schon wieder ein scheiß Besucher?«

Von der Oberschwester wusste Driver, dass bisher kein

anderer Besucher da gewesen war. Außerdem sagte sie ihm, sein Freund liege im Sterben.

Doc hob eine zitternde Hand, um auf die Infusionsbeutel zu zeigen.

»Siehst du, ich hab die magische Zahl erreicht.«

»Was?«

»Damals im Studium haben wir immer gesagt, wenn du sechs Schläuche in der Brust hast, sechs Infusionen, dann ist es aus. Dann ist es nur noch ein letztes Tänzchen.«

»Du wirst schon wieder.«

»Schon-wieder ist eine Stadt, in die ich nicht noch mal kommen werde.«

»Gibt es irgendwen, den ich anrufen kann?«, fragte Driver.

Doc machte eine schreibende Bewegung in die Luft. Auf dem Tisch lag ein Klemmbrett. Driver gab es ihm.

»Das ist eine Nummer in L. A., stimmt's?«

Doc nickte. »Meine Tochter.«

An einem Münzfernsprecher beim Eingang wählte Driver die Nummer.

Vielen Dank für Ihren Anruf. Bitte hinterlassen Sie eine Nachricht.

Er sagte, er rufe aus Phoenix an, ihr Vater sei sehr krank. Er nannte den Namen des Krankenhauses und seine eigene Telefonnummer.

Als er zurückkam, lief im Fernsehen eine Seifenoper auf Spanisch. Ein attraktiver junger Mann mit nacktem Oberkörper kämpfte sich aus einem Sumpf heraus, klaubte Blutegel von muskulösen Beinen.

»Keiner rangegangen«, sagte Driver. »Ich hab eine Nachricht hinterlassen.«

»Sie wird nicht zurückrufen.«

»Vielleicht doch.«

»Warum sollte sie?«

»Weil sie deine Tochter ist?«

Doc schüttelte den Kopf.

»Wie hast du mich gefunden?«

»Ich bin in deiner Wohnung gewesen. Miss Dickinson war draußen, und als ich die Tür aufmachte, ist sie reingeflitzt. Ihr zwei konntet doch nicht ohne einander. Wenn sie da war, dann musstest du auch in der Nähe sein. Also hab ich angefangen, an Türen zu klopfen und rumzufragen. Ein Junge von gegenüber sagte mir, ein Krankenwagen wäre da gewesen und hätte dich mitgenommen.«

»Hast du Miss Dickinson zu fressen gegeben?«

»Hab ich.«

»Das Miststück hat uns alle fest im Griff.«

»Gibt's irgendwas, das ich für dich tun könnte, Doc?«

Docs Blick wanderte zum Fenster. Er schüttelte den Kopf.

»Dachte mir, du könntest das hier gebrauchen«, sagte Driver und gab ihm einen Flachmann. »Ich werde deine Tochter noch mal anrufen.«

»Gibt keine Veranlassung dafür.«

»Okay, wenn ich noch mal vorbeikomme?«

Doc hob den Flachmann, um zu trinken, dann senkte er ihn wieder.

»Dafür gibt's auch keine Veranlassung.«

Driver hatte die Tür fast erreicht, als Doc rief: »Wie geht's dem Arm?«

»Dem Arm geht's gut.«

»Das ging's mir auch mal«, sagte Doc. »Das ging's mir auch mal.«

NEUNUNDZWANZIG

Der Scheißkerl fing an, ihm auf die Nerven zu gehen.

Sich in den Zähnen stochernd verließ Bernie Rose das China Belle. Er warf den Glückskeks in den Müllcontainer. Selbst wenn in dem Ding nichts als die reine Wahrheit steckte, welcher normale Mensch wollte die schon wissen?

Er riss den Coupon vom Lenkrad, knüllte ihn zusammen und warf ihn dem Glückskeks hinterher.

Pizza. Genau.

Bernie fuhr nach Hause, nach Culver City, nicht weit entfernt von den alten MGM-Studios, heute Sony-Columbia. Jesus, in der Hand einen Hamburger, hob zwei Finger der anderen zum Gruß an den Kopf und drückte dann den Knopf, um ihm das Tor zu öffnen. Bernie antwortete mit einem emporgereckten Daumen und fragte sich, ob Jesus wohl wusste, dass er gerade einen perfekten Pfadfindergruß hingelegt hatte.

Irgendwer hatte über ein Dutzend Pizza-Anzeigen unter seiner Tür durchgeschoben. Pizza Hut, Mother's, Papa John's, Joe's Chicago Style, Pizza Inn, Rome Village, Hunky-Dory, Quick Ital, The Pie Place. Der Scheißkerl war vermutlich durchs ganze Viertel gezogen, um sie einzusammeln. Auf jeder einzelnen Werbung hatte er *Frei-Haus-Lieferung* eingekreist.

Bernie schenkte sich einen Scotch ein und ließ sich auf das Sofa mit der orthopädischen Rückenlehne sinken. Direkt daneben stand ein Sessel, für den er über tausend Dollar hingeblättert hatte. Das Sofa behob angeblich sämtliche Rückenprobleme, aber er konnte das Scheißding nicht ausstehen, es fühlte sich an, als säße er in einem Baseballhandschuh. Obwohl er ihn schon fast ein Jahr hatte, roch er immer noch wie ein neues Auto. Den Geruch mochte er.

Plötzlich war er müde.

Und das Pärchen nebenan fetzte sich schon wieder. Er saß da, lauschte ihnen und genehmigte sich noch einen Scotch, bevor er aufstand und an die Tür von 2-D klopfte.

»Ja?«

Lenny war ein kleiner Mann mit rotem Kopf, der seinen Babyspeck noch mit ins Grab nehmen würde.

»Bernie Rose, die Wohnung direkt nebenan.«

»Ich weiß, ich weiß. Was gibt's? Bin gerade beschäftigt.«

»War nicht zu überhören.«

Der Ausdruck in seinen Augen veränderte sich. Er versuchte, die Tür zu schließen, doch Bernie hatte eine Hand gehoben und umklammerte die Kante, drückte den Unterarm fest dagegen. Der Typ bekam einen noch roteren Kopf, so sehr stemmte er sich jetzt gegen die Tür, aber Bernie hielt sie mühelos offen. Die Muskeln an seinem Arm zeichneten sich wie Kabelstränge ab.

Nach einem Moment stieß er sie ganz auf.

»Was zum ...«

»Mit dir alles okay, Shonda?«, fragte Bernie.

Sie nickte, ohne ihn anzusehen. Wenigstens war es diesmal nicht zu Handgreiflichkeiten gekommen. Noch nicht.

»Du kannst doch nicht ...«

Bernie packte den Hals seines Nachbarn mit einer Hand und drückte zu.

»Ich bin ein sehr geduldiger Mann, Lenny, und halte nicht viel davon, mich ungebeten in den Kram anderer Leute einzumischen. So wie ich das sehe, führt jeder von uns sein eigenes Leben, richtig? Und jeder hat das Recht, in Ruhe gelassen zu werden. Also sitze ich jetzt seit fast einem Jahr da nebenan und höre mir an, was hier bei euch abgeht, und ich denke immer, hey, er ist ein anständiger Kerl, der kriegt das schon auf die Reihe. Du kriegst es doch auf die Reihe, Lenny, oder?«

Bernie bewegte seine Hand auf und ab, was bewirkte, dass der Nachbar zwangsläufig nickte.

»Shonda ist eine gute Frau. Du kannst von Glück reden, dass du sie hast, kannst froh sein, dass sie's so lange mit dir ausgehalten hat. Und dass ich's so lange mit dir ausgehalten habe. Sie hat dafür einen guten Grund: Sie liebt dich. Ich dagegen habe überhaupt keinen Grund.«

Tja, das war dumm, dachte Bernie, als er in seine Wohnung zurückkehrte und sich noch einen Scotch einschenkte.

Nebenan war jetzt alles still. Die orthopädische Couch hieß ihn willkommen, wie immer.

Hatte er den Fernseher angelassen? Er konnte sich nicht erinnern, ihn überhaupt eingeschaltet zu haben, aber er lief und zeigte eine dieser im Augenblick so beliebten Gerichts-Dokusoaps, Richter Soundso und seine Gäste, schroffe, sarkastische New Yorker, oder Texaner mit einem Akzent so fett wie Zuckerguss, lauter Karikaturen, die so blöd waren, ihre Blödheit landesweit im Fernseher auszustrahlen zu lassen.

Wieder so eine Sache, die Bernie schrecklich ermüdete.

Er war ratlos. Hatte er sich verändert, oder hatte sich die Welt um ihn herum verändert? Es gab Tage, da erkannte er sie kaum wieder. Als wäre er von einem Raumschiff abgesetzt worden und versuchte jemanden zu spielen, der hierhergehörte. Alles war so billig und geschmacklos und hohl geworden. Du kaufst dir einen Tisch, und was kriegst du? Drei Millimeter Kiefernfurnier auf Sperrholz. Gibst 1200 Dollar für einen Sessel aus, und du kannst in dem Scheißding nicht mal sitzen.

Bernie hatte viele Burnouts kennengelernt, Kerle, die anfingen, sich zu fragen, was sie eigentlich machten und ob irgendwas davon überhaupt irgendeine Rolle spielte. Meistens verschwanden sie kurz darauf. Wanderten mit Lebenslänglich in den Knast oder wurden nachlässig und ließen sich von jemandem umlegen. Oder sie wurden von den eigenen Leuten ausgeschaltet. Bernie hielt sich selbst nicht für ausgebrannt. Dieser Fahrer war es todsicher auch nicht.

Pizza. Scheiße noch mal, er hasste Pizza.

Wenn man es sich genau überlegte, dann war's schon ziemlich komisch, ausgerechnet ihm all diese Pizza-Werbung unter der Tür durchzuschieben.

DREISSIG

Als Driver noch ein kleiner Junge war, hatte er ungefähr ein Jahr lang, so kam es ihm wenigstens vor, immer wieder denselben Traum. Er stand auf Zehenspitzen auf einem schmalen Mauervorsprung an der Seite des Hauses, ungefähr zweieinhalb Meter über dem Boden, weil das Haus an einem Hang gebaut war. Unter ihm war ein Bär. Der Bär griff nach ihm, er zog sich auf einen Fenstersims zurück, und nach einer Weile pflückte der Bär frustriert eine Tulpe oder eine Iris aus dem Beet am Fuß des Hauses und fraß sie. Dann versuchte er wieder, an Driver heranzukommen. Am Ende nahm der Bär eine weitere Tulpe, betrachtete sie nachdenklich und bot sie Driver an. Driver griff nach der Tulpe und erwachte dann jedes Mal.

Das war in Tucson, als er noch bei den Smiths wohnte. Sein bester Freund damals hieß Herb Danziger. Herb war ein Autonarr, schraubte in seinem Garten an Autos herum und verdiente damit gutes Geld, fast mehr als sein Vater beim Sicherheitsdienst und seine Mutter als Hilfskrankenschwester zusammen. Bei ihm stand immer ein 48er Ford oder ein 55er Chevy herum, die Motorhaube oben und die Hälfte der Innereien daneben ausgebreitet auf einer Plane. Herb besaß eines dieser wuchtigen blauen Handbücher der Autoreparatur, aber Driver sah nie, dass er mal einen Blick hineinwarf, kein einziges Mal in all den Jahren.

Zu Drivers erster und letzter handgreiflicher Auseinandersetzung an der neuen Schule kam es, als der dortige Oberrabauke auf dem Schulhof zu ihm kam und sagte, er solle sich nicht mit Juden herumtreiben. Driver wusste irgendwoher, dass Herb Jude war, aber ihm war nicht klar, warum das für irgendwen ein Problem darstellen sollte. Der Schulhoftyrann machte sich oft einen Spaß daraus, mit dem Mittelfinger gegen die Ohren anderer Schüler zu schnipsen. Als er es diesmal bei Driver versuchte, fing der mit einer Hand sein Handgelenk mitten in der Bewegung ab. Mit der anderen Hand griff er nach und brach dem Jungen ganz langsam den Daumen.

Herbs andere Leidenschaft war, auf einer Piste draußen in der Wüste zwischen Tucson und Phoenix Autorennen zu fahren, inmitten dieser wahrhaftig unheimlichen Landschaft mit ihren drei Meter hohen Mini-Hurrikans, den Chollakakteen, die aussahen wie vom rechten Weg abgekommene Unterwasserpflanzen, und den Riesen-Saguaros, die zum Himmel zeigten wie die Finger von Menschen auf alten religiösen Gemälden. Die Rennstrecke war von einer Gruppe junger Hispanics angelegt worden, die, so erzählte man sich, von Nogales aus den Marihuana-Schmuggel kontrollierten. Herb war ein Außenseiter, jedoch wegen seiner Fähigkeiten als Fahrer und Mechaniker stets willkommen.

Die ersten paar Male, die Driver mitkam, schickte Herb ihn mit Autos auf die Strecke, die er gerade erst bearbeitet hatte. Er wollte sehen, wie sie sich machten. Nachdem Driver aber erst einmal auf den Geschmack gekommen war, konnte er sich nicht mehr bremsen. Er fing an, alles aus den Autos herauszuholen, was in ihnen steckte. Schon bald wurde klar, dass er ein Naturtalent war. Von da an blieb Herb in der Box. Er nahm die Autos auseinander und baute sie wieder zusammen. Driver führte sie in die Welt hinaus.

Auf der Rennstrecke lernte Driver auch Jorge kennen, seinen einzigen anderen guten Freund. Driver begann gerade erst herauszufinden, worin er wirklich richtig gut war, und staunte daher über jemanden wie Jorge, der scheinbar in allem perfekt war. Er spielte Gitarre und Akkordeon in einer örtlichen *Conjunto* und schrieb seine eigenen Songs. Er fuhr Autorennen, war ein guter Student, sang als Solist im Kirchenchor und arbeitete in einer sozialen Einrichtung mit Jugendlichen aus schwierigen Verhältnissen. Wenn der Junge noch ein Hemd besaß außer dem, das er in der Kirche trug, dann sah Driver ihn es zumindest nie tragen. Er hatte immer eines dieser altmodischen gerippten Unterhemden an, dazu schwarze Jeans und graue, abgetragene Cowboystiefel. Jorge wohnte in South Tucson, in einem merkwürdigen, häufig erweiterten Haus, das drei oder vier Generationen seiner Familie und eine unbestimmte Zahl von Kindern beherbergte. Dort saß Driver oft und futterte hausgemachte Tortillas, Bohnen, Burritos und Eintopf mit *Tomatillos,* umgeben von Leuten, deren Sprache er nicht verstand. Aber er war ein Freund von Jorge, also gehörte er ebenfalls zur Familie, gar keine Frage. Jorges uralte Großmutter kam immer als Erste auf die unbefestigte Straße herausgeeilt, um ihn zu begrüßen. Sie führte ihn dann hinein, fest bei ihm eingehakt, als schlenderten sie auf einer Promenade, und plapperte dabei die ganze Zeit aufgeregt auf ihn ein. Im Garten hinter dem Haus befanden sich meistens angetrunkene Männer mit Gitarren und Mandolinen, Geigen, Akkordeons, Trompeten, gelegentlich auch mal mit einer Tuba.

Dort lernte er auch mit Waffen umzugehen. Spätabends versammelten sich die Männer und zogen zu Schießübungen in die Wüste, wobei *Übung* stark untertrieben war. Ein Sixpack Bier nach dem anderen und flaschenweise Buchanan's Scotch trinkend ballerten sie auf alles in Sichtweite. Doch bei aller Unbekümmertheit nahmen sie ihre Waffen sehr ernst. Von ihnen lernte Driver, diese kleinen Maschinen zu respektieren. Er lernte, wie sie gereinigt und gewartet werden mussten. Er lernte, warum gewisse Handfeuerwaffen zu bevorzugen waren, welche Eigenheiten, welche Schwächen sie hatten. Einige der jüngeren Männer interessierten sich für andere Dinge, zum Beispiel für Kampfsportarten. Driver, stets ein aufmerksamer und lernwilliger Beobachter, schnappte auch von ihnen ein paar Dinge auf, genau wie Jahre später am Set bei den Stuntmen und Kampfdoubles.

EINUNDDREISSIG

Er schaltete Nino an einem Montagmorgen um sechs Uhr aus. Laut Wetterbericht würde im Wochenverlauf das Thermometer auf milde achtundzwanzig Grad klettern, bei leichter Bewölkung aus Ost und einer Niederschlagswahrscheinlichkeit von vierzig Prozent. In Hausschuhen und einem dünnen Seersucker-Bademantel trat Isaiah Paolozzi in zweifacher Mission aus der Tür seines Hauses in Brentwood. Die L. A. *Times* von der Zufahrt aufheben. Die Rasensprenger einschalten. Egal, dass jeder dieser Rasensprenger anderen ihr Wasser stahl. Anders konnte man nun mal eine Wüste nicht in makellos grüne Rasenflächen verwandeln.

Egal auch, dass Ninos gesamtes Leben anderen gestohlen war.

Als Nino sich bückte, um die Zeitung aufzuheben, trat Driver aus der Nische neben der Haustür. Er stand da, als Nino sich umdrehte.

Auge in Auge, keiner blinzelte.

»Kenn ich dich?«

»Wir haben schon einmal miteinander geredet«, antwortete Driver.

»Ach ja? Über was denn?«

»Wichtige Dinge. Zum Beispiel, dass ein Mann sich an eine einmal gemachte Abmachung hält.«

»Sorry. Kann mich nicht an dich erinnern.«

»Was du nicht sagst.«

Ein perfektes rundes Loch zwischen seinen Augen. Nino schwankte gegen die nur angelehnte Haustür, drückte sie im Fallen auf. Seine Beine blieben auf der Veranda liegen. Krampfadern hoben sich wie dicke blaue Schlangen ab. Ein Hausschuh rutschte herunter. Seine Zehennägel waren dick wie Schiffsplanken.

Irgendwo im Haus ertönte aus einem Radio der morgendliche Verkehrsbericht.

Driver stellte die Schachtel auf Ninos Brust. Peperoni, extra Käse, keine Sardellen.

Die Pizza roch gut.

Nino nicht.

ZWEIUNDDREISSIG

Es sah genauso aus, wie er es in Erinnerung hatte.

Es gibt all diese Orte auf der Welt, dachte er, all diese Stellen, an denen sich kaum je etwas verändert. Wie in Wasserpfützen, die bei Ebbe zurückbleiben.

Erstaunlich.

Mr Smith, vermutete er, war bei der Arbeit und Mrs Smith bei einem ihrer endlos vielen Termine. Kirche, Schulbeirat, örtliche Wohltätigkeitsvereine.

Er hielt vor dem Haus.

Nachbarn würden aus den Fenstern linsen, mit zwei Fingern die Lamellen von Jalousien auseinanderdrücken, sich fragen, was wohl jemand, der einen Stingray fuhr, mit den Smiths zu tun haben könnte.

Was sie sahen, war ein junger Mann, der aus dem Wagen stieg, zur Beifahrerseite ging, um einen neuen Katzenkorb und einen alten, abgewetzten Matchbeutel herauszunehmen. Auf der Veranda stellte er beides ab. Er trat dicht vor die Haustür, drückte sie nach einem Moment behutsam auf. Sie beobachteten, wie er den Katzenkorb und den Matchbeutel aufnahm und im Haus verschwand. Fast unmittelbar darauf ging er wieder die Zufahrt hinunter. Er stieg in die Corvette und fuhr fort.

Er erinnerte sich, wie es gewesen war, als jeder alles über den anderen wusste, und wie alle felsenfest davon überzeugt waren, selbst das einzig wahre, richtige Leben zu führen, während alle anderen falschlagen.

Mit dem Katzenkorb und dem Matchbeutel hatte er einen Zettel zurückgelassen.

Sie heißt Miss Dickinson. Ich kann nicht sagen, dass sie einem Freund von mir gehört hat, der kürzlich gestorben ist, denn Katzen gehören niemandem, aber die zwei sind denselben harten Weg gegangen, Seite an Seite, eine lange Zeit. Sie hat es verdient, die letzten Jahre ihres Lebens in Geborgenheit zu verbringen. Genau wie Ihr. Bitte kümmert Euch um Miss Dickinson, genau wie Ihr Euch um mich gekümmert habt. Und bitte nehmt das Geld als Geschenk an. Ich habe immer ein schlechtes Gewissen gehabt, weil ich Euer Auto mitgenommen habe, als ich fortging. Zweifelt bitte niemals daran, dass ich sehr zu schätzen weiß, was Ihr für mich getan habt.

DREIUNDDREISSIG

Konnte nicht leicht gewesen sein für seinen Vater. Driver erinnerte sich eigentlich nur an sehr wenige Einzelheiten, aber schon damals, als Kind, am Anfang seines Lebens hatte er kapiert, dass nichts in Ordnung war. Seine Mutter stellte Eier auf den Tisch, die sie zu kochen vergessen hatte, öffnete Konserven mit Ravioli und Sardinen und warf alles zusammen. Servierte Sandwiches mit Mayonnaise und Zwiebeln. Eine Zeit lang war sie von Insekten besessen gewesen. Jedes Mal, wenn sie irgendwo eins krabbeln sah, stellte sie ein Wasserglas darüber und ließ es sterben. Und dann (mit den Worten seines Vaters) »bandelte sie mit einer Spinne an«, die ihr Netz in einer Ecke des winzigen Bades gesponnen hatte, in das sie sich jeden Morgen zurückzog, um Lidschatten, Rouge und Puder aufzutragen, sich die Maske anzulegen, ohne die sie sich nicht in die Welt hinauswagte. Sie fing mit der Hand Fliegen und warf sie auf das Netz, jagte nachts Grillen und Motten und brachte sie ins Bad. Hatte sie die Wohnung verlassen, ging sie nach ihrer Rückkehr als Allererstes nach Fred sehen. Die Spinne hatte sogar einen Namen.

Soweit sie überhaupt mit ihm sprach, nannte sie ihn meistens einfach Junge. Brauchst du Hilfe bei den Hausaufgaben, Junge? Hast du genug zum Anziehen, Junge? Du magst doch Thunfisch zum Lunch, Junge, oder?

Sie hatte ohnehin nie viel Bodenhaftung gehabt und

entfernte sich immer weiter von ihnen, bis er schließlich begann, sie sich als irgendwie »losgelöst« vorzustellen, nicht *über* dieser Welt schwebend, sondern einfach mehrere Schritte links oder rechts *neben* ihr stehend.

Und dann dieser Abend beim Essen, als der alte Herr Blut auf seinen Teller spuckte. Und gleich darauf ein Ohr daneben lag, wie ein Stück Fleisch. Drivers Sandwich bestand aus Pfefferminzmarmelade auf Toast. Seine Mutter legte behutsam zuerst das Fleisch-, dann das Brotmesser aus der Hand. Ordentlich nebeneinander. Nachdem sie sie jetzt nicht mehr brauchte.

»*Tut mir leid, Sohn.*«

Deckten sich seine Erinnerungen mit der Realität? Und wenn ja, warum hatte es so lange gedauert, bis sie ihm wieder ins Bewusstsein drangen? Konnte seine Mutter das wirklich so gesagt haben? Konnte sie so mit ihm gesprochen haben?

Einbildung oder Erinnerung, lass es nicht aufhören.
Bitte.

»*Wahrscheinlich habe ich jetzt für dich nur alles noch komplizierter gemacht. Was nicht das ist, was ich mir erhofft habe ... Alles ist so verworren.*«

»Ich komm schon klar. Was wird jetzt mit dir passieren, Mom?«

»*Nichts, was nicht ohnehin längst passiert ist. Wenn es so weit ist, wirst du es verstehen.*«

Einbildung. Da ist er ziemlich sicher.

Aber jetzt stellt er fest, dass er ihr etwas sagen will: dass er, obwohl doch so viel Zeit vergangen ist, noch immer nichts versteht. Dass er es nie verstehen wird.

Derweil hatte er seinen neuen Schlitten zu seiner derzeitigen Behausung gefahren. Name: Blue Flamingo Motel. Bezahlt wurde wöchentlich; gab kaum sonst was in der Nähe. Ein großzügiger Parkplatz mit direkter Zufahrt zur Hauptstraße und dem Highway.

Zum Eingewöhnen schenkte er sich drei Finger Buchanan's ein. Verkehrslärm, Fernseher aus benachbarten Zimmern. Das Knallen von Skateboards draußen auf dem Parkplatz, der offensichtlich bei den Kids aus dem Viertel besonders beliebt war. Hin und wieder über ihm ein Hubschrauber der Verkehrsüberwachung oder Polizei. Das Scheppern der Rohre in den Wänden, wenn in den Nebenräumen Leute duschten oder zur Toilette gingen.

Er nahm den Telefonhörer beim ersten Klingeln ab.

»Wie ich höre, ist alles erledigt«, sagte der Anrufer.

»So erledigt, wie's geht.«

»Seine Familie?«

»Die schläft noch.«

»Nino selbst hat nie viel geschlafen. Ich hab immer zu ihm gesagt, es ist das schlechte Gewissen, das mit seinen knochigen Fingern nach ihm greift. Er hat behauptet, er hätte keines.«

Einen Augenblick Stille.

»Du hast nicht gefragt, woher ich weiß, wo du bist.«

»Das Klebeband unten an der Tür. Sie haben es wieder hingeklebt, aber es hat nicht mehr so gut gehaftet wie vorher.«

»Du hast also gewusst, dass ich anrufe.«

»Eher früher als später, davon bin ich ausgegangen – unter den gegebenen Umständen.«

»Schon irgendwie bemitleidenswert, wir beide, oder? Um uns herum wimmelt es nur so von Hightechzeug, und wir verlassen uns immer noch auf ein Stück Klebeband.«

»Ein Werkzeug ist so gut wie das andere, solange es seinen Zweck erfüllt.«

»Ja, davon verstehe ich was. Bin selbst so was wie ein Werkzeug gewesen, mein ganzes Leben lang.«

Driver schwieg.

»Scheiß drauf. Dein Job ist erledigt, richtig? Nino ist tot. Was jetzt? Siehst du irgendeinen Grund, warum das so weitergehen sollte?«

»Muss nicht sein.«

»Heute Abend schon was vor?«

»Nichts, was ich nicht auch verschieben könnte.«

»Okay. Ich stell mir Folgendes vor: Wir treffen uns, trinken ein Glas zusammen, essen danach vielleicht was.«

»Könnten wir machen.«

»Kennst du das Warszawa? Ein polnischer Schuppen, Ecke Santa Monica und Lincoln Boulevard.«

Eine der hässlichsten Straßen in einer Stadt mit vielen hässlichen Straßen.

»Werd's finden.«

»Es sei denn, du bestehst auf Pizza.«

»Sehr witzig.«

»Ja. War wirklich witzig. All die Coupons. Das Lokal – Warszawa, das hast du, ja? – teilt sich den Parkplatz mit einem Teppichladen, ist aber kein Problem, es gibt jede Menge Platz. Um sieben? Oder um acht? Was passt dir am besten?«

»Sieben ist okay.«

»Es ist ein kleines Lokal, es gibt keine Bar, wo man warten kann. Ich geh direkt rein, besorg uns einen Tisch.«

»Klingt gut.«

»Zeit, dass wir uns kennenlernen.«

Driver legte den Hörer auf und schenkte sich einen weiteren Buchanan's ein. Musste fast Mittag sein, schätzte er, die meisten anständigen Leute dieser Stadt würden jetzt ihre Arbeit liegen lassen und zum Lunch gehen. Oder in irgendeinen briefmarkengroßen Park fliehen. Zu Hause anrufen, hören, wie's den Kids geht, bei einem Buchmacher eine Wette abschließen, ein Date mit der Geliebten vereinbaren. Das Motel war leer und verlassen. Als das Zimmermädchen an die Tür klopfte, sagte er, bei ihm sei alles bestens, er brauche heute keinen Zimmerservice.

Er dachte an die Zeit, kurz nachdem er nach L. A. gekommen war. Wochenlang versuchte er, der Straße fernzubleiben, jeder Gefahr aus dem Weg zu gehen, den herumstreifenden Aasgeiern und den Cops. Wochenlang kämpfte er ums Überleben, darum, sich einfach nur über Wasser zu halten. Wo sollte er in Zukunft wohnen? Womit würde er seinen Lebensunterhalt bestreiten? Würden die Behörden aus Arizona plötzlich hier aufkreuzen und ihn zurückschleifen? Er wohnte, schlief und aß im Galaxie, immer die Umgebung im Blick, seine Augen stets unruhig von der Straße hoch zu den Fenstern und Dächern, zu den Schatten hinten in der Gasse wandernd.

Dann überkam ihn ein tiefer Frieden.

Eines Tages schlug er die Augen auf und alles war anders. Er besorgte sich seine übliche doppelte Ladung Koffein in dem Laden um die Ecke, hockte sich auf eine niedrige Mauer vor einer Hecke, in der sich Lebensmittelverpackungen und Plastiktüten verfangen hatten. Später begriff er, dass er fast eine Stunde dort gesessen hatte, ohne auch nur ein einziges Mal an irgendwas zu denken.

Das meinen Leute, wenn sie von der Gunst der Stunde sprechen.

An diesen Augenblick, diesen Morgen erinnerte er sich lebhaft, wann immer er an jene Zeit zurückdachte. Doch schon bald setzten Zweifel ein. Er wusste nur zu gut, dass das Leben an sich nichts als Durcheinander und Bewegung war. Was immer dem zuwiderlief, konnte nicht das Leben, sondern musste etwas anderes sein. War er in einer Variante jener Nichtwelt gefangen, in der das Leben seiner Mutter unbemerkt auf kleiner Flamme verkocht war? Zum Glück lernte er zu dieser Zeit Manny Gilden kennen.

Und jetzt rief er aus einer Telefonzelle Manny an, genau wie er es an diesem Abend vor so langer Zeit getan hatte. Eine halbe Stunde später spazierten sie am Meer Richtung Santa Monica, nur einen Steinwurf vom Warszawa entfernt.

»Als wir uns damals kennenlernten«, sagte Driver, »und ich noch ein Kind war …«

»In letzter Zeit mal einen Blick in den Spiegel geworfen? Du bist immer noch ein kleiner Scheißer.«

»… da hab ich dir erzählt, ich wär mit mir selbst im Reinen und dass mir das Angst mache. Erinnerst du dich daran?«

Ein Museum für amerikanische Kultur im Kleinformat, eine aufgeschlitzte Zeitkapsel – Burger- und Taco-Verpackungen, Limonaden- und Bierdosen, abgebundene Kondome, Seiten aus Illustrierten, Kleidungsstücke – wurde mit jeder Welle ans Ufer gespült.

»Ich erinnere mich. Was du erst noch herausfinden wirst, ist, dass nur die Glücklichen vergessen können.«

»Klingt hart.«

»Eine Zeile aus einem Drehbuch, an dem ich gerade arbeite.«

Danach sagte für eine ganze Weile keiner mehr ein Wort. Sie gingen den Strand entlang, geschäftiges Treiben umgab sie, von dem sie nie Teil sein würden. Skater, Bodybuilder, Pantomimen, Heerscharen unbekümmerter junger, wechselweise gepiercter und tätowierter Frauen. Bei Mannys letztem Projekt ging es um den Holocaust, um Paul Celan: *Es war Erde in ihnen, und sie gruben.* Diese Menschen schienen sich irgendwie freigegraben zu haben.

»Ich habe dir doch meine Geschichte über Borges und Don Quichotte erzählt«, sagte er zu Driver. »Borges schreibt über diese wunderbare Abenteuerlust, über die Edelmänner, die losreiten, um die Welt zu retten.«

»Selbst wenn's nur gegen ein paar Windmühlen geht …«

»… und ein paar Schweine.«

»Dann sagt er: ›Die Welt ist leider real; ich bin leider Borges.‹«

Sie waren wieder an dem Parkplatz angekommen. Manny ging zu einem waldgrünen Porsche und schloss ihn auf.

»Du hast einen Porsche?«, sagte Driver. Mein Gott, er hatte nicht mal gedacht, dass Manny überhaupt Auto fuhr. So wie er lebte, wie er sich kleidete. Driver bat darum, ihn nach New York zu bringen.

»Warum hast du mich angerufen, Junge? Was wolltest du von mir?«

»Die Gesellschaft eines Freundes, glaube ich.«

»Jederzeit gern.«

»Und, um dir zu sagen ...«

»Dass du Borges bist.« Manny lachte. »Genau das bist du, du blöder Hund. Genau darum geht's.«

»Ja. Aber jetzt erst verstehe ich es.«

VIERUNDDREISSIG

Der Teppichladen machte gute Geschäfte.

Nicht, dass im Warszawa überhaupt nichts los war.

Es war ein typischer Bungalow aus den zwanziger Jahren, wahrscheinlich Craftsman. Zimmer, die ohne Flure oder Dielen ineinander übergingen. Holzparkett, große, doppelglasige Schiebefenster. Drei Zimmer waren zu Speiseräumen umfunktioniert worden. Das größte von ihnen war durch eine halbhohe Mauer geteilt. Im nächsten Zimmer führten Verandatüren auf einen mit Backsteinen befestigten Fußweg. Im dritten und kleinsten Raum fand gerade eine Familienfeier statt. Kantige Leute, die sich sehr ähnlich sahen, trafen mit Stapeln eingepackter Geschenke ein.

Spitzenvorhänge umrahmten offene Fenster. Keine Klimaanlage – so nahe am Wasser war das auch nicht nötig.

Bernie Rose saß an einem Ecktisch im zweiten Raum neben den Verandatüren. Vor ihm eine zu drei Vierteln gefüllte Flasche und ein halbvolles Glas Wein. Er erhob sich, als Driver näher kam. Sie gaben sich die Hand.

Dunkler Anzug, graues Hemd mit Manschettenknöpfen, keine Krawatte.

»Wie wär's für den Anfang mit einem Gläschen?«, fragte Rose, als sie sich setzten. »Oder lieber den gewohnten Scotch?«

»Wein ist gut.«

»Das ist er tatsächlich. Erstaunlich, was es heute alles gibt. Chilenischen Wein, australischen Wein. Der hier kommt von einem der neuen Weinberge im Nordwesten.«

Bernie Rose schenkte ein. Sie stießen an.

»Danke, dass Sie gekommen sind.«

Driver nickte. Eine attraktive ältere Frau in schwarzem Minirock, mit silbernem Schmuck und ohne Strümpfe tauchte aus der Küche auf und ging von Tisch zu Tisch. Spanische Wortfetzen sickerten hinter ihr durch die Küchentür. Driver hörte die Stimmen noch, als sein Begleiter fortfuhr.

»Die Besitzerin«, erklärte Bernie Rose. »Ihren Namen hab ich nie erfahren, obwohl ich schon jahrelang herkomme. Vielleicht sieht sie in dieser Kleidung nicht mehr ganz so gut aus wie früher, aber ...«

Sie sieht aus, dachte Driver, als wäre sie völlig ausgeglichen, eine Eigenschaft, die nirgendwo die Regel war, aber hier im schicken, sich ständig selbst neu erfindenden L. A. war es so ungewöhnlich, dass es schon fast subversiv wirkte.

»Ich kann die Ente empfehlen. Verdammt, ich kann alles empfehlen. Jägereintopf mit hausgemachter Wurst, Rotkohl, Zwiebeln und Rindfleisch. Piroggen, gefüllter Kohl, Rindfleischrouladen, Kartoffelpfannkuchen. Und der beste Borschtsch der Stadt – kalt serviert, wenn's draußen heiß ist, heiß, wenn es frisch wird. Aber für die Ente könnte man sterben.«

»Ente«, sagte Bernie Rose, als ihre Kellnerin Valerie, die, obwohl noch im Collegealter, schon Krampfadern hatte, an ihren Tisch kam, »und noch eine hiervon.«

»Der Cabernet-Merlot, richtig?«

»Genau.«

»Ente«, sagte auch Driver. Hatte er in seinem Leben schon mal Ente gegessen?

Weitere kantige Leute mit kantigen Geschenken trafen ein, um in den dritten Raum geführt zu werden. Wie kriegten sie die nur alle dort hinein? Die Inhaberin im schwarzen Minirock kam vorbei, um ihnen einen guten Appetit zu wünschen und sie zu bitten, es sie doch persönlich wissen zu lassen, sollten sie noch irgendetwas benötigen.

Bernie Rose füllte die Gläser nach.

»Du hast ordentlich gewütet, Junge«, sagte er. »Hast eine ziemliche Schneise hinterlassen.«

»Ich hab mich nicht darum gerissen.«

»Das tun wir meistens nicht. Aber am Ende müssen wir uns doch damit befassen. Worauf es ankommt, ist, was du daraus machst.« Er schaute zu den anderen Gästen und trank einen Schluck Wein. »Die Menschen sind mir ein Rätsel, weißt du. Absolut unergründlich.«

Driver nickte.

»Izzy und ich sind zusammen aufgewachsen.«

»Tut mir leid.«

»Muss es nicht.«

Driver kostete die Ente. Es tat ihm auch nicht leid.

Sie aßen, tranken dazu eisgekühlten Zitronentee, den Valerie auf den Tisch gestellt hatte.

»Und was wirst du jetzt tun?«, fragte Bernie Rose.

»Schwer zu sagen. Vielleicht mit meinem alten Leben weitermachen. Falls ich nicht schon zu viele Brücken hinter mir abgebrochen habe. Und Sie?«

Er zuckte die Achseln. »Zurück in den Osten, glaube ich. Mir hat's hier draußen nie wirklich gefallen.«

»Ein Freund von mir behauptet, in der Geschichte Amerikas geht's nur um die ständig vorrückende Grenze. Bis wir am Schluss das Ende des Kontinents erreicht haben. Dann bleibt nichts mehr übrig, und der Wurm fängt an, seinen eigenen Schwanz zu fressen.«

»Sollte lieber die Ente nehmen.«

Gegen seinen Willen musste Driver lachen.

Während sie sich einer zweiten Flasche Cabernet-Merlot und der nächsten Runde ihrer ausgedehnten Mahlzeit widmeten, inmitten all der anderen Gäste, waren sie für einen

Moment wie auf einer Insel, auf der sie so tun konnten, als gehörten sie dazu.

»Glaubst du, wir suchen uns unser Leben aus?«, fragte Bernie Rose, als sie zu Kaffee und Cognac übergingen.

»Nein. Aber ich glaube auch nicht, dass es uns aufgedrängt wird. Mir kommt's eher so vor, als würde es ständig von unten nachsickern.«

Bernie Rose nickte. »Als ich das erste Mal von dir hörte, da hieß es, du würdest fahren, mehr nicht.«

»Zu dem Zeitpunkt auch absolut richtig. Aber die Zeiten ändern sich.«

»Auch wenn wir uns nicht ändern.«

Valerie brachte die Rechnung. Bernie Rose bestand darauf, sie zu übernehmen. Sie gingen hinaus auf den Parkplatz. Sterne funkelten am Himmel. Der Teppichladen machte zu, Familien zwängten sich in verbeulte Trucks, altersschwache Chevys, billige Hondas.

»Wo ist deine Karre?«

»Da drüben«, sagte Driver. Am hinteren Rand des Parkplatzes, halb verborgen von einem abgezäunten Bereich für Abfälle. Natürlich. »Du glaubst also nicht, dass wir uns ändern?«

»Ändern? Nein. Wir passen uns an. Schlagen uns durch. Wenn du zehn, zwölf Jahre alt bist, dann steht schon ziemlich fest, wie du mal sein wirst, wie dein Leben mal sein wird. Ist das dein Auto?«

Ein neunziger Datsun, stark verbeult und etliche Teile fehlten. Stoßstangen und Türgriffe zum Beispiel.

»Ich weiß, sieht nicht besonders aus. Aber wir ja auch nicht. Ein Freund von mir ist darauf spezialisiert, diese Kisten aufzuarbeiten. Sind eigentlich gute Autos. Wenn er mit ihnen fertig ist, sind sie wieder echte Knaller.«

»Auch ein Fahrer?«

»Früher mal, bis er sich bei einem Unfall beide Hüften zerschmettert hat. Damals hat er angefangen, sie auseinanderzunehmen und wieder zusammenzusetzen.«

Der Parkplatz war jetzt leer.

Bernie Rose streckte eine Hand aus. »Schätze, wir werden uns nicht wiedersehen. Pass auf dich auf, Junge.«

Als er auch die Hand ausstreckte, sah Driver das Messer – genau genommen die im Mondschein aufblitzende Klinge. Bernie Rose wollte mit der Linken flach von unten zustechen.

Driver rammte sein Knie hart gegen Bernie Roses Arm, erwischte sein Handgelenk, als es nach oben schoss, und versenkte das Messer in seinem Hals. Er hatte zu weit in der Mitte getroffen, nicht in die Halsschlagader oder in andere wichtige Gefäße, daher dauerte es eine Weile, aber die Klinge hatte den Rachen durchbohrt und die Luftröhre verletzt, durch die jetzt Bernie Roses letzte Atemzüge pfiffen. Allzu lange dauerte es nicht.

Als er in Bernie Roses brechende Augen sah, dachte er: Das ist es, was Leute meinen, wenn sie von der Gunst der Stunde sprechen.

Er fuhr den Rest des Weges zum Pier hinunter, trug Bernies Leiche an den Rand des Wassers und ließ sie los. Aus dem Wasser kommen wir. Ins Wasser kehren wir zurück. Es war Ebbe. Sie hob den Leichnam an, trug ihn ganz behutsam fort. Die Lichter der Stadt bedeckten das Wasser.

Nachher saß Driver einfach da, spürte das sanfte Schnurren des Datsun.

Er fuhr. Das war es, was er tat. Was er immer tun würde.

Er ließ die Kupplung kommen und bog vom Parkplatz am Strand auf die Straße ein, zurück in die Welt, hier an ihrem äußersten Rand. Der gelbe Mond stand am Himmel, Hunderte und Aberhunderte von Meilen lagen noch vor ihm.

Driver war noch weit vom Ende entfernt. Es dauerte Jahre, bevor er um drei Uhr an einem klaren, kalten Morgen in einer Bar in Tijuana zu Boden ging. Jahre, bevor Manny Gilden sein Leben verfilmte. Bis dahin würde es noch weitere Morde geben, andere Leichen.

Bernie Rose war der Einzige, um den er jemals trauerte.

DRIVER 2

Dieses Buch ist für Vicky,
mit Wertschätzung
und in großer Zuneigung

SIE KAMEN AN EINEM SAMSTAGMORGEN, kurz nach elf Uhr, zu zweit. Es war bereits heiß und würde noch heißer werden, der zarte Schweißfilm auf Elsas Stirn glänzte im Sonnenlicht. Nur die Andeutung einer Bewegung, im Augenwinkel, als sie eine kurze Seitenstraße überquerten – und schon war der Erste da. Driver wirbelte herum, rammte den Fuß mit dem gesamten Gewicht seines Körpers gegen das rechte Knie des Mannes und hörte, wie es nachgab. In dem Augenblick, als der Mann niederging, traf derselbe Fuß seine Kehle. Der Mann erbebte zweimal zitternd, versuchte, Luft durch die zerschmetterte Luftröhre zu saugen, dann bewegte er sich nicht mehr. Der andere hatte sich inzwischen von hinten genähert, aber Driver tauchte ab, rollte rückwärts, kam hinter ihm wieder hoch, sein linker Arm nahm den Mann in den Würgegriff, mit der rechten Armbeuge umschloss er fest das eigene Handgelenk.

Minuten später war es vorbei. Dann begriff er, was den Angriff des zweiten Mannes verzögert hatte. Elsa lehnte an der Wand des verlassenen Cafés, aus der Wunde unter ihrer Brust quoll stoßweise Blut.

Sie blickte auf, versuchte ihn anzulächeln, während das Licht in ihren Augen erlosch.

* * *

IN SPIELFILMEN SCHNELLT DER TYP, der fast ertrunken wäre, immer hoch aus dem Wasser wie ein Delfin im Sonnenlicht, schnappt nach Luft, die ihm so lange verwehrt war, das ganze Gesicht ein einziger Ausdruck von Erleichterung.

Als Driver das erste Mal auftauchte, vor sechs oder sieben Jahren, war es genauso gewesen, nur umgekehrt. Sonnenschein, Luft, Freiheit – doch sein Impuls war, wieder abzutauchen. Er wünschte sich Dunkelheit, Sicherheit,

Anonymität. Er brauchte sie; konnte nicht verstehen, wie er ohne sie leben sollte.

Er war damals sechsundzwanzig.

* * *

JETZT WAR ER ZWEIUNDDREISSIG, saß an einem Tisch auf der Terrasse des Hippie Place, an der Längsseite des Gebäudes, abseits der Straße.

»Als sie damals diesen Laden hier hingesetzt haben«, erzählte ihm Felix, »war es, als hätten sie einem ein Strandhaus vor die Nase geknallt. Überall Sand, wohin man guckte. Als hätten sie nicht geschnallt, dass der Hügel voller streunender Katzen war. Die Katzen waren begeistert, sind von überall her gekommen. Das größte Katzenklo der Welt, verstehst du? Auf höherer Firmenebene wurde dann umentschieden.« Die Hände immer noch auf dem Tisch, lehnte Felix sich zurück, wobei seine zurückrutschenden Ärmel den unteren Teil verblichener Tattoos entblößten. Keine Herzen, Anker, Damenkörper oder Frauennamen. Stattdessen Messer. Ein oder zwei Flammen. Ein Wolf. »Schon lange her. Und du weißt ja, wie wenig Dinge hier bis zum Ende durchgezogen werden. Das Essen ist scheiße, aber darauf kann man sich zumindest verlassen.«

Driver wusste nicht viel über Felix, jedenfalls nicht über seine Vorgeschichte.

Er wusste, dass er bei der *Operation Wüstensturm* dabei gewesen war; als Ranger, wie er dem wenigen entnahm, das Felix erzählt hatte. Und irgendwann davor war er ein Gangmitglied im guten alten Ost-L. A. gewesen. So eine Art Leibwächter oder Vollstrecker. Ein ewiges Überschreiten von Türschwellen in immer wieder neue Leben. Sie hatten sich bei einem Job kennengelernt, wobei es gewirkt hatte, als sei Felix einzig und allein deswegen dabei gewesen, weil er auf einen der anderen Typen aufpasste. Sie waren auf das Thema *Operation Wüstensturm* gekommen, denn Felix und der Typ waren gemeinsam dort gewesen. Ist der Job vorbei, wird man in der Regel zu Fremden. Aber irgendwas hatte Klick gemacht. Felix und Driver waren in Kontakt geblieben.

Und mit wem ließ es sich besser abhängen, wenn man untergetaucht war? Auf die eine oder andere Art war Driver sein ganzes Leben lang von der Bildfläche verschwunden.

»Weiß deine Hilfe zu schätzen«, sagte Driver. Der Kaffee schmeckte leicht nach Fisch-Tacos, eine Spezialität des HP.

Felix folgte mit den Augen zwei Frauen, die zu ihren Plätzen vorne am Geländer geleitet wurden. Mutter und Tochter? Zwanzig, dreißig Jahre Altersunterschied, ähnlich gekleidet. Gleiche Körpersprache, gleiche Beine.

»Steht noch was an?«

»Zum Beispiel?«

»Oh, zum Beispiel denjenigen, der dir auf den Fersen ist, davon zu überzeugen, dass das keine so gute Idee ist.«

»Zu solchen Leuten geht man nicht einfach hin und redet mit ihnen.«

»Ich hatte nicht unbedingt an eine Unterhaltung gedacht.«

»Okay. Aber es ist nicht nötig. Ich habe mich unsichtbar gemacht. Sie können mich nicht sehen, es ist vorbei.«

»Unsichtbar, hm? Deswegen sitzen wir auch hier hinten bei den Mülltonnen und du bist mit einem Hut reingekommen, der fast bis auf die Nase runtergezogen war.« Er nippte an seinem Kaffee und verzog das Gesicht. »Riecht nicht annähernd so scheußlich, wie er schmeckt. Obwohl, der Hut ist echt cool.«

Die Ältere der Frauen lächelte Felix zu. Typische Highland-Park-, Upper-East-Side- oder Scottsdale-Frau. Geld, Klasse, Privilegien. Trotzdem saß sie da und lächelte diesem hartgesottenen Kerl zu, mit seinen verblichenen Tattoos und seiner miesen Frisur. Felix hatte irgendetwas an sich, das die Menschen für ihn einnahm.

Die jüngere Frau warf einen Blick herüber, um zu sehen, was es da so Interessantes gab. Dann lächelte auch sie.

»Unsichtbar oder nicht, ich werde dich im Auge behalten, auf Leuchtsignale achten.« Auf gewisse Weise hatte Felix die Wüste nie verlassen, genauso wenig wie L. A. Hatte die Last nicht abgelegt, sondern schleppte sie im Inneren mit sich herum. »Der Schlüssel ist da, wo er immer ist. Soweit ich weiß, ist keiner da. Wenn doch, wirst du dich wohl unterhalten müssen ... Johnny, mein Guter!«

Johnny, der Kellner, war gekommen, um zu fragen, ob er noch etwas für sie tun könne. Braun gebrannt, blond, einer von der Sorte, die wahrscheinlich fünfundzwanzig war, aber wie achtzehn aussah und auch weiterhin so aussehen würde, bis die vierzig, fünfundvierzig sie kalt erwischte.

»Wir könnten ein paar Biere gebrauchen. Wenn du Zeit hast. Keine Eile.«

Felix begutachtete Johnny von hinten, während der sich entfernte, und warf dann noch einen Blick auf seine beiden Damen. »Irgendeine Idee, wer dieses Killerkommando auf der Straße war?«

»Oder was dahintersteckt? Keine Ahnung.«

»Ausweise hatten sie sicher keine dabei.«

»Unwahrscheinlich. Nicht, dass ich lange genug geblieben wäre, um nachzusehen.«

»Aber du bist sicher, dass es Killer waren.«

»So wie die ankamen, eindeutig.«

»Von allen Möglichkeiten, wie man jemanden umlegen kann, ist das definitiv die dämlichste. Viel zu viele Unbekannte, fraglicher Ausgang, und dann hängst du da fest. Warum also aus nächster Nähe?«

»Und warum Elsa?«

»Die sie umgelegt haben, bevor du an der Reihe warst. Das ergibt doch keinen Sinn.«

Johnny brachte die Biere. Er wischte den Tisch mit einem nassen Lappen ab, nahm beide Kaffeetassen mit der linken Hand und setzte die Flaschen mit der rechten ab.

»Hattest du kürzlich ein Ding laufen?«, fragte Felix.
Driver schüttelte den Kopf.
»Dann also irgendeine alte Geschichte.«
»Wie so oft.«
Felix nahm einen kleinen Schluck Bier und ließ ihn im Mund kreisen, bevor er ihn herunterschluckte. »Hervorragende Blume.« Er blickte hinüber zu einem Baum, wo ein Vogel so inbrünstig sang, als begänne in einer Stunde der Tag des Jüngsten Gerichts oder die Abschlussprüfung des Examens. »Glaubst du, Vögel können gurgeln?« Dann, ohne ihn anzusehen: »Im Badezimmer, der Schrank unterm Waschbecken. Wirf all den Scheiß raus, dahinter ist ein Brett, das man hochschieben kann. Nur, falls du eine brauchen solltest.«
»Danke, Felix.«
»De nada. Fahr vorsichtig, mein Freund.«

* * *

FELIX NANNTE ES SEINEN KANINCHENBAU. Anders als andere Seelen, die keine feste Heimat hatten, hielt er an einem Ort fest, wenn er ihn verließ. Das war Teil seines Man-kann-nie-wissen-Grundsatzes, der auch seine Antwort auf alles war, was das Leben ihm so entgegenschleuderte, und auf all die Fragen, die es aufwarf: warum er bestimmte Dinge tat; warum andere taten, was sie taten; und wie hoch die Wahrscheinlichkeit war, dass die Sonne am nächsten Morgen wieder aufgehen würde. Felix' Wohnungen, ein paar unscheinbare Häuser und andere Verstecke, waren über ganz Phoenix verstreut.

Diese spezielle Kaninchenhöhle war die südöstliche Einheit eines Vierparteienhauses, ehemals ein respektables Einfamilienhaus in einem Stadtteil, der früher ein gemütlicher Vorort gewesen war und jetzt zur Innenstadt gehörte. Verdorrte Reben hingen an der einen Seite des Gitters, das die Einfahrt säumte. Eidechsen flitzten über die dahinterliegende Kunststeinmauer. Der Schlüssel lag unter einem Ziegelstein am Fuß einer Jahrhundertpflanze, neben der Doppelgarage, die inzwischen den Mietern als Lagerraum diente. Driver linste durch das Fenster. Dutzende von Kisten, Möbel, ein Kanonenofen, gerahmte Bilder, ein alter Fender-Gitarrenlautsprecher. Sah ziemlich genauso aus wie das letzte Mal, als er hier gewesen war, vor mehr als einem Jahr, obwohl die Chancen gut standen, dass die Mieter seitdem zwei, drei Mal gewechselt hatten.

Driver überschlug schnell die Anzahl der Kakerlaken, bevor er auspackte – zwei in der Badewanne, noch atmend, sechs in der Küche, die meisten davon tot. Das Auspacken dauerte ungefähr so lange wie der Kakerlaken-Check. Driver hatte sich nie viel aus Besitztümern gemacht, deshalb war es einfach gewesen, das Haus und den ganzen Rest abzustreifen. Elsas Leiche zurückzulassen war der schwerere Part gewesen.

Sein Gepäck bestand nur aus einem praktischen Matchbeutel, passend zu seiner praktischen Kleidung: Jeans, Kakihosen, blaue Oberhemden und ein Sakko, T-Shirts, Unterwäsche, schwarze Socken, alles ganz normale Sachen von Target oder Sears. Er packte die Klamotten in eine Kommode, deren Farbe der von Ahornsirup glich. Die Laminatbeschichtung war stellenweise abgenutzt, changierte wie Steine in einem Flussbett. Die Anzahl der Kakerlaken erhöhte sich um drei. Ein Vogel hatte sein inzwischen verlassenes Nest außen auf den Sims des Schlafzimmerfensters gebaut. Durch ein Loch im Fliegengitter reichte es zur Hälfte bis in den Zwischenraum dahinter. Nur ein winziges Stück Eierschale war zurückgeblieben.

Seit gestern hatte er sich nur von Kaffee, Luft und Nerven ernährt. Zwei Straßen weiter hatte er ein Schnellrestaurant gesehen, einen Diner, Billy's oder Bully's, schwer zu sagen bei dem Schild. Letztes Mal war es noch ein Mexikaner gewesen.

Der alte Geruch hatte sich trotz des neuen Besitzers gehalten, so als gehörten Chili, Koriander und Kreuzkümmel zu den Pigmenten in der blauen Wandfarbe. Ging man nach der Reihe der Barhocker, den Sitznischen und der Küchendurchreiche, war der Laden in seinem früheren Leben mal ein Big Boy's oder ein Denny's gewesen. Ein alter Mann mit feinem weißen Haarkranz, der an eine halb abgewehte Pusteblume erinnerte, saß am Tresen, als hätte er dort Wurzeln geschlagen. In sicherer Entfernung stand ein Kellner und unterhielt sich durch die halb geöffnete Küchentür. Ein junges Pärchen saß in einer der hinteren Sitznischen, in der Nähe des Notausgangs, beide schwer beschäftigt mit irgendwelchen kleinen Geräten, iPods, Handys, was auch immer.

Driver setzte sich ans andere Ende des Tresens, weit weg von Pusteblume, der immer wieder Blicke in seine Richtung warf. Die Eier waren überraschend gut, der Speck dick geschnitten und mit genau der richtigen Menge Fettrand. Der Kaffee war frisch, aber wässrig. Als der Koch durch das Fenster linste, nickte Driver ihm zu und hob seine Gabel.

Jemand hatte den Namen Gabriel in das Resopal des Tresens geritzt, mit der schräg gehaltenen Klinge eines Taschenmessers, wie es aussah. Driver fragte sich, in welcher Phase der Wiedergeburt des Diners das wohl passiert war, wer der Schnitzer gewesen war und welche Geschichte sich dahinter verbarg. War es sein eigener Name? Der eines Freundes oder Geliebten? Driver dachte darüber nach, welche Mühe sich alle gaben, Markierungen zu hinterlassen, Zeichen dafür, dass man hier gewesen war, der Weg einen hier entlanggeführt hatte. Schnitzereien wie diese, aber auch die Schilder an Wänden, Gebäuden und Überführungen waren eigentlich nichts anderes als urbane Äquivalente zu Höhlenmalereien.

Er zahlte an der Kasse 7,28 $ und kürzte den Rückweg über den Parkplatz ab. Direkt dahinter kam er an einem Block von Häusern vorbei, fünf in einer Reihe, die wirkten, als gehörten sie gar nicht hierher, so schick waren sie – saubere Fenster, keine Ablagerungen auf den Dächern, der Rasen frisch gestutzt, ein zehn Zentimeter breiter Randstreifen rund um die Fundamente, Einfahrten und Bürgersteige abgestochen. Er fragte sich, ob es ein und dieselbe zwanghafte Person war, der die Häuser gehörten und die sich um sie kümmerte. Als er die Straße überquerte, kehrte er zurück in die reale Welt voller Baracken und Notunterkünfte.

Er bemerkte den Wagen, der auf der gegenüberliegenden Straßenseite seines Hauses parkte, eine schnittige Buick-Limousine zwischen lauter Pick-ups und anderen Schrotthaufen, nur ein Insasse darin.

Der andere war schon durch den Hintereingang rein, nahm er an.

Driver kürzte ab, tauchte hinter die Mauer, die die Gasse säumte. Dort stapelte sich genug Krempel, um fünf oder sechs Häuser zu möblieren; aber überall fehlte etwas: Beine an den Möbeln, Gläser von Spiegeln, Kabel oder Einzelteile an Geräten. Das Tor, so wusste er von anfänglichen Erkundungen, wurde von einer Kette verschlossen, die er erreichen konnte, allerdings nicht geräuschlos. Trotzdem kein Problem. Die Mauer war nur eins achtzig hoch, und durch eine Lücke konnte er den anderen Typen sehen, der an der Wand der alten Garage lehnte, das Haus im Blick.

Driver war oben, drüber hinweg und auf ihm, als ein Auto langsam vorbeifuhr und den Mann kurz ablenkte. Maniküre Fingernägel fuhren wie eine Harke über Drivers Arm, an einer Hand ein Rubin- oder Blutjaspisring, so dick wie ein Jelly Bean.

Ein guter Würgegriff lässt nicht viel Bewegungsspielraum. Es ist nicht nur die Atmung, man klemmt auch die Halsschlagadern ab und unterbricht die Blutversorgung des Gehirns. Wenn man bei Kung-Fu-Filmen mitwirkt, hängt man stundenlang mit Stars und Stuntmen herum, während man darauf wartet, aufzusatteln und zu fahren. Dabei lernt man so einiges.

Ohne nachzudenken – inzwischen war er auf einem Level, auf dem Denken und Handeln ineinander überzugehen schienen –, knallte Driver den Körper des Mannes gegen die Garagenwand, ein dumpfer Aufschlag, wie eine Pauke, lauter als erwartet, dann ein mehrfaches Echo. Er schlüpfte hinter ihn, in den schmalen Gang zwischen Garage und Mauer.

Es dauerte ganze drei Minuten, bis der andere aufkreuzte. Er kam rein, hatte etwas in der linken Hand, Knarre, Schlagring, Taser, entdeckte seinen Partner und bewegte sich langsam auf ihn zu. Tief zusammengekauert beobachtete Driver alles durch die Bretterspalten.

Linkshänder. Und zwanzig Kilo zu viel um die Hüften.

Driver wartete.

Der Mann näherte sich, schaute sich noch einmal um. Ging dann umständlich in die Knie und mit der linken Hand zu Boden, um sich abzustützen.

In dem Moment, als der Mann den Blick abwandte, war Driver zur Stelle und trat ihm mit voller Wucht auf die Hand. Die Finger, die immer noch die Pistole umfasst hielten, knackten. Aber der Mann gab keinen Laut von sich. Er sah auf, mit leerem Blick, und wartete ab, was passieren würde.

Driver trat ihm ins Gesicht.

In der Ferne hörte man Sirenen, drüben auf der McDowell oder irgendwo dort; kamen vielleicht in diese Richtung, vielleicht aber auch nicht. Driver sah sich um. Es war nicht laut genug gewesen, um die Nachbarn zu alarmieren, aber drei oder vier mehrstöckige Häuser waren in Sichtweite, jemand konnte etwas gesehen und gemeldet haben. Er lauschte wieder auf die Sirenen. Kamen sie näher? Sosehr er auch mit diesen beiden reden wollte, eine Unterhaltung führen, wie Felix sich ausdrückte, er konnte das Risiko nicht eingehen.

Er war schon durch die Gasse und um die Ecke, als zwei Polizeiwagen auf die San Jacinto einbogen.

* * *

»IST DAS DEINE VORSTELLUNG von sich bedeckt halten?«

»Bin etwas außer Übung.«

Driver telefonierte mit einem Einweghandy. Felix hatte ihn aufgrund seiner Nachricht zurückgerufen, die er im Tattoo-Studio auf der Camelback Road hinterlassen hatte.

»Scheint nicht gerade viel zu bringen, sich bei irgendwelchen Müllcontainern zu verstecken.«

»Stimmt. Sie sind mir wieder auf die Spur gekommen, und das ziemlich schnell.«

»Gefällt mir auch nicht. Sie haben dich gefunden, und es besteht das Risiko, dass sie mehr über mich wissen, als gut ist.«

»Genau das hab ich beim Einchecken auch gedacht.«

»Du hast vier von ihren Leuten erledigt, und sie fahren immer noch auf Reserve. Warum auch immer die so heiß auf dich sind, jetzt wird's noch brenzliger. Was kann ich für dich tun?«

»Ich brauche einen neuen Unterschlupf.«

»Geld?«

»Dafür ist gesorgt.« Die alten Gewohnheiten waren nicht komplett mit dem alten Leben verschwunden. Er hatte bündelweise Geld, Ausweise und Kreditkarten.

»Könntest dich vielleicht bei Maurice melden.«

»Der Typ, der Dokumente fälscht?«

»Nicht nur Dokumente. Er erstellt ganze Identitäten – Geburtsurkunden, Militärdienst, Schulabschlüsse. Aber er ist genauso gut darin, sie auszuradieren. Es wäre im Moment sicher ratsam, etwas unsichtbarer zu werden.«

»Du hast recht.«

»Komm in einer Stunde beim Ink Spot vorbei. Justin hat alles, was du benötigst. Schlüssel, Klamotten. Wenn du noch etwas brauchst, ruf mich direkt an.«

Felix gab ihm die Nummer. »Das habe ich dabei und es ist immer an.«

»Vielen Dank, alter Freund.«

»Ist schon okay. Bleib locker ...«

»... und pass auf dich auf. Wird gemacht.« Driver legte auf.

Vor dem zweiten Anruf hätte er sich lieber gedrückt, aber es führte kein Weg daran vorbei. Mr Jorgenson hob beim siebten Klingeln ab. Nach dem ersten »Hallo« sagte er nichts mehr, weder als Driver ihm verriet, wer da anrief, noch als er sagte, wie leid es ihm tue, und auch nicht, als er ihm mitteilte, dass sie nie wieder von ihm hören würden.

Er und Elsa hatten immer Witze darüber gemacht, was für unglaubliche Durchschnittsamerikaner ihre Eltern waren. »Käsetoast!« brauchte einer von ihnen nur zu rufen, dann prustete der andere schon los: »Sofaecke!« »Wackelpudding!« »Kartoffelmus!« »Lawrence Welk!«

Als Driver mit Reden fertig war, herrschte eine Weile lang Schweigen.

»Mrs Jorgenson und ich wussten von Anfang an, dass wir nur Teile der Geschichte zu hören bekamen, Paul. Das wussten wir. Aber unser Mädchen hat dich geliebt, und du hast sie geliebt, und was immer wir von jener Fremdheit auch an dir fühlten, die sich hinter dir verbarg, all diese Dinge, die nicht zusammenpassten – nichts davon hat eine große Rolle gespielt.«

Dann wieder Schweigen, bevor er fortfuhr. »Ich kann es nicht in Worte fassen, wie unendlich sie uns fehlen wird.«

So ziemlich jeder andere, dachte Driver, würde jetzt Trost verteilen: dass sie nun an einem besseren Ort sei, am Ziel, dass ihre Reise vorüber sei. Er erkannte, wo so vieles von Elsa seine Wurzeln hatte. Ihr Wesen, die Ruhe in ihrem Inneren, ihre Großzügigkeit.

»Aber auch du wirst uns fehlen, Paul. Wir sind deine Familie. Was immer jetzt passiert, wenn es vorüber ist, hoffen wir, dass du zu uns zurückkehrst. Wir werden hier sein ... mein Sohn.«

Driver befand sich in einem America's Tacos auf der Seventh Avenue. Draußen auf der Terrasse war kein Mensch, drinnen hinter der Scheibe saßen lauter Paare. Nur zwei Männer aßen allein. Der eine von ihnen war jung, dichte Mähne, Jeanshemd mit abgerissenen Ärmeln, der Kopf wippte zur Musik, die sie berieselte. Der andere war um die fünfzig, sechzig Jahre alt; er starrte während des Essens gegen die Wand. Verloren in Tagträumen? Oder in alten Erinnerungen?

Im Gehen ließ Driver seinen Pappteller, den Becher und das Handy in den Wertstoffcontainer fallen.

* * *

EINE JUNGE FRAU BEUGTE SICH über etwas, das aussah wie ein Gymnastikpferd, streckte den nackten Hintern in die Luft und aß einen Hamburger, während der Tätowierer seine Arbeit machte. Jedes Mal, wenn sie hineinbiss, kleckerte eine braune Schmiere aus Fett, Mayonnaise und anderem Zeug auf den Fußboden. Auf ihrem Hinterteil nahmen hebräische Buchstaben langsam Form an. Justins Augen glitten ständig zwischen ihrem Arsch und einem an die Wand gepinnten Bild hin und her. Seine Rastafrisur wirkte wie etwas, das man auf einem alten Dachboden gefunden hatte, sodass man das Ding schon fast nehmen und den Staub rausklopfen wollte. Die Jeans hing ihm tief um die Hüften, freier Oberkörper, an den Brustwarzen baumelten kleine goldene Anker. Nachdem er eine Weile zugesehen hatte, fragte Driver sich, ob der jungen Frau oder irgendjemand anderem eigentlich klar war, wie schlecht Justins Augen waren.

Menschen, die ihre Besonderheiten so offen zur Schau stellten, waren Driver ein Rätsel. Er arbeitete immer hart daran, in der Menge zu verschwinden, nicht aufzufallen. Aber irgendwo konnte er sie auch verstehen.

Der Tätowierer hatte sich zu ihm umgedreht. Driver beobachtete, wie seine Augen schwerfällig versuchten, das neue Objekt zu fokussieren.

»So wie du aussiehst, bist du sicher nicht wegen eines Tattoos hier, also nehme ich mal an, du bist Felix' Freund.« Er legte kurz eine Hand auf den Arsch des jungen Mädchens und sagte: »Bin gleich zurück, Süße.« Sie zuckte mit den Achseln und biss erneut in ihren Hamburger.

Justin stieß sich von der Wand ab und rollte mit einem Bürostuhl über den Boden, fing sich am Tresen und stand geschmeidig auf.

»Klamotten, Laptop, Sandwich, Cracker-Jacks«, sagte er und wuchtete eine Reisetasche auf den Tresen. »Und …«, fügte er hinzu, während er sich einen Bund von einem Nagel an der Tür schnappte: »Schlüssel. Ist ein bisschen außerhalb, abseits der befahrenen Wege. Aber gemütlich. Zumindest, soweit ich gehört hab.«

»Nett von dir.«

»Felix tut heutzutage nur selten jemandem einen solchen Gefallen. Marine?«

»So in der Richtung.«

»War klar. Also zurück zu meinen Hausaufgaben. Handy steckt drinnen. Ist sicher. Felix sagt, du sollst dich melden.«

Die Frau hatte ihren Burger aufgegessen. Justin blickte auf die Pfütze am Boden und schüttelte den Kopf, während er wieder seinen Platz einnahm.

* * *

FRÜHER, NOCH VOR DEM HAUS, noch vor dem Job, noch vor Paul West, hatte er eine Vorliebe für Einkaufszentren gehabt. Er verstand selbst nie, warum, aber sie zogen ihn magisch an. Leuchtende Farben, üppige Auslagen in den Fenstern, das Gefühl und das Geräusch von all den Körpern, die sich einzeln und zusammen bewegten, Musik, Kindergeschrei, freundliches Geschwätz. Einkaufszentren waren ganze Länder, nur in klein. Er besuchte sie, betrat sie, als käme er geradewegs von einem Schiff. Wenn er nur lange genug dort gesessen hatte, ausreichend Kilometer durch die endlosen Arkaden und über abgewetzte Fußböden zurückgelegt, genug in den Restaurantbereichen gegessen hatte, dann war es, als würde sich etwas – ein tiefes Verständnis, eine Zugehörigkeit – um ihn herum manifestieren.

Er hatte diesen Drang noch gehabt, als er Elsa kennenlernte – genau in diesem Einkaufszentrum. Regelmäßig waren sie dann zusammen wieder hergekommen. Als sie eines Tages dort saßen, vielleicht sogar am selben Tisch wie beim ersten Mal, hatte er ihr davon erzählt. Und dass er sich fragte, warum er immer wieder hierher zurückkam.

Elsa hatte ihn auf diese ihr eigene, ruhige Art angesehen. »Du weißt es wirklich nicht, oder?« Ihre Augen wanderten nach oben, als eine Taube von den Streben über ihnen abhob und davonsegelte, in Richtung Dachkuppel. Dachte sie, das wäre der Himmel? »Es sind Hausaufgaben, Paul. Anthropologie. Du lernst, wie man das alles imitiert.«

Und so war es wohl immer noch – denn er saß ja wieder hier.

Er dachte daran zurück, wie er dort gesessen und gelauscht, die Stimmen und Kadenzen mit Erscheinungen verbunden hatte, hier eine Geschäftsfrau, da ein Arbeiter, der gerade zupackte, dort ein Lehrer, und wie er sich zwischen den einzelnen Gesprächsfetzen bewegt hatte, bis sie eine Geschichte ergaben, die Geschichten ihrer Leben.

»Schau mal, Doris. Die Politiker, die wir gewählt haben, sind meistens reich, Mitglieder der elitärsten Gesellschaften dieser oder jener Sorte. Und sie sind Lobbyisten ausgesetzt, die überhaupt nichts mit uns, sondern nur mit ihrem Selbsterhalt zu tun haben. Die Unternehmen, die unsere Nahrung herstellen, fügen immer mehr Zusätze bei, die Herzinfarkte, Fettleibigkeit und Krebs verursachen. Währenddessen sitzen siebzig Prozent der Amerikaner abends vor der Glotze, um herauszufinden, welchen Adonis *The Bachelorette* auswählt, wenn sie erst einmal aufgehört hat zu flennen, ihr Mascara abgewischt und vor der Kamera ein paar Predigten vom Stapel gelassen hat. *Das* ist dein großartiges Amerika. *So viel* zur Hoffnung für unser Land.«

Von einem Tisch, an dem zwei ältere Damen saßen, hörte er: »Dein Problem, Anne, ist, dass du glauben musst. Erst kommt der Glaube – dann alles andere.«

Und von einem anderen: »Mir ist eines klar geworden. Nur weil er tot ist, bedeutet das nicht, dass ich ihm nicht mehr schreiben kann. Also habe ich damit angefangen. Habe mich an den Computer gesetzt, und bevor ich es bemerkt habe, hatte ich acht Seiten an ihn geschrieben. Habe ihm erzählt, was in meinem Leben so alles passiert ist, hab Dinge erklärt und ihn auf den aktuellen Stand gebracht.«

In dem neuen Unterschlupf betrug das Verhältnis von Grillen und Kakerlaken hundert zu eins. Driver hatte in der Abenddämmerung hinten im Garten gesessen, als sie allmählich hervorkamen, und bald war die ganze Veranda, wenn man sie so nennen konnte, von ihnen übersät. Winzige waren darunter, nicht größer als Fliegen, und andere, die vielleicht anderthalb Zentimeter lang waren. Die Kleinsten krabbelten herum und fielen in die Risse im Zement, die für sie tiefe Gräben waren.

Grillen und Risse beschrieben diesen Ort ziemlich gut. Die Wasserleitungen verliefen knapp unter der Erde, sodass es lauwarm aus dem Kaltwasserhahn sprudelte. Jede erdenkliche Oberfläche – Dach, Fundament, Fensterrahmen, Wände – zerbröselte. Im Garten: eine Wildnis aus Oleander, deren Wurzeln zweifellos dabei waren, sich die Abwasserrohre zu erobern, jederzeit musste man damit rechnen, dass sie aus dem Abfluss herauskrochen, als wären sie um sich greifende Tentakel. Im Dickicht irgendwo lebte eine Hundertschaft Tauben.

Sein Fahrer hatte auf der Fahrt ins Einkaufszentrum

nicht ein einziges Mal in den Rückspiegel geblickt. Seltsam, wo doch die meisten Taxifahrer lernten, einen ganz unauffällig zu überwachen. Der Mann hatte offenbar keinen Gebrauch für Spiegel. Dort, wo der Seitenspiegel des Fahrers sein sollte, klaffte eine Lücke, und am rechten Rückspiegel fehlte das Glas.

Manny fand das zum Schreien komisch, als Driver ihn anrief.

»Hey, das ist aber witzig! Der Typ, der nie in ein Auto einsteigen würde, das er nicht selbst steuert, fährt jetzt Taxi!«

Es war eine Weile her, seit sie das letzte Mal miteinander gesprochen hatten. Manny wusste von seinem Leben in den letzten Jahren, und der plötzliche Wandel überraschte ihn nicht.

»Es ist, wie es ist – was immer dieser Scheiß auch zu bedeuten hat. Ist dir aufgefallen, dass das in jedem verdammten Drehbuch der letzten zwei Jahre steht? Wie ein faules Auge in einer Kartoffel.«

Manny dankte ihm für seinen Anruf und dafür, dass er ihn von den Scheißprojekten auf seinem Schreibtisch ablenkte.

»Verstehst du? Schreib diesen Müll nur lang genug und du kannst überhaupt keinen klaren Gedanken mehr fassen, hau einfach ein paar Klischees rein, aber verdammt – es reicht. *Der eigene Schreibtisch* – für'n Arsch. Hab keinen Schreibtisch mehr gehabt, seit ich auf dem College war.«

Er arbeite gerade an zwei Sachen gleichzeitig. »Das eine ist ein Klacks. Irgend so ein Hardware-Typ, der immer schon mal Filme machen wollte, ist zur Erkenntnis gelangt, Vampire seien Schnee von gestern, der wirkliche Hit seien Meerjungfrauen und Wassermänner. Du glaubst gar nicht, wie gut man Joseph Conrad umschreiben kann. Ich hab's noch mit einer Prise Dickens gewürzt. Das andere ist eine feine Sache für so einen bleichen Norweger, der uns mal zeigen will, worum es in Amerika eigentlich geht.«

Ein weiteres Gespräch kam an Mannys Apparat an. Er war höchstens sieben Sekunden weg. »Hab ihnen gesagt, sie sollen sich verpissen. Du willst mir also erzählen, du bist einfach abgehauen?«

»So ist es. Haus. Auto. Leben.«

»Und nun?«

»Wer weiß. Ich hänge in der Luft. Seh zu, wohin der Wind mich treibt, schätze ich.«

»Klingt irgendwie vertraut, oder? Zurück auf Los. Nietzsches ewige Wiederkehr und all der Scheiß.« Das Telefon klingelte wieder. Diesmal ignorierte es Manny. »Du könntest hier rauskommen. Kalb ist gerade ausgegangen, aber ich lade dich gern zu einem Teller Schweinefleisch mit Yucca ein.«

»Geht klar. Bald. Aber vorerst ...«

»Ja, sicher. Sei einfach vorsichtig. Die Dinge sind vielleicht nicht mehr so einfach, wie sie mal waren. Manche kehren zu einem zurück, manche nicht.«

Driver blickte sich um. Die Paare waren gegangen. Jetzt wurde das Publikum offensichtlich jünger, es wedelte hinter ihm mit iPods und Handys herum, auf ewig miteinander verbunden.

Warum hatte er Manny eigentlich angerufen? Wir tischen anderen immer unsere Probleme auf, dachte er, weil wir uns entweder versichern wollen, dass das, was wir tun, richtig ist, oder um uns selbst davon zu überzeugen, etwas zu tun, von dem wir eigentlich wissen, dass es dämlich ist.

Ja, dachte er, das beschreibt es ziemlich umfassend.

Sich darüber Gedanken zu machen, warum er oder andere taten, was sie taten, war etwas, das er stets vermied. Wie zum Teufel sollte man das auch je wissen? Handle, wenn es notwendig ist. Ansonsten halte dich zurück.

Und das Nächste, was jetzt anstand, war ein fahrbarer Untersatz.

Natürlich gab es da draußen einen riesigen Parkplatz

voller Autos, von denen jedes seines sein konnte. Und er würde nicht zögern, sollte es nötig sein.

Aber im Moment war es das nicht.

* * *

ES HÄTTE MIR SCHON VIEL FRÜHER einfallen müssen, dachte Bill. Das Leben hätte verdammt viel einfacher sein können. Jetzt konnte er tun und lassen, was er wollte. Die Manieren, die ihm beigebracht worden waren, dieser einfühlsame Kram, den er später lernen musste, den Scheiß anderer Leute zu ertragen, ob er wollte oder nicht – all das war durch die Tür, den Block runter und verschwunden.

Jetzt konnte er Wendell einfach nur anstarren, wenn dieser ihn fragte, ob er nach draußen gehen, fernsehen oder vielleicht mit den anderen Karten spielen wollte. Er musste nicht reagieren. Sie hakten es ab unter *Mr Bill ist heute nicht ganz bei uns*. Alzheimer sei Dank – oder was immer sie auch dachten, das es war.

Auf eine Weise hatten sie recht. Die Welt da draußen, die, in der sie lebten, bestand nur aus Pillen, schlechtem Essen und Warten. Sie roch schlecht. Die Welt jedoch, die er in sich trug, war reich – an Menschen, die er einmal gekannt hatte, an Orten, an denen er gewesen war, an Dingen, die er getan hatte. Die Bilder dort drinnen bewegten ihn Tag für Tag.

Wendell allerdings mochte er. Und er fragte sich, ob er vielleicht wusste, was mit ihm los war. Manchmal, wenn Bill dort saß und auf nichts reagierte, sah ihm Wendell in die Augen und grinste. So wie vor ungefähr einem Monat, als ein Folksänger für das *wöchentliche Amüsierprogramm* da war. Bill hasste die beschissenen Sechziger, und da waren sie, direkt vor seiner Nase. Lange Haare, Batik-T-Shirt und ein so blödes Lächeln, dass man den Kerl am liebsten dumm und dämlich geprügelt hätte. Noch dümmer und dämlicher, als er ohnehin schon war. Er lachte über seine eigenen Witze. Tat so, als würde er mit den Damen in der ersten Reihe flirten.

Sein erster Song war *Life is a river*. Es war eher die Hölle, dachte Bill, mein Leben ist wie mein Kopf, nichts als vertrocknetes Laub darin.

Es ist noch nicht vorbei, sagte Eli oft, sagte es wieder und wieder. Eli war sein ältester Freund und neben Billie der Einzige, der ihn besuchte. Doch es war vorbei, zumindest so gut wie.

Er hatte hinübergeschaut und gesehen, wie Wendell ihn beobachtete.

Dennoch, der gestrige Abend war für ihre Verhältnisse großartig gewesen. Die Tochter seines Zimmernachbarn Bobby hatte Bobbys Lieblingsspeisen reingeschmuggelt, Girl-Scout-Kekse und Early Times Bourbon. Es stand zwar nicht in der Hausordnung, aber Alkohol war hier drinnen verboten. Die Gründe dafür waren zahlreich: Verwirrung, Dehydrierung, Nebenwirkungen mit Medikamenten, Leberprobleme. Bill und Bobby hatten mit den Keksen kurzen Prozess gemacht; den Bourbon genossen sie länger, Schluck für Schluck.

Jetzt saß Bill da und schaute dem Müllwagen draußen zu, der im Stop-and-go die Straße entlangfuhr. Hinten tropfte Flüssigkeit heraus. Es sah aus wie eine riesige Schlange, die eine Schleimspur hinterließ, während sie sich langsam weiterbewegte.

Noch drei Stunden bis Mittag.

* * *

DER WAGEN WAR VON EINEM HÄNDLER am äußersten Rand von Tempe. Zwei Verkäufer hatten sich um Driver gekümmert. Der eine in den Zwanzigern und so enthusiastisch, als würde er gleich anfangen, herumzuhüpfen; der andere hatte etwas von einem Krokodil an sich, wirkte alterslos und zäh.

Was er brauchte, war ein Schlitten, der nicht gleich sein wahres Gesicht zeigte, der nie knurrte, sondern gleich zubiss. Als Driver das zweite Mal zu einem Ford Fairlane zurückkehrte, brüllte ein junger Typ mit Anzug und Baseballkappe, der sich offensichtlich nur umsah, zu ihm herüber: »Hey, Alter, mit dem Ding da kannst du während der Fahrt Blümchen pflücken, verstehst du, was ich meine?«

Driver verschwand unter der Motorhaube. Kurz darauf erschien ein Paar abgetragener Kakihosen in seinem Blickfeld. Das Krokodil. Der Verkäufer wartete, bis Driver sich aufgerichtet hatte, und lächelte ihn an. »Ich fürchte, da ist mal jemand unter der Haube gewesen und hat etwas Unordnung gemacht.«

Driver hatte die Haube zugeknallt und das Geld abgezählt, bevor das Krokodil den Satz beenden konnte.

Jemand war tatsächlich unter der Haube gewesen, aber er hatte gewusst, was er tat. Und was derjenige angefangen hatte, brachte Driver in einer Werkstatt, die hinter dem letzten Knick der Van Buren Street lag, zu Ende.

Vor einem halben Jahrhundert noch die Hauptverkehrsader von Phoenix und ein Wasserloch für alle, die die Highways 70, 80 und 89 befuhren, war die Van Buren inzwischen nichts weiter als eine sich endlos dahinziehende Aneinanderreihung übler Motels, eine Bordsteinschwalbe nach der anderen, verlassene Ladenfronten und brachliegende Grundstücke, die von Unrat überwuchert waren; das genaue Abbild dessen, was verbraucht, abgenutzt und weggeworfen worden war. Die Stadt hatte sich weiterbewegt und ihre abgestreifte Haut hinter sich gelassen.

Boyd's Werkstatt war es nicht besser ergangen, aber sie hatte sich gehalten, seit 1948, wenn man dem Schild glauben konnte, dessen alte Buchstaben und Zahlen kürzlich überstrichen worden waren – offenbar freihändig, denn Schlieren getrockneter Farbe hingen über die tomatenroten Ränder. Das harte Sonnenlicht entblößte die Pinselschwünge deutlich und rücksichtslos.

Innen war unter einer Duftwolke aus Schmiere, Reinigungsmitteln, Abgasen, Benzin, Haaröl und Aftershave alles unberührt geblieben von all den Jahren, die draußen vorbeigezogen waren. Die Wand neben dem Büro (den Kartonstapeln nach zu urteilen schon lange nicht mehr in Gebrauch) war zugepflastert mit Pin-up-Kalendern. Einige davon reichten zurück bis zum Zweiten Weltkrieg. Das Oberteil eines antiken Cola-Automaten gab zwei parallel laufende Stahlleisten frei. Man steckte Geld hinein und schob die Flaschen an den Leisten entlang bis zur Öffnung, wo man sie am Hals herausfischen konnte. Der untere Teil war mit kaltem Wasser unbekannten Alters gefüllt. Besser, man sah nicht so genau hin, wer wusste schon, was da unten noch so alles herumschwamm.

Der Fairlane war ohne Frage ein Straßenkreuzer. Aber jemand hatte sich große Mühe gegeben, ihn unscheinbar aussehen zu lassen, sodass Driver sich fragte, ob der frühere Besitzer jemand gewesen sein konnte, der auf die eine oder andere Art dasselbe gemacht hatte wie er. Und wie dieser Wagen wohl auf dem Autohof unter die schwarzen Schafe geraten war. Warum niemand seinen wahren Wert erkannt hatte?

Oder stimmte das alles nicht?

Nachdem Driver den Wagen bezahlt hatte, fragte er nach dem Mechaniker.

»Sie verstehen ...«

»Ich will nur mit ihm reden. Aber nicht mit einem Serviceleiter, sondern mit einem der Jungs, die die schwarzen Schmieröllinien in den Hautfalten auch mit Bürsten nicht mehr wegbekommen.«

Er hatte den Wagen in den Hof gefahren und war hineingegangen. Luis warf einen kurzen Blick über seine Schulter auf den Wagen, sah Driver in die Augen und nickte dann.

Also wusste er Bescheid.

Driver stellte Fragen, und Luis erzählte ihm von der Werkstatt. Sie gehörte einem Mann namens Matthew Sweet, von allen nur Sweet Matt genannt, und seiner Frau Lupa. Sie vermieteten stundenweise, Box, Werkzeug, was immer man brauchte. Sind gute Leute, sagte er. Passen zu deinem guten Auto.

All das weckte bei Driver Erinnerungen an alte Zeiten: der Geruch, das Herumstochern in den Innereien des Fairlanes, ständig darunter- und wieder hervorzurutschen, die Schnitte in der Hand, wenn man mit einem Schraubenschlüssel abrutschte, und das Spanisch, das von den Wänden widerhallte.

Zum ersten Mal hatte er seine Begabung in einer Werkstatt ausleben können, die dieser hier ziemlich ähnlich war, irgendwo auf der provisorischen Piste in der Wüste zwischen Tucson und Phoenix. Mit Herb hatte es angefangen, einem Außenseiter wie ihm, mit dem er sich in der Schule angefreundet hatte und für den Motoren, Getriebe und Radaufhängungen Dinge waren, die atmeten und lebten. Dann waren da noch Jorge, seine Familie und die Freunde der Familie gewesen, was so ungefähr den gesamten Einwohnern von South Tucson entsprach. Das war das erste Mal in seinem Leben gewesen, dass Driver das Gefühl hatte, irgendwo hinzugehören.

Er erinnerte sich auch an Manny und wie er seine Tiraden über bestimmte Wörter und deren Missbrauch vom Stapel ließ. Sie hatten in einer Spelunke draußen beim LAX getrunken, in einer selbst ernannten Blues-Bar, in der ein Typ um zwei Uhr nachmittags für ein Publikum, das aus vier Säufern, einer Nutte, ein paar japanischen Anzugträgern und ihnen bestand, mit den Zähnen Gitarre spielte. Manny hatte noch ein Glas Wein runtergeschüttet und plötzlich eine andere Gesprächsrichtung eingeschlagen. »Hast du jemals einen Blick in einen Thesaurus geworfen? Ein Drittel davon ist nur Index. Genau wie in unserem Leben. Wir verbringen ein Drittel damit, herauszufinden, was die anderen zwei Drittel sind.« Man wusste nie, was in Manny gerade vorging.

Oder überhaupt in irgendwem.

So wie in diesem Typen beim Cola-Automaten. Rasierte Augenbrauen, rasierter Schädel, eine Haltung wie auf Freigang im Gefängnishof, übersät mit Tattoos. Sah aus wie tausend andere, die Driver kannte. Nur dass bei diesem Typen die Tattoos alle religiöse Motive hatten – als wäre er ein herumlaufendes Kirchenfenster –, dazu lächelte er so unschuldig wie ein Kind.

»Es ist so wie immer im Leben«, hatte Manny gestern am Telefon gesagt. »Du musst dich entscheiden, was du willst, ansonsten drehst du dich im Kreis. Du willst den Typen entkommen?«

»Klar will ich das.«

»Oder willst du sie ausschalten?« Er wartete, dann lachte er. »Nun, da hast du's. Wir grübeln, wägen ab und diskutieren. Während irgendwo in der Dunkelheit hinter den Worten still unsere Entscheidungen fallen.«

* * *

DRIVER WAR SICH NICHT SICHER, ob er jemals eine Entscheidung gefällt hatte, zumindest in Mannys Sinne. Man blieb locker, und wenn es an der Zeit war, schaute man sich um, sah, was da war, nahm es hin. Nicht, dass man sich von etwas unter Druck setzen ließ, aber man schwamm schneller mit der Strömung als dagegen. Es war, als läse man Zeichen, als folgte man einer Spur.

Manny hatte natürlich darauf bestanden, dass so etwas Bockmist sei, mit Anflügen von Religion. »Zeichen? Was für beschissene Zeichen? Schilder mit Tempolimits oder mit *Vieh kreuzt Straße?*« Alles, was nicht vollkommen rational war, folgte in Mannys Augen religiösen Impulsen, zumindest verdeckt. An jenem Tag in der Blues-Bar war er sogar über Atheisten hergezogen. »Schlimmer als Christen. Die sind so tierisch von sich überzeugt. Haben im Grunde ihre eigene kleine Religion, ihre eigenen Rituale, Psalmen, Hanukkahs und Hosannas. Die hören einem einfach gar nicht zu.«

Er ließ – wie üblich von einem Gedanken zum nächsten springend – in verschiedenen Akzenten und Tonlagen Teile aus Drehbüchern verlauten, an denen er gerade gearbeitet hatte.

»Freier Wille, ist doch für'n Arsch. Woran wir glauben, Bücher, die wir schätzen, selbst Musik, die wir hören, verdammt – alles ist doch programmiert, mein Junge, wird uns alles durch Vererbung eingebrannt, durch unseren Hintergrund, dem wir ausgesetzt sind. Wir glauben, wir treffen Entscheidungen. Aber im Grunde kommt die Entscheidung auf uns zu, steht uns von Angesicht zu Angesicht gegenüber und zwingt uns mit ihrem Blick in die Knie.«

»Also glaubst du, der Weg eines Menschen, sein Leben, ist festgelegt?«

»Bezüglich Glaube siehe oben. Aber ja, wir sind plötzlich am Leben, flitzen herum wie Kakerlaken, wenn das Licht angeht, und dann gehen die Lichter wieder aus.«

»Das ist verdammt düster, Manny.«

»Keine Frage. Aber diese Augenblicke des Lichts, in denen wir herumlaufen – die können wunderbar sein.«

Entscheidungen? Vielleicht, wenn er auftauchen würde. Aber ehrlich, hatten sie nicht auch ihn schon eine Weile vor sich hergetrieben? Bis er in einem Apartment draußen in Mesa gestrandet war? Er hatte beim letzten Job einen so guten Schnitt gemacht, dass er keine Gedanken darüber verlieren musste, irgendwann in nächster Zeit wieder zu arbeiten.

Alles um ihn herum war erdverbunden, erdfarben, und darüber meilenweit der endlose Himmel, greller, brennender Sonnenschein, Schatten mit messerscharfen Kanten.

Wenn er etwas essen ging, kam er an einer Polsterei vorbei, an zwei Kirchen, einem Happy-Trails-Motel, einem Ölwechsel-Service, an BJ's Hobby & Stamp Store, einem Thai-Restaurant in der Größe eines Wohnwagens, an Apartment-Komplexen über Apartment-Komplexen mit Namen wie Desert Palms, an Tankstellen, Gebrauchtreifenhändlern, Rainbow Donuts. Was ihm zuerst exotisch vorgekommen war – buchstäblich wie aus einer anderen Welt –, begann die Farbe und das unmerkliche Gewicht des Bekannten anzunehmen.

Eine Weile fühlte er sich fast zurückversetzt in seine Zeit bei Pflegefamilien, so als wäre er schon wieder an einen anderen Ort verfrachtet worden. Jeden Moment konnten sie kommen und ihn woandershin bringen.

Eine Woche verging. Dann eine weitere. Die Kellnerinnen kannten ihn inzwischen vom Sehen. Die Köche, die draußen hinter dem Thai eine rauchten, winkten ihm zu, wenn er vorbeiging.

Irgendwo dazwischen, vielleicht auf halbem Weg den Block hinunter oder während er eine Straße überquerte, irgendwann zwischen den ersten Sonnenstrahlen und der einsetzenden Dunkelheit wurde ihm klar, dass er nicht in sein altes Leben zurückkehren würde.

Er war damals sechsundzwanzig gewesen und auf dem Weg, Paul West zu werden.

Sechsundzwanzig, ohne irgendeine nennenswerte berufliche Vergangenheit, keine Referenzen, keine wirtschaftlichen Kenntnisse oder Kompetenzen, nur wenig soziale Kontakte. Er verstand ausschließlich von einem etwas. Und das waren Autos.

In Guadalupe, einer kleinen Gemeinde voller Latinos und amerikanischer Ureinwohner zwischen Tempe und Phoenix, hatte er eine Werkstatt gefunden, wo er eine freie Hebebühne mieten konnte. In erster Linie wurden dort Autos wunschgemäß aufgemotzt – Lackierungen, Kipphebel,

Stoßdämpfer ... die üblichen Protzereien – und er begann, überzählige Aufträge zu übernehmen oder solche, zu denen die anderen keine Lust hatten. Er sagte Felix Bescheid, was ihm den einen oder anderen Job einbrachte, dann immer mehr. Die anderen Mechaniker wurden aufmerksam, es sprach sich herum, und über kurz oder lang hatte er mehr Arbeit, als er bewältigen konnte. Schrittweise zog er sich von den Standardsachen zurück und konzentrierte sich auf Restaurierungen. Er baute ein paar Klassiker zusammen, einen Hudson und einen britischen Roadster. Dann übernahm er den Auftrag, einen Rennwagen nach Anleitung von Grund auf zusammenzubauen. Der Scheck, den er erhielt, brachte ihn dazu, über Alternativen nachzudenken.

Er machte in einem maroden Gewerbegebiet südlich der Innenstadt eine Werkstatt mit großem Lagerraum ausfindig, der in ein Büro umgebaut werden konnte. Als Teil einer Kette war die Werkstatt seit Jahren verlassen, und er bekam sie fast geschenkt. Er fing an, Klassiker zu kaufen, zu restaurieren und wieder zu verkaufen. Dann, nachdem er sich einen ansehnlichen Bestand angeschafft hatte, baute er eine Autovermietung für die Hollywood-Studios auf – obwohl er nicht mehr dazugehörte, es auch nicht wollte. Aber er wusste immer noch, wie der Hase lief. Wenn sie einen Terraplane brauchten oder einen alten Rolls, hatte Paul West einen da, in gutem Zustand und kamerareif.

Paul West hatte auch zwei Sekretärinnen und zwei Angestellte. Manchmal fragte sich Driver, was sie heute wohl machten. Vielleicht hatten sie einen Weg gefunden, das Geschäft zu übernehmen, und hielten es am Laufen.

* * *

NACH FÜNF TAGEN, fast ohne Pause, hatte er den Fairlane dort, wo er ihn haben wollte.

Die anderen blieben cool, ließen ihn arbeiten, aber sie beobachteten ihn.

»Sehr tüchtig«, sagte eine Stimme. Driver sah nur die BKs in Größe 10, die über den Knöcheln endeten und so bunt waren, als wären sie voller Clownskotze.

Driver rollte unter dem Wagen hervor, um zu sehen, wer da sprach. Kleiner, weißer Typ – weißer als Driver –, aber er sprach das Spanisch der Gegend und kannte hier offenbar jeden. Vielleicht Familie. Kein Stammgast, aber er war schon mal da gewesen.

»Denkst du, du kannst mit diesem Scheißding zum Mars fliegen?«

»Es hatte ein bisschen Aufmerksamkeit nötig.«

»Du hast ihm aber mehr als nur ein bisschen Aufmerksamkeit gewidmet, mein Freund. Du hast Omas schnuckeliges Vehikel genommen und daraus etwas Monströses gemacht, das sechs Mal am Tag nach Fleisch giert. So wie's aussieht, könntest du ein Haus an das Getriebe da hängen.«

»Hab mich wohl ein bisschen mitreißen lassen.«

»Und den Radstand bei der Gelegenheit gleich etwas verlängert, wie?«

»Ja, er bleibt gut am Boden. Jemand hatte bereits damit angefangen, ich bring's nur zu Ende.«

»Frontspoiler?«

Driver nickte. »Und die Radaufhängung war defekt. Hab der Frontaufhängung für eine gerade Achse mit Buggy-Federung den Laufpass gegeben.«

»Vier-Zylinder?«

»Stimmt. Siebziger. Vier-Zylinder Standard, sieben Liter.«

»Nicht schlecht. Und schnurrt wie 'ne Miezekatze.« Der Mann tätschelte zärtlich den hinteren Kotflügel, wie einem Pferd die Flanke. Sein Mittelfinger fehlte. Alle anderen trugen Ringe. »Sieht so aus, als ob die Wüste und eine lange Mondscheinfahrt auf dich warten.«

»Ganz klar oben auf der Liste.«
»Wenn es so weit ist, genieße jede Minute.«
»Mach ich.«
»Sind die besten Stunden im Leben, nur du und die Straße, während du den ganzen Scheiß hinter dir lässt.«
»Klar.«
Der Mann nickte kurz und ging davon.

Waren es wirklich die besten Stunden? In vielerlei Hinsicht absolut. Da draußen zu sein, ungebunden und frei, fast wie im Flug, fort von allem, was sich solche Mühe gab, einen festzuhalten. Wenn man dieses Gefühl erst einmal kennengelernt hatte, wenn man es in sich aufgesogen hatte, kam man nie wieder darüber hinweg, und nichts kam diesem Gefühl auch nur annähernd gleich.

Aber früher oder später, wie Manny ihn immer erinnerte, musste man anhalten und aussteigen.

Er war gerade wieder unter dem Wagen, als ein zweites Paar Schuhe neben ihm stehen blieb, diesmal pinkfarbene, ziemlich ölverschmierte High-Cuts. Er rollte hervor. Das Mädchen arbeitete am anderen Ende, an dem Rolltor, das von 200-Liter-Benzinfässern offengehalten wurde. Jeder nannte sie Billie oder nur B. Sie blieb mit allen stets auf der Geschäftsebene, soweit er gesehen hatte. Eine Latina, aber in der zweiten, dritten Generation.

»Ja, Ma'am?«

Zuerst guckte sie erstaunt. Dann lachte sie.

»Toller Wagen, aber wie passt der ins schicke Scottsdale?«

»Mit etwas Glück wird sie es nie kennenlernen.«

»*Sie*, hm?«

Er wartete zwei Herzschläge lang, wie Schauspieler es nannten, und antwortete dann: »Ja, Ma'am.«

Sie lachte wieder und machte eine Handbewegung in Richtung Kühlerhaube. Als er erwiderte, sie sei sein Gast, tauchte sie ab. Kam wieder hoch, um Luft zu holen, und schüttelte den Kopf.

»Da ist noch 'ne Menge Luft drin.«

»Man weiß nie, was man noch braucht.«

»Stimmt, und wenn man meint, es zu wissen, stellt es sich immer als falsch heraus.« Ihre Finger hatten einen Fleck auf der Haube hinterlassen. Sie bemerkte es, bückte sich und wischte ihn mit einem Hemdzipfel ab. Ein Männerhemd aus ziemlich verblichenem Denim, die Ärmel bis zum Bizeps hochgerollt. Dazu locker sitzende, kakifarbene Cargohosen. »Ich hätte nichts gegen einen kleinen Ritt mit diesem Teil.«

Nun lachte er.

»Das hast du vermutlich schon mal gehört«, sagte sie.

»Ein oder zwei Mal. Allerdings nicht in diesem Zusammenhang.«

Sie blickte sich um. »Ach, in welchem Zusammenhang denn? Ist das jetzt der Teil, wo die Musik lauter wird und die Streicher einsetzen und all dieser Scheiß?«

»Eher nicht.«

»Ja, eher nicht.«

Zusätzlich zum Oleander, den Grillen und den Rissen hatte der neue Unterschlupf einen Fernseher, und als Driver sich an diesem Abend hinsetzte, um die Reste dessen aufzuessen, was er sich aus der Bento-Box des Tokio Express mitgenommen hatte, als die heiße Luft von Fenster zu Fenster zog und die Kühle des Sumpfes langsam heraufkam, da wurden die lokalen Nachrichten von einem Spielfilm abgelöst, und plötzlich blickte er in Shannons Gesicht.

Eigentlich nur in Teile seines Gesichts – in einem Rückspiegel. Aber er war es.

Shannon war der beste Stuntfahrer, der je gelebt hatte, eine echte Legende, und er war es gewesen, der Driver auf die Sprünge geholfen, ihn ins Geschäft gebracht hatte. Er hatte ihn zum Essen eingeladen, ihn sogar auf seinem Sofa schlafen lassen. Zehn Monate nach Drivers erstem richtigen Job schoss Shannons Wagen bei einem Routinestunt, den er schon hundert Mal gefahren war, über eine Klippe, überschlug sich zweimal und blieb auf dem Dach liegen wie ein Käfer, alles bei laufenden Kameras.

Dieser Film hier hieß *Stranger,* und es ging um den selbst ernannten Beschützer einer kleinen Gemeinde. Man sah ihn nie, nur seinen Wagen, einen Mercury, wie er eine Anhöhe hochkam oder sich hinter einem verdächtigen Fahrzeug einfädelte, und dann und wann einen Arm im Fensterrahmen, ein Schattenprofil, ein Stück seines Gesichts im Spiegel oder seinen Nacken und Rücken, wenn er dasaß und jemanden beobachtete. Die Motivation des Mannes blieb bis zum Schluss im Dunkeln. Der Film war billig produziert, also hatten sie für diese Teile Shannon anstelle eines Schauspielers genommen. Sämtliche Fahrszenen waren erste Sahne. Kein großes Drehbuch, wenn man's genau nahm. Aber der Film hatte diesen Glanz, den Billigproduktionen oft haben, wenn die Macher an sie glauben, dabei fast ohne finanzielle Mittel, Zeit oder andere Ressourcen auskommen und umso mehr um Effekte bemüht sind.

Musste ein alter Film sein; Shannon sah jung aus, zumindest die Teile von Shannon, die er sehen konnte. Vermutlich von Neulingen gedreht, mit kaum mehr als dem Glanz in ihren Augen und einer Kreditkarte. Inzwischen waren sie sicher groß rausgekommen oder verkauften irgendwo Immobilien.

In der Nacht, als draußen der vorhergesagte Regen niederging, mischten sich im Traum Erinnerungen mit verdrehten Sequenzen aus dem Film, und als Driver am nächsten Tag den Crown Vic im Rückspiegel entdeckte, hätte er fast laut gelacht.

* * *

ZWEIFELLOS FOLGTEN SIE IHM. Neues Modell, unauffälliges Grau, zwei Männer. Driver bog an der Indian School ab, nahm die Osborn, dann die 16. – sie waren immer noch da. Er fuhr auf eine Anwohnerstraße, die breit und einladend aussah, sich aber am Ende eines langen, geschwungenen Häuserblocks in einem Durcheinander von Apartmentkomplexen und Bewässerungsgräben verlor. Er war hier vor einigen Monaten zufällig durchgefahren und hatte den Ort aus reiner Gewohnheit abgespeichert. Das ganze Gebiet war mit Asphaltstümpfen gespickt, die dort an die Straßen grenzten, wo früher private Einfahrten gewesen waren, bevor die Apartmentblöcke das Gebiet übernommen hatten. Er beschleunigte, bog ein, zwei Mal ab, um etwas Vorsprung zu gewinnen, setzte dann in einen dieser Stümpfe zurück und schaltete den Motor ab. An beiden Seiten der Straße parkten Autos – ein weiteres Plus. Gegenüber luden zwei junge Männer Möbel aus billigem Furnierholz von einem Lieferwagen ab, der bedenklich wackelte, wenn jemand an Bord kletterte.

DOS AMIGOS – UMZÜGE
WIR ERLEDIGEN DAS

Driver stieg aus und ging hinüber. »Soll ich mit anpacken?« Sie sahen erst ihn an, dann einander, zu Recht mit Misstrauen. Einer war recht groß, ungefähr eins achtzig, hellhäutig, mit unglaublich schwarzen Haaren, die zu beiden Seiten herunterhingen wie Krähenflügel. Der andere war klein, hatte dunkelbraune Haut, wenig Haare und Oberarme wie mit Steinen gefüllte Säcke.

»Ich wohne um die Ecke.« Driver nickte mit dem Kopf in eine Richtung. »Da hinten. Arbeite zu Hause, vierzehn, fünfzehn Stunden am Tag hocke ich vor dem Bildschirm. Ich musste mal raus, mich ein bisschen bewegen, wisst ihr?«

»Wir können dir nichts bezahlen, mein Freund«, sagte der Kleinere der beiden, der mehr oder weniger das Sagen zu haben schien und den Löwenanteil der schweren Sachen schleppte.

»Hab ich nicht erwartet.«

Kurz darauf, als Driver die Rampe herunterkam, ein Tischende in der einen, eine Lampe in der anderen Hand, sah er den Crown Vic langsam vorbeirollen. Er hielt beim Fairlane, die Typen stiegen aus, kontrollierten den Wagen, sahen sich um und stiegen wieder ein. Sie würdigten die drei armen Teufel, die dort Möbel abluden, kaum eines flüchtigen Blickes. Während sie den Laster leerten, kam der Crown Vic noch zwei Mal zurück, im Abstand von vier Minuten; also durchforsteten sie die Gegend und suchten mühevoll nach irgendwelchen Spuren. Bei der letzten Runde sprach der Typ auf dem Beifahrersitz in ein Handy. Der Crown Vic nahm Fahrt auf und verschwand.

»Gehe mal besser zurück, schätze ich«, sagte Driver.

»Zurück in den Sattel, klar. Hey, Mann – vielen Dank für deine Hilfe. Vorne in der Kühlbox ist ein kaltes Bier, wenn du willst.«

»Nächstes Mal.«

»Jederzeit!«

* * *

ZWEI TAGE SPÄTER saß er im Einkaufszentrum und trank einen bitteren Kaffee, als ein Typ am Nebentisch sagte: »Du hast Carl sehr betrübt.«

Driver sah hinüber. Dreißiger, Oberhemd und Stoffhose, konnte ein Verkäufer in der Pause sein oder der Manager vom Dillard's gegenüber.

»Carl ist in einer Sache gut, und nur in einer. Die ist so ziemlich sein Leben. Aber du hast ihn abgehängt.«

»Ich vermute, Carl fährt einen grauen Crown Vic.«

»Und wenn Carl betrübt ist, ist es so ... nun, als würden überall kleine schwarze Wolken auftauchen.« Er hielt seinen Becher hoch. »Gehe mir nachfüllen, kann ich dir was mitbringen?«

»Nein, danke.«

Während der Mann fort war, setzte sich eine Reihe Teenager an den Tisch. Er kam zurück und stand schweigend daneben, bis sie aufstanden und gingen. Er setzte sich, hatte irgendein Sorbet-Getränk dabei, sodass er ständig seinen Kopf in den Nacken legte, um das Eis aus dem Becher in den Mund gleiten zu lassen.

»Du und Carl von der Schwarzen Wolke, ich nehme mal an, ihr habt dieselbe Geschäftsadresse«, sagte Driver.

»Mehr oder weniger.«

So ziemlich, mehr oder weniger. Offensichtlich kam sein Besucher aus einer Welt des Ungefähren, in der Wahrnehmungen, Urteile, selbst Fakten in der Schwebe blieben und sich jeden Moment verschieben konnten.

Ein Mann vom Sicherheitsdienst schlenderte vorbei, Walkie-Talkie in der Hand, Hosenbeine fünfzehn Zentimeter zu lang und unten schon ziemlich angefressen. Driver hörte ihn noch etwas sagen, »... unten im Restaurantbereich, bin gerade dabei ...«, dann war er verschwunden.

»Und was für eine Art Geschäft könnte das sein?«

»Es ist diversifiziert, um genau zu sein.« Wieder legte der Mann seinen Kopf mit dem Becher am Mund in den Nacken. Ein dünnes Rinnsal rotes Sorbet lief sein Kinn hinunter.

»Im Moment scheint es mich zu betreffen.«

»Im Moment.«

»Ich mache mir nicht viel daraus, verfolgt zu werden«, sagte Driver.

»Das tun nur wenige.« Der Mann sah zu zwei Teenagern hinüber, die aus dem Spencer's kamen. Der eine schubste den anderen, nach kurzem Schwanken schubste ihn dieser zurück. So machten sie die ganze Zeit weiter. Beide trugen High-Tops ohne Schnürsenkel. »Denkst du viel über alles nach? Warum du hier bist, was das alles bedeutet?«

»Nicht wirklich.«

»Ah, ja. Kannte mal einen Kerl damals beim Jurastudium, länger her, als mir lieb ist, der hat das gemacht. Der Junge dachte, er könnte die Welt verändern. Das Einzige, was er tun musste, war, herauszufinden, wo die Probleme lagen, verstehst du?«

»Hat er es je herausgefunden?«

»Wir müssten ihn ausgraben, um ihn zu fragen. Im vierten Semester ist er vom Balkon im dritten Stock gesprungen.«

Driver hörte das Eis im Becher schaben, als der Mann es darin kreisen ließ und hineinlinste.

»Manche Leute sehen, was auf sie zukommt, und denken, etwas müsse dafür verantwortlich sein, hinter allem müsse ein unsichtbarer Akteur stecken, der die Dinge bewegt oder verursacht.«

»Zusammenhänge«, sagte Driver.

»Was?«

»Zusammenhänge. Die sie suchen.«

»Vermutlich. Andere wiederum sehen, was auf sie zukommt, und erkennen die Ziellosigkeit des Ganzen. Dass es nur hinkende Erklärungen gibt oder gar keine. Und keine Gründe hinter allem. Dinge passieren einfach. Leben, Tod. Alles.«

Driver trank seinen Kaffee aus und sah sich nach dem nächsten Mülleimer um. Er stand bei der Säule, an der sein Besucher saß. Driver stand auf und ging in die Richtung.

»Wie ich schon sagte, ich mache mir nicht besonders viel daraus, verfolgt zu werden. Und ganz besonders mag ich es nicht, wenn Menschen, die mir etwas bedeuten, umgebracht werden.«

Der Mann lächelte. »Wer sich mit Hunden einlässt ...« war das Letzte, was er sagte. Als er seinen Kopf in den Nacken legte, drehte sich Driver vom Abfallbehälter weg und hieb ihm mit der Faust gegen seinen Hals, mittlerer Fingerknöchel vorgestreckt. Er spürte, wie die Luftröhre nachgab und einknickte, wie sich schlagartig Überraschung auf dem

Gesicht des Mannes breitmachte, dann ein erstes Ringen nach Luft.

Als der Mann zusammensackte und sich entsetzt umschaute, nach dem Tisch griff, herunterrutschte und die Hände erst losließen, kurz bevor er auf dem Boden aufschlug, ging Driver fort.

* * *

SPONTAN BOG ER auf die I-10 ab und fuhr an Tempe vorbei, über Ahwatukee und Casa Grande Richtung Tucson. Eine Stunde und zwanzig Minuten bei dem neuen 120-km/h-Tempolimit, und dann brauchte man noch mal fast genauso lang, um Stück für Stück über den Speedway Boulevard oder die Grant Street zu kriechen. Viele leere Gebäude standen links und rechts, in denen einmal Geschäfte gewesen waren, für Berufsbekleidung, Hobbys und Spielwaren, Pool-Service-Center, Steuerbüros. Dann eine Reihe von fünf oder sechs zimmergroßen, verlassenen Restaurants, Hausmannskost, Thai, Mexikaner, Libanese, die Angebote des Tages immer noch an die Fensterscheiben geschrieben.

Vor dem alten Haus hielt er an. Wenn sie immer noch hier lebten, hatten sie einen Teil des Geldes ausgegeben, um das Haus zu reparieren. Eine neue Einfahrt, bei der die Ecken nicht wegbröselten wie altes Maisbrot und die langen Risse nicht vor Grünzeug und Ameisenkolonien überquollen. Neues Holztor zum Garten und hinten etwas, das aussah wie ein Anbau. Mit dunkelroten Dachziegeln.

Es bestand natürlich durchaus die Möglichkeit, dass sie umgezogen waren. Vielleicht waren sie nicht mal mehr am Leben. Andererseits, vielleicht lebten sie immer noch hier. Tucson hatte nicht die Art von Treibsand-Einwohnern wie seine Nachbarn im Nordwesten; hier schlugen die Menschen Wurzeln.

Er dachte an Mrs Smiths schütter werdendes Haar und wie sie jeden Morgen eine halbe Stunde damit verbracht hatte, es zu bürsten und mit billigem Haarspray einzusprühen, damit es voller wirkte. Er erinnerte sich an das winzige, stickige Dachkämmerchen, sein Zimmer. Und daran, wie selten Mr Smith etwas sagte und, wenn er es tat, wie entschuldigend, als wäre es ihm peinlich, die Welt, aus seiner Sicht, komplett unverdient um ihre Aufmerksamkeit zu bitten.

Hier saß er also, diesmal nicht in einer klassischen Corvette Stingray, sondern in einem alten Ford. Er schaute sich um, sah Riesenkakteen, Steingärten, die Catalina Mountains in der Ferne und erinnerte sich daran, wie er oft gedacht hatte, dass es Orte auf der Welt gab, die sich nie groß veränderten, wie Gezeitenbecken der Zivilisation.

Nach acht oder neun Jahren wusste er immer noch den genauen Wortlaut seiner Nachricht, die er zusammen mit Ninos Geld und Docs Katze hier hinterlassen hatte.

Sie heißt Miss Dickinson. Ich kann nicht sagen, dass sie einem Freund von mir gehört hat, der kürzlich gestorben ist, denn Katzen gehören niemandem, aber die zwei sind denselben harten Weg gegangen, Seite an Seite, eine lange Zeit. Sie hat es verdient, die letzten Jahre ihres Lebens in Geborgenheit zu verbringen. Genau wie Ihr Bitte kümmert Euch um Miss Dickinson, genau wie Ihr. Euch um mich gekümmert habt. Und bitte nehmt das Geld als Geschenk an. Ich habe immer ein schlechtes Gewissen gehabt, weil ich Euer Auto mitgenommen habe, als ich fortging. Zweifelt bitte niemals daran, dass ich sehr zu schätzen weiß, was Ihr für mich getan habt.

Er saß dort, während der Motor im Leerlauf schnurrte, und fragte sich, wie viele Nachbarn gerade hinter ihren Gardinen und Jalousien standen und hinausschielten. Ein Kolibri fiel aus dem Himmel und verharrte schwirrend vor dem offenen Autofenster, perfekt eingerahmt, bevor er wieder fortschoss. Auch *er* war niemand, der lange an irgendwelchen Orten oder in der Vergangenheit verweilte. Immer lag eine neue offene Straße vor ihm. Und in Phoenix war noch viel zu tun.

Flussabwärts gab es einen schwarzen, wie ein Korkenzieher gedrehten, unglaublich alten Kaktus, der für jedes Weihnachtsfest mit roten Bändern dekoriert wurde. Es brachte Driver jedes Mal zum Schmunzeln, wenn er ihn sah. Auf dem Rückweg hielt er entlang der Obstgärten Ausschau nach Schildern. Picacho Peak hatte das westlichste Gefecht des Bürgerkrieges erlebt, als die Kavallerie der Nordstaaten auf eine Gruppe von Konföderierten stieß, die gerade auf dem Weg war, die Tucson-Garnison vor einem Übergriff zu warnen. An den jährlichen Wiederaufführungen des Gefechts beteiligten sich Kavallerie-, Infanterie- und Artillerie-Einheiten – was recht weit entfernt war von den historisch belegten dreiundzwanzig Reitern und den neunzig Minuten, die das Original gedauert hatte. In Florence befand sich auch eines der drei Staatsgefängnisse der Gegend.

Also: wieder zurück auf die Straße, Richtung Picacho, an Schildern vorbei, die einen diskret warnten, dass es sich bei Anhaltern eventuell um entlaufene Häftlinge handelte.

Sind wir das nicht alle, dachte Driver.

Viele Straßenschilder trugen die Spuren zurückliegenden Scheibenschießens. Vögel hatten sich pickend in den Kaktus gegraben und dort Nester gebaut.

* * *

BILLS AUGEN ÖFFNETEN SICH. Er verbrachte viel Zeit damit, wach zu liegen und sich zu entscheiden, ob die Zimmerdecke nun grün war oder grau. Und sich zu fragen, warum man solch hohe Decken an Orten baute, an denen die Menschen immer kleiner wurden.

Vom unteren Teil des Flures zog der Duft von dünnem Kaffee herauf und dazu der Geruch von etwas, das wohl auf die Warmhalteplatte gespritzt war und nun anbrannte. Direkt vor seinem Zimmer unterhielten sich zwei vom Personal darüber, was sie am Vorabend unternommen hatten. Der Servicewagen, der denjenigen Frühstück lieferte, die es nicht bis in den Speisesaal schafften, rumpelte draußen mit seinem immer noch defekten Rad vorbei. Kurz nachdem er eingezogen war, hatte Bill angeboten, das Rad zu reparieren. Sie hatten ihn seltsam angesehen und gesagt, danke, aber sie hätten jemanden, der sich um solche Dinge kümmere. Er hatte sich an diesen Blick gewöhnt. Und offensichtlich war ihr Jemand schwer zu finden.

Grau. Grün. Wen zum Teufel interessierte das. Einer seiner frühen Partner, auch ein William – weswegen sie von allen *Quadrat-Bill* genannt worden waren –, hatte sein Haus komplett beige gestrichen. Außen, innen, jede einzelne Wand. Beiges Sofa. Beige Vorhänge. Bill hätte schwören können, dass er über die Jahre langsam selbst beige geworden war.

So war es wohl an einem Ort wie diesem.

In dem Traum, aus dem er erwacht war, waren die Kugeln leise eingeschlagen, hatten kleine Löcher in die Wand gemacht und etwas Dreck ausgeworfen. Sie hatten leise Popp gemacht, wie das Geräusch von sich vorsichtig öffnenden Lippen.

Die Kugeln (*meine Kugeln,* wie er sie in Gedanken immer nannte, denn sie waren für ihn bestimmt) hatten links und rechts von ihm die Wand getroffen. Der Schütze war nervös, ganz frisch im Geschäft – und erst elf Jahre alt.

So war es nicht passiert, leise, langsam. Im tatsächlichen Leben ging es schnell. Von einem Augenblick auf den nächsten. Aber im Traum zog es sich in die Länge, streckte sich, dehnte sich aus, ging immer weiter und weiter ... wie dieses Leben hier.

Traum. Erinnerung. Wen zum Teufel interessierte das.

Als es vorüber war, blutete sein Partner, und das Kind lag tot vor der Wand.

* * *

WANN IMMER DAMALS, als Driver sein Talent entdeckte und ihm klar wurde, dass Autos und sein Leben untrennbar miteinander verwoben waren, etwas schieflief, in der Familie, bei einem der Kinder oder in der Gemeinde, pflegte Jorges Großmutter zu sagen: »Da hast du die Spitze des Wolfsohres gesehen.« Über die Jahre hatte er seinen Anteil an Ohrspitzen zu Gesicht bekommen, und an Wölfen.

Im Anschluss an die Spritztour nach Tucson tunte er bei Boyd's den Ford. Draußen löste die Nacht den Tag ab, in einer Art Gentlemen's Agreement, bei dem keiner von beiden sein Gesicht verlor: Das Licht war immer noch stark, während die Schatten naher Berge und einiger hoher Häuser langsam heranrückten. Als Driver sich unter dem Wagen hervorschob, bemerkte er, dass er allein war, obwohl das Radio plärrte, das Licht gleißend hereinschien und überall Werkzeug herumlag, wo es gerade gebraucht worden war, auf dem Boden, auf den Werkbänken, auf den Kühlerhauben. Die anderen Mechaniker und sonstigen Herumtreiber waren verschwunden.

Instinktiv stand er auf und griff sich einen langen Schraubenschlüssel.

Warum kreuzten diese Typen immer nur zu zweit auf?

Einer blieb an der Tür stehen, während der andere zu Driver herüberkam. Spindeldürr wie er war, standen seine Muskeln an den Armen ab wie nachgerüstet. Er warf noch nicht einmal einen Blick auf den Schraubenschlüssel, sondern hielt auf halbem Weg die Handflächen hoch.

Driver bewegte sich vom Wagen weg. Keiner steht gern mit dem Rücken zur Wand.

»Nur ein Wort, junger Mann, nichts weiter. Wir tun dir

nichts.« Er hielt weiterhin eine Hand hoch und machte einen Schritt zur Seite, um das Radio leiser zu stellen. Akkordeon, Fiedel und Guitarrón entfernten sich aus ihren Gehörgängen, wendeten sich nach innen, wurden Teil des Herzschlages.

»Hatten Sie eine angenehme Fahrt vorhin?«

Driver nickte. Es wurde immer eigenartiger.

»Während Sie fort waren, hatten Sie ein paar Besucher. Sie haben nichts gesucht und nichts gefunden, aber sie haben in Ihrem momentanen Zuhause ein ziemliches Durcheinander veranstaltet. Ein Fehler, der diesen beiden kein zweites Mal unterläuft.«

Die Augen des Mannes wanderten für einen Augenblick durch die Garage, nahmen alles auf, einschließlich des Fairlane.

»Die Karre sieht nicht nach viel aus.«

»Darum geht's bei ihr auch nicht.«

Der Mann nickte bestätigend. Die Haut seiner Stirn hatte tiefe Falten, Furchen, bis hoch zum Haaransatz. Man hätte darin Ackerbau betreiben können.

»Diese Männer, die zu Ihnen nach Hause gekommen sind, waren entbehrlich. Münzen, die man wirft. Aber die, die sie geschickt haben, sind nicht besonders gut auf Sie zu sprechen.«

»Ich vermute, sie sind auf eine ganze Menge Dinge nicht gut zu sprechen.«

»Erst der Mann im Einkaufszentrum. Nun diese beiden.«

»Mit denen ich nichts zu tun habe.«

»Die Leute, die sie geschickt haben, sind wahrscheinlich anderer Ansicht.«

Driver verlagerte sein Gewicht, behielt beide Männer im Auge, ihre Reaktionen, Blicke, ihre Körpersprache. »Was bin ich in den Augen dieser Leute?«

»Eine Gefahr, ob eingebildet oder nicht. Ein Ärgernis. Ein Fehler. Etwas, das entfernt werden muss. Aber ...« –

seine Augen bewegten sich von Driver zu dem anderen, der an der Tür postiert war – »... ich spreche nicht in ihrem Namen.«

Er sah sich um und ging langsam auf den Fairlane zu, legte für einen Moment die Hand auf die Kühlerhaube des Wagens. Driver wich zurück.

»Man kann sie riechen«, sagte er, »die Guten, oder?«

Vorsichtig hob er den Scheibenwischer an, steckte eine Karte darunter und ließ ihn wieder herab.

»Mr Beil lädt Sie heute Abend zum Essen ein. Zeit und Ort stehen auf der Karte. Er bat darum, Ihnen auszurichten, dass es das beste Essen Ihres Lebens werden wird.«

»Ich habe nicht ...«

»Bringen Sie Hunger mit, Mr West.«

Driver sah ihnen hinterher, hörte den Wagen spucken, anziehen und wegfahren. Augenblicklich kamen die anderen aus diversen Ecken hervor, alle Augen zuerst auf Driver gerichtet. Bald spielte die Musik wieder lauter, und es erklangen das gewohnte Klirren, die Motorengeräusche und das Surren elektrischer Werkzeuge.

Die Visitenkarte war aus dickem Papier, hellblau mit geprägten Silberbuchstaben, nur der Name stand darauf, James Beil. Auf der Rückseite, in schwarzer Handschrift, so präzise wie gedruckt: *Ecke Fünfte und 16. Avenue, 21.00 Uhr*. In etwas mehr als zwei Stunden.

»Alles in Ordnung?«, fragte der Typ mit den Clownkotzeschuhen.

»Está bien.«

»Wir waren in der Nähe. Haben alle zugesehen.«

Wie die meisten Aussagen, dachte Driver, konnte man das auf verschiedene Weise interpretieren. Aber er nickte und sagte, das sei gut zu wissen.

Der Mann wollte gehen, doch bevor Driver den Schraubenschlüssel hinlegen konnte, drehte er sich noch einmal um. »Wir haben dir den Rücken gedeckt, wollte ich damit sagen.«

***

BEIL HOB SEINE TASSE. Dampf zog wie ein Regenschauer über seine Brille. Er blinzelte. »Wissen Sie, wer ich bin?«

»Nicht der stellvertretende Küchenchef, nehme ich an.«

»Wohl kaum.«

»Dann, keine Ahnung.«

»Gut. So, wie es sein sollte.« Er nahm einen großen Schluck Kaffee. »Das haben wir offensichtlich gemein.« Er trank erneut und setzte die leere Tasse ab. »Unter anderem gehört mir dieses Restaurant. Ich habe mir erlaubt, für Sie zu bestellen, aber zuerst sollten wir etwas trinken. Sie bevorzugen Single Malt, glaube ich.« Ein Kellner trat mit einem Kristallglas heran. »Aus Orkney. Dieser Whisky hat eine nennenswerte Zeit in seinem Fass verbracht. Gewartet, gewissermaßen.«

Driver hob dankend das Glas, nippte, behielt den Schluck im Mund.

»Mit elf Jahren haben Sie zugesehen, wie Ihre Mutter Ihren Vater getötet hat. Dann wohnten Sie vier Jahre bei einem Paar namens Smith in Tucson – sie wohnen übrigens noch immer dort. Ohne Abschied zu nehmen gingen Sie fort und wurden Stuntfahrer in L.A., einer der besten, wie man sagt. Ich habe Sie arbeiten sehen und stimme dem zu. Das war die *andere* Karriere, die nicht so gut lief. Danach sind Sie abgetaucht, haben anstelle eines Zuhauses Leichen hinterlassen. Eine Weile später kreuzen Sie wieder auf, ein neuer Tag, eine neue Stadt, diesmal als Paul West. Jahre vergehen, und wieder verschwinden Sie, nur um dann hier aufzutauchen – oder eben unten zu bleiben, wenn man es genau nimmt. Ah, hier kommt es.«

Driver dachte an Felix' Worte, *Sie wissen mehr über mich, als gut ist,* während mehrere Kellner Teller und Schalen auf den Tisch stellten. Ein Pastagericht mit Muscheln, Kalb in Weinsauce, gespickt mit leuchtend roter Paprika und Kapern, ein Schneidebrett mit Schinken und verschiedenen

Käsesorten, eine Schüssel Salat. Gläser für Rot- und Weißwein wurden hingestellt. Dazu Mineralwasser.

»Greifen Sie zu. Bitte.«

Driver versuchte, sich an das letzte Mal zu erinnern, dass er gegessen hatte. Ein Burrito zum Frühstück, gestern Morgen, so gegen elf? Nachdem Driver sich genommen hatte, reichten die Kellner Beil die Servierplatten. Er nahm sich kleine Portionen von allem. Sie aßen, ohne zu sprechen. Leise Geräusche sickerten durch die Tür in das private Speisezimmer.

»Das Restaurant schließt heute früh«, sagte Beil.

Driver sah sich um und stellte fest, dass die Kellner sich zurückgezogen hatten. Sie waren allein.

Beil aß einen letzten Bissen Salat, legte die Gabel auf den Teller und das Messer über Kreuz. Er schenkte sich frischen Tee aus einer tulpenförmigen Kanne ein. Süßen Tee, wie man ihn in den Südstaaten trinkt. Driver hatte sein Glas nicht mehr angerührt.

»Ich bin in Texas aufgewachsen«, sagte Beil. »Nicht in den Kiefernwäldern und nicht in irgendeiner Stadt, sondern in den wilden, herrenlosen Landstrichen – den nicht beherrschbaren, um präzise zu sein. Karges Land, wohin man auch schaute, und der Horizont so weit weg, dass es genauso gut das große Jenseits hätte sein können. Meine Mutter und mein Vater waren ständig beschäftigt, er als Vorarbeiter auf einer der riesigen Ranches, sie als Bibliothekarin in einer nahe gelegenen Stadt. Mein Zimmer lag am rückwärtigen Ende des Hauses und war alles andere als ein privates Domizil. Dort tastete ich mich vorwärts durch die Jahre, bastelte mir mein Leben aus Dingen zusammen, glänzenden, weggeworfenen oder unnützen Sachen, die ich irgendwo fand, fast so, wie ein Vogel sein Nest baut. Auf vielfache Weise war es, als lebte ich in einem anderen Land, einer anderen Welt. Selbst die Luft war anders. Wenn der Wind drehte, konnte man das Vieh riechen, diesen derben Geruch, den Mist, der von der Farm kam, auf der mein Vater arbeitete, meilenweit entfernt. Den Geruch von Erde, Schimmel, stehendem Wasser, Verrottetem. Und Staub. Immer dieser Geruch von Staub. Ich lag nachts im Bett und dachte, so in etwa müsste es wohl sein, wenn man begraben ist. Ich wusste, dass ich da rausmusste.«

Ein Krachen war zu hören, wahrscheinlich aus der Küche. Beils Augen flogen nicht in Richtung des Geräusches, aber ein Lächeln erreichte fast seinen Mund. »Glauben Sie, dass wir alle mit einer Neigung, einem Talent geboren werden? Für Musik zum Beispiel oder für Menschenführung?«

Driver nickte. »Aber nur ein paar finden es.«

»Genau. Meines, das habe ich schon früh festgestellt, liegt im Lösen von Problemen. Aber ich war auch so etwas wie ein Querdenker, weniger daran interessiert, sich den Problemen zu stellen, als vielmehr, sie zu umgehen. Ich wäre ein extrem schlechter Wissenschaftler geworden. Damit habe ich zuerst geliebäugelt, allerdings mit sehr eigenen Zielsetzungen. Nun, und da wäre ich also, wie man so sagt.«

»Und hier bin ich.«

»Und fragen sich zweifellos, wieso.«

»Es war eine interessante Einladung.«

»Wir machen das Beste aus dem, was wir haben und können. Sie sind mal gefahren, jetzt fahren Sie wieder. Was ist das, ein Rückfall? Anpassung? Oder kehrt man nur zu dem zurück, was man ist?«

»Ein Ja würde wahrscheinlich alle drei Fragen beantworten.«

»Leute, die versuchen, Sie umzubringen, könnte man als Problem ansehen.«

»Für das Sie eine Lösung haben.«

»Überhaupt nicht. Das ist Ihr Problem.« Alle Geräusche im Restaurant waren verstummt. Durch einen schmalen Glasstreifen in der Tür sah Driver, wie die Lichter ausgingen. »Obwohl, das Interesse an einer Lösung dieses Problems könnte noch etwas sein, das wir gemein haben.«

* * *

DANACH FUHR ER nach South Mountain. Es war deutlich nach elf Uhr und nicht besonders viel los dort draußen, zwei oder drei Supermärkte und eine Handvoll mexikanischer Drive-ins entlang der Baseline Road waren geöffnet. Auf halber Höhe erhob sich ein großer Fels neben der Straße. Driver stieg hinauf und schaute runter auf die Lichter der Stadt. Am Flughafen, zwölf Meilen entfernt, starteten und landeten Flugzeuge wie kleine Wellen in der Dunkelheit und der Stille des endlosen Himmels.

Driver mochte nicht zu seiner neuen Behausung zurückkehren, ob sie nun demoliert war oder nicht. Überhaupt fiel ihm kein Ort ein, an den er wollte. Was er wollte, war, zurück ins Auto zu steigen und zu fahren. Wegzufahren von allem. Einfach nur fahren. Wie der Typ in der Werkstatt gesagt hatte: Nur du und die Straße, und den ganzen Scheiß lässt man hinter sich.

Aber er konnte nicht. Und was Beil vorgeschlagen hatte – als sie sich erst einmal an *Ich arbeite allein* und *Sie kommen immer wieder* vorbeigeschlängelt hatten –, erschien ihm, wenn auch nicht als die beste Alternative, so zumindest doch als eine ganz machbare.

»Die Leute, die mich angeheuert haben ...«

»Als Problemlöser.«

»Genau. Wie wir alle, wollen sie in erster Linie die alte Ordnung wiederherstellen. Aber jetzt gibt es eine Schieflage. Probleme mit denen, die die Figuren herumschieben.«

»Nichts, womit ich etwas zu tun hätte.«

»Ihre Anwesenheit hat ganz unerwartete Variablen ins Spiel gebracht. Sie sind zu einer Art Krux geworden.«

Drivers Aufmerksamkeit richtete sich auf zwei Fahrzeuge auf der Baseline. Zuerst näherten sich ihre Scheinwerferpaare viel zu schnell, dann gab es einen Ruck, und plötzlich standen die Lichter quer. Hatte er den Zusammenprall und Sekunden später ein Hupen gehört? Er erinnerte sich an einen Abend vor Jahren in L.A., als er auf der nördlichen Flanke der Baldwin Hills in Mannys total verbeultem Mercedes gesessen hatte, rundherum Ölfelder, die verlassen aussahen, aber immer noch in Betrieb waren. Das Tor war offen gewesen, und sie waren auf einer Schotterstraße hineingefahren. Die ganze Stadt lag ihnen zu Füßen. Santa Monica, Whilshire District, die Innenstadt. Und in der Ferne die Hollywood Hills.

»Die Miniaturfeuer des Planeten«, hatte Manny gesagt. »So hat Neruda sie genannt. All diese Lichter. Auch die in dir drin. Du siehst immer nur, wie dein eigenes Haus in Flammen steht. Aber wenn du hier oben bist und etwas Distanz bekommst, ist es nur ein weiteres dieser winzigen Feuer. Wir gehen durch unser Leben und zerbrechen uns den Kopf über unser Einkommen oder darüber, was andere Leute denken, ereifern uns über Betty LaButs neue CD und darüber, wer in der letzten Fernsehshow wen auch immer erschossen oder gefickt hat. Oder über die letzte Magersüchtige oder den letzten Idioten mit hohen Wangenknochen, der sich zur Wahl aufstellen lässt – und währenddessen bringt der Staat immer noch Bürger um, Kinder sterben wegen Lebensmittelzusätzen und weil die Werbung sie dazu verleitet, sich falsch zu ernähren. Frauen werden geschlagen oder, noch schlimmer, Meth-Küchen übernehmen den ländlichen Süden, so wie damals die Kopoubohne. Und an jeder Ecke werden wir löffelweise mit Lügen gefüttert. Das Interessanteste an unserer Spezies ist nur, wie viele Wege wir finden, diesen Gedanken auszuweichen.«

Und das von einem Mann, der den größten Teil seines Lebens damit verbrachte, Drehbücher für miese Filme zu schreiben. Na ja, zumindest die meisten waren mies.

An der Straße kamen Krankenwagen an, also war es tatsächlich ein Unfall gewesen.

Driver stand auf. Der Fels, auf dem er gesessen hatte, war überzogen von Spray-Tags, Schmierereien und Ritzzeichnungen – Manny hätte darauf bestanden, sie moderne Petroglyphen zu nennen. Im Dunkeln konnte Driver nur erkennen, dass es sie gab, sie aber nicht voneinander unterscheiden. Ein Gewirr aus Daten, Herzen und Namen, vermutete er. Und wenn er sie hätte lesen können, hätten sie genauso wenig Sinn ergeben wie alles andere.

* * *

ER FUHR WIEDER ZURÜCK, über die Southern und die Buckeye, dann rüber auf die Van Buren, und bog, überrascht davon, dort noch Licht zu sehen, auf den Werkstatthof ein. Die Tür war unverschlossen. Als er eintrat, kam ein Kopf hinter der Haube eines flaschengrünen BMWs hervor.

»Alles in Ordnung?«, fragte Driver.

»Wäre ich hier drinnen, wenn's so wäre?«

»Ich meine ...« Er blickte sich um. Die einzige Beleuchtung waren zwei Flutlichter über ihrem Bereich. Die ungewohnte Stille war seltsam. »Es ist schon spät.«

»Und ruhig.«

Er sah sie fragend an.

»Du hast eben für eine Sekunde deinen Kopf geneigt, so wie Leute es tun, wenn sie lauschen. Schön, so still, oder?«

Er nickte.

»Ich liebe es, abends hier allein zu sein, mit nichts anderem in der Welt als dem, woran ich arbeite.« Sie kam hinter dem BMW hervor. »Ich habe einen Schlüssel. Lupas Tochter und ich sind zusammen zur Schule gegangen. Aber wie auch immer, dieses Monster ist fast fertig.«

»Deins?«

»Keine Chance, dass ich mir so etwas leisten könnte. Oder es wollte. Aber ich bekomme ihn wieder schön sanft zum Laufen, und der Typ, dem er gehört, ist dazu nicht in der Lage. Sind dir beim Reinkommen die Bürgersteigplatten aufgefallen?«

»Nicht wirklich.«

»WPA, von 1938. Mehr Risse als Zement. Also hat die Stadt schließlich entschieden, sie zu reparieren. Ein Blick, und du erkennst den Unterschied zwischen den guten alten Dingern und dem beschissenen neuen Zeug.«

»Ich hab auch ein paar schlecht reparierte Risse.«

»Vielleicht nicht der richtige Jahrgang.«

»Etwas später, stimmt. Interessant, was dir so alles auffällt.«

»Alles ist interessant. Man muss nur hinschauen.«

»Was die meisten Leute nicht tun.«

Sie zuckte mit den Achseln. »Ihr Fehler.«

Er kam nicht näher. Obwohl sie den Anschein erweckte, als wäre sie ganz locker, war sie schwer auf der Hut. »Entschuldigung, ich habe deinen Namen vergessen.«

»Du wusstest ihn nie.«

Darauf fiel ihm keine Antwort ein, er schüttelte den Kopf.

»Wenn du, ach, ich weiß nicht, eine Eheerlaubnis einholen oder meine Kreditwürdigkeit prüfen willst, dann heiße ich Stephanie. Im wahren Leben bin ich Billie. Lange Geschichte, nicht besonders interessant.«

»Ich dachte, alles wäre interessant.«

Sie drehte sich um und legte die Fühlerlehre ab, die sie in der Hand hielt. »In dir steckt 'ne Menge, Nummer acht.«

Als er mit gespielter Begriffsstutzigkeit seine Hände öffnete, zeigte sie auf die Box, in der er normalerweise arbeitete. Richtig. Nummer acht.

Sie drehten sich gleichzeitig zur Tür um.

»Alles in Ordnung, Leute?« Aus dem Grau hinter den konzentrisch blendenden Lichtkreisen von Taschenlampen trat ein Cop in den Raum. Er schwenkte den Lichtkegel durch die Garage, hoch und runter, dann wieder zurück zu ihnen, bevor er die Lampe ausschaltete. Als ihre Augen sich wieder angepasst hatten, erschien sein Partner im Türrahmen.

»Hab Licht gesehen. Etwas spät, oder?«

»Und ruhig«, sagte Driver.

Der Cop, der das Sagen hatte, ließ das durchgehen. Er musterte Driver, Hände, Klamotten, Schuhe, Haltung.

»Wir sind brav, Officer«, sagte Billie. »Ich arbeite oft so spät.«

»Ja, Ma'am, wir haben Ihr Licht hier schon häufiger gesehen. Was ist mit Ihrem Freund?«

»Er arbeitet auch hier.«

»Klar tut er das.« Der Cop machte seine Taschenlampe wieder an, ließ das Licht über den BMW gleiten und schaltete sie wieder aus. »Haben Sie Papiere für den Wagen?«

»Es ist eine Reparatur, Officer, fast fertig. Das machen wir doch hier, oder? Ich kann Ihnen den Namen und die Nummer des Besitzers geben, wenn Sie möchten.«

»Bräuchte ich vielleicht. Aber jetzt will ich erst mal Ihre Papiere sehen.«

Driver zögerte instinktiv, bevor er nach seiner Brieftasche griff, aber nur kurz. Er dachte, niemand hätte es gesehen. Hinterher fragte er sich allerdings, ob Billie es nicht doch bemerkt hatte.

Sie trat auf den Cop zu und zog einen Führerschein aus der Gesäßtasche ihrer Jeans. Der Führerschein war genauso abgenutzt wie ihre Hose.

Der Cop nahm ihn, sah sie an und blickte auf den Führerschein.

»Sind Sie Bill Coopers Tochter? Die Jurastudentin?«

»Auf der ASU, der Arizona State University, Sir.« Sie streckte die Hand aus. Er gab ihr den Führerschein zurück, der wieder in der Gesäßtasche verschwand.

Der Cop stand einen Augenblick da, warf noch einen Blick auf Driver und sagte: »Entschuldigen Sie die Störung, Ma'am.« Dann gingen die beiden. Driver hörte Autotüren zuschlagen, dann den Wagen starten. Die Cops hatten offensichtlich etwas weiter von der Werkstatt entfernt geparkt.

»War *das* nicht mal interessant?«, sagte Billie. »Hat zumindest die Monotonie einer Nacht durchbrochen, in der sich einer beim anderen noch mehr verschuldet, man das restliche Schmieröl aufwischt und mit einem Typen rumhängt, der von der Straße reingekommen ist.«

Sie trat näher heran. Die Aufmerksamkeit war immer noch da, aber die Wachsamkeit war aus irgendeinem Grund verschwunden.

»Wie wäre es mit einer Tasse Kaffee, einem Stück Pie oder so was in der Richtung? Es gibt da ein Lokal die Straße hoch. Wenn nicht viel los ist, stehen die Chancen dort gut, weder erschossen noch ausgeraubt oder vergiftet zu werden.«

* * *

IN FRÜHEREN LEBEN war das Butch's mal ein Steak Pit, ein Hamburg-R Palace, ein mexikanisches Restaurant und eine Drive-in-Bank gewesen. Artefakte dieser Vergangenheit – der Grundriss, der Geruch, die Schilder, die Fliesen und eine ausgedehnte Einfahrt – klangen noch nach. Es stellte sich heraus, dass ein *Stück* bei Butch's ein ganzes Pie-Viertel war, das auf einem Speiseteller serviert wurde. Der Kaffee kam in Bechern so groß wie Suppenschüsseln. Wahrscheinlich ging man hier am Rande der Stadt Killergeschäften nach, wenn die Bar abends geschlossen wurde. Was nicht mehr lange hin war, wenn man darüber nachdachte.

Driver rührte Milch in seinen Kaffee, blickte auf sein Stück Pie und fühlte sich von beidem leicht herausgefordert. »Dein Vater ist ein Cop.«

»Er ist einer von ihnen, ja. Und meine Mutter war illegal im Land. Er hat sie geheiratet und zu einer ehrbaren Frau gemacht. Zu was macht mich das?«

»Zu etwas Interessantem?«

»Nicht wirklich.«

»Wie dein Name also. Der ist auch uninteressant, hast du vorhin gesagt.«

»Als ich klein war, bin ich überall raufgeklettert. Stühle, Bäume, die Beine von Leuten, Toiletten, Kartons. Wie die Ziege Bill, das Maskottchen der Marineakademie, hat meine Mutter immer gesagt.«

»Ich verstehe.«

»Billie, mit *-ie*, die weibliche Form.«

Draußen versuchten zwei Wagen gleichzeitig auf den Parkplatz zu fahren. Beide hielten an. Ein Fahrer stieg aus, ließ die Tür geöffnet und ging auf das andere Auto zu. Dessen Fahrer knallte den Rückwärtsgang rein, fuhr zurück auf die Straße und gab Gas.

Und einfach so, ohne irgendeinen Grund, erzählte Driver Billie von seiner Mutter. Wie er dagesessen, an seinem Spam-Sandwich herumgekaut und zugesehen hatte, wie seine Mutter mit einem Fleischermesser und einem Brotmesser auf seinen alten Herrn losgegangen war. Wie ein Ohr auf seinen Teller fiel und das Blut aus der klaffenden Wunde am Hals herausschoss. Das war's mit ihrem Leben, sie hatte alles aufgebraucht.

»Ich hoffe, es waren gute Messer«, sagte Billie.

»Wahrscheinlich nicht, es war ein billiges Haus. Aber sie erfüllten ihren Zweck.«

»Wie sie.«

»Was meinst du?«

»Eine Mutter, die ihr Kind beschützt. Das war das Letzte, was sie getan hat, wie es sich anhört.«

So hatte er es noch nie gesehen. Er hatte immer angenommen, sie hätte einfach genug gehabt.

»Welche Geschichte steckt wohl hinter denen?« Billie nickte zu einer Sitznische, wo eine ungefähr fünfzigjährige Frau mit einem Mann in den Zwanzigern saß, sie aß Spiegeleier und Speck, er einen Salat. Hatte Billie seine Beklommenheit bemerkt und deshalb das Thema gewechselt?

»Nicht Mutter und Sohn«, sagte er.
»Und kein Liebespaar, die Körpersprache stimmt nicht.«
»Aber beide beugen sich leicht zueinander vor.«
»Verteilen und Ignorieren von Ratschlägen?«
»Vielleicht beichten sie sich etwas.« Driver aß den Pie auf, und für eine Weile schwiegen sie. Das Pärchen stand auf und verließ das Lokal durch verschiedene Türen.

»Jurastudium, hm?«
»Zweites Jahr.«
»Das ist ziemlich weit davon entfernt, anderer Leute Autos zu reparieren.«
»Ich weiß nicht. Wie viel von dem, was wir in unserem Leben tun, was wir denken, ist selbst gewählt, und wie viel passiert uns einfach? Mein Vater hat immer an Autos herumgeschraubt, hat auf der Straße geparkt, weil irgendeine Blechkiste in der Garage repariert werden musste. Oder der Cousin meiner Mutter, der bei uns lebte. Hatte kein Geld und schickte das meiste von dem, was er verdiente, zurück nach Hause. Also hat er Wagen aus alten Teilen zusammengesetzt. Ich habe ihnen immer zugeschaut, und sie haben mir einen Schraubenschlüssel gegeben, damit ich so tun konnte, als würde ich helfen, und über kurz oder lang habe ich das dann wirklich getan. Ich fand heraus, dass ich ein seltsames Talent dafür hatte, zu sehen, wie die Sachen funktionierten, wie sie zusammenpassten, wie viel Verstärkung hier gebraucht wurde und wie viel Entlastung dort. Zu diesem Zeitpunkt lebten zwölf Menschen in unserem Haus. Kinder, Cousins, schwer zu sagen, wer was war. Der Job als Mechaniker hat mich durchs Vorstudium gebracht, und wenn ich die ASU verlasse, bin ich frei, keine Schulden, nichts.«

»Und dann?«
»Schwer zu sagen. Mal schauen, was kommt, nehme ich an.«
»Was so passiert mit dir.«
»Genau.«

»Und wenn nichts passiert?«

»Wer weiß das schon. Aber es ist ja nicht so, als säße man nur herum und wartete, oder?«

Er trank den Rest seines Kaffees. Am Boden des Bechers waren Körner. »Möchtest du noch ein Stück Pie? Du könntest diesmal Erdbeere ausprobieren«, sagte er.

»Ich glaube, dieser reicht mir bis nächsten März.« Sie schob Kruste, gelbe Schmiere und drei winzige Kokosnusssträhnen zu ihm hinüber. »Hau rein, Großer.«

»Ist dein Vater immer noch Cop?«

»An manchen Tagen mehr als an anderen. Aber er hat seine Marke seit fast zehn Jahren nicht mehr getragen. Er ist in einer betreuten Pflegeeinrichtung voller ehemaliger Schuhverkäufer, Zahnärzte und Versicherungskaufleute, die ständig versuchen, mit ihm Karten, Schach oder sonstigen Scheiß zu spielen.« Sie blickte aus dem Fenster nach draußen, wo drei Harleys (der Sound war eindeutig) in einer V-Formation vorfuhren. »Ich springe ein, wo seine Pension nicht ausreicht.«

»Und deine Mutter?«

»Ist, drei Wochen nachdem er den Job an den Nagel gehängt hatte, gestorben. Die ganzen Pläne, die sie noch hatten …« Sie lehnte sich zurück gegen die Wand, streckte die Beine auf der Bank aus und umfasste ihren Kaffeebecher mit beiden Händen. »Aber haben wir die nicht alle?«

Ein Koch lehnte sich vor, um aus der Durchreiche der Küche zu schauen, kam dann heraus, blickte sich um und zählte wie ein Busfahrer die Köpfe. Er trug eine grüne Operationshaube und war bis auf einen Kugelbauch spindeldürr.

»Was ist mit dir?«, fragte Billie.

»Pläne? Nicht wirklich.« Keine, über die er reden konnte.

»Die Karre, an der du arbeitest, ist das reiner Spaß? Du fährst keine Rennen, sonst würden die Jungs dich kennen.«

»Ich bin Rennen gefahren, unten in Tucson, aber das ist schon lange her.«

»Du bist nicht alt genug, um überhaupt ein *lange her* zu haben, Nummer acht.«

»Es sind nicht immer nur die Jahre.«

Sie blickte ihn an (anderthalb Herzschläge lang, hätte der Regisseur gesagt) und nickte.

* * *

SIE ERWISCHTEN IHN am nächsten Morgen, in der Nähe von Globe. Diesmal waren es zwei Wagen, sie hatten ein verlassenes Stück Straße abgepasst. Ein Chevy Caprice und ein High-end-Toyota. Die Nachricht, die er im Restaurantbereich des Einkaufszentrums hinterlassen hatte, war angekommen.

Er trat dem Ford kräftig in die Flanken, gab Gas, holte ihn wieder runter, langsam, schnell, wieder langsam, probierte aus, wie er reagierte – aber das hier würde eine etwas heftigere Testfahrt werden, als er angenommen hatte.

Der Typ am ersten Steuer war gut. Driver verlangsamte ausreichend, um ihn überholen zu lassen, was er auch tat, dann ließ er ihn fahren, hielt Abstand. Er wusste, dass es diesmal nicht so einfach gehen würde, also nur keine Eile.

Der Wagen hinter ihm lenkte etwas angespannt. Und achtete nicht auf Drivers Tempo, fiel zurück oder fuhr eng auf, wann immer Driver Gas gab oder ein paar Stundenkilometer langsamer fuhr.

Der war als Erstes fällig.

Driver bremste ab, beschleunigte, wurde wieder langsamer und trat dann plötzlich voll in die Eisen.

Er beobachtete, wie der Wagen hinter ihm auch zu bremsen versuchte, aber nicht vehement genug. Er sah, wie das Auto nach links ausbrach, und lenkte, da er das vorausgesehen hatte, bereits in dieselbe Richtung. Der Wagen wich wieder scharf aus, um einen Zusammenprall zu vermeiden, verlor seine Mitte, schlingerte von der Straße, überschlug sich um ein Haar und kam schaukelnd zum Stehen. Der spielte für eine Weile nicht mehr mit, wenn überhaupt noch.

Also machte Driver eine schnelle Kehrtwende und drückte auf die Tube, den Lichtern, dem Verkehr, der Zivilisation entgegen.

Angreifer sind wie Katzen, sie verfolgen dich instinktiv, wenn du fliehst. Und das kann ziemlich nerven.

Im Rückspiegel sah er an den Lichtern, wie der Leitwagen wendete und sich ihm zügig näherte. Der Typ hatte eine gute Maschine unter dieser faden Chevy-Haube. Driver konnte das Röhren des ausgefahrenen Motors hören, als er sich näherte.

War schon lange her, seit er so etwas wie das hier gemacht hatte, und er fragte sich, ob alles wieder da sein würde, wenn er es brauchte. Die Instinkte waren gut, aber ...
Und das *aber* brachte einen zu Fall.

Die Wand dort vorne, er erinnerte sich an sie. Erdfarben, wie das meiste hier draußen, alle paar Meter eine Eidechse oder ein Kaktus auf einem Schild; die Wand war vielleicht sechzig Meter lang, ein Schallschutz für die dahinter zusammengedrängten Häuser einer kleinen Gemeinde.

Eine Mittellinie trennte die Fahrbahnen. Es gab einen Zaun, aber auch Lücken für Polizei, Straßendienste und so weiter. Bei der nächsten Lücke wendete Driver scharf, überquerte die Mittellinie, Schotter spritzte hinter ihm auf. Er reihte sich in den Gegenverkehr ein. Nicht viele Wagen, aber immer noch knifflig. Viele hupten. Im Rückspiegel sah er, wie sein Verfolger beim Umdrehen ein Stück Zaun mitnahm.

Die Mauer, ein paar Meter harter Boden, eine abgesenkte Bordsteinkante. Wenn er das Tempo erhöhte und den Bordstein genau richtig traf ...

Wie bei diesem ersten Gig damals im Studio.

Driver schnitt nach links, näherte sich so frontal wie möglich dem Bordstein und zog im letzten Moment scharf nach rechts. Sein Kopf schlug gegen das Wagendach, als die Räder auf den Bordstein krachten – und da war er oben. Die linken Räder senkten sich, kamen rau auf der Mauer auf, während der Ford im 50-Grad-Winkel daran entlangraste.

Dann, als der Chevy sich näherte, drehte Driver wieder nach rechts ab, prallte in entgegengesetzter Richtung zurück auf den Highway und hielt voll auf ihn zu. Wenn du noch gar nicht richtig kapierst, was eigentlich passiert ist, und plötzlich ein Auto auf dich zukommen siehst, dann reagierst du. Der Caprice lenkte über die Mittellinie, rasierte schlitternd den Zaun ab, war wieder auf der Straße, kupierte im Drehen einen zerbeulten Pkw mit seiner Frontseite und einen glänzenden, neu aussehenden Van mit dem Heck.

Dann war alles still. So hört es sich an, kurz bevor nachgeladen wird, und Driver lauschte, lauschte auf die Geräusche, die jetzt anhoben. Zuschlagende Türen. Schreie. Sirenen.

Ein ganzes Stück die Straße runter brachte er den Ford mit einer 180-Grad-Drehung zum Stehen und schaute zurück auf den aufgetürmten Haufen, als hätte er gar nichts damit zu tun, als wäre er nur ein Beobachter, der gerade am Unfallort angekommen war. Es würde Verletzte geben. Und sehr bald würde die Polizei da sein. Die Polizei, Kameras und Fragen.

Driver schloss seine Augen und konzentrierte sich auf Herzschlag und Atmung, er atmete tief und langsam ein. Schlachtfeldatmung: fünf einatmen, fünf halten, fünf ausatmen. Als er die Augen wieder öffnete, hielt ein schwarzer Van hinter ihm. Der Fahrer blieb drin sitzen. Der Beifahrer stieg aus, hob seine Hände, Handflächen nach außen. Er wurde im Rückspiegel langsam größer, als er sich näherte. Grauer Anzug, um die dreißig, kurz geschnittenes Haar, Gang und Haltung deuteten auf Militär hin, auf einen Athleten, auf beides.

Driver kurbelte das Fenster herunter.

Der Mann hielt Abstand. »Grüße von Mr Beil.«

»Er hat mich verfolgen lassen?«

»Eigentlich haben wir sie nur beobachtet.« Er nickte in Richtung Chevy. »Den und seinen Freund, den Sie weiter hinten zurückgelassen haben.« Er sah sich kurz nach Westen hin um. Einen Augenblick später hörte Driver die Sirenen. »Handys«, sagte der Mann. »Geben einem heutzutage nicht mehr viel Zeit. Fahren Sie jetzt. Wir übernehmen das.«

»Die Leute in den anderen Wagen könnten ernsthaft verletzt sein.«

»Wir machen das schon. Überprüfen alle, bringen die, die's nötig haben, ins Krankenhaus und stellen sicher, dass man sich so gut wie möglich um sie kümmert. Reden mit ihnen, beruhigen sie, stellen uns den Cops als Augenzeugen zur Verfügung. Wenn wir aufräumen, dann räumen wir richtig auf.« Sein Lächeln war wie ein schmaler Lichtstreifen unter einer gut schließenden Tür. »Ist ein Pauschalgeschäft.« Der Mann nickte. Das Nicken passte zum Lächeln. »Sie werden Mr Beil bei der ersten Gelegenheit anrufen.«

* * *

»MEINUNGEN SIND WIE ARSCHLÖCHER«, pflegte Shannon immer zu sagen, »jeder hat eine. Aber Überzeugungen, das ist eine ganz andere Nummer – Überzeugungen sind gefährlichere Feinde der Wahrheit als Lügen.«

Letzteres war von Nietzsche, obwohl Driver das damals nicht wusste. In den letzten Jahren hatte er viel nachgeholt. Er nahm nicht an, dass Shannon an irgendeine Art von Wahrheit glaubte, die man in eine Schachtel stopfen und mit nach Hause nehmen konnte. Aber er kannte sich eindeutig mit Lügen aus. Den Lügen, die uns von Kindheit an erzählt werden, jenen, in denen wir schwimmen und die wir uns selbst erzählen, um weitermachen zu können.

Driver ließ den Fairlane bei der Werkstatt stehen. Er hatte kein vorübergehendes oder anderes Zuhause, zu dem er zurückkehren konnte, er suchte sich ein Motel auf dem Weg in Richtung Stadt. Der Angestellte, der sich ständig mit der flachen Hand über die Haare fuhr, ließ ihn eine Stunde in einem muffigen Lobbysessel mit lauter Brandlöchern warten (Driver zählte sechzehn Stück), weil noch keine Eincheck-Zeit war. Das Zimmer hielt das, was der Sessel versprochen hatte.

Driver schaltete den Fernseher ein, der nicht funktionierte, und schaltete ihn wieder aus. Verdammt, er konnte den vom Zimmer nebenan gut genug durch die Wand hören. Der Dreck in der Toilettenschüssel und der Wanne war eine Welt für sich. Als er sich setzte, machte das Bett ein Geräusch, das ihn an eine Kutsche in alten Western erinnerte.

Aber er brauchte eine Ruhepause. Er hatte morgen einen Haufen Arbeit vor sich, musste den Wagen wieder flottmachen, und dieser Ort hier war so gut wie jeder andere, wenn man sich aufs Ohr legen wollte. Hier würde ihn niemand finden und niemand nach ihm suchen.

Das glaubte er bis zu dem Punkt, an dem er aufwachte, weil sich die Zimmertür leise schloss.

Sein Besucher würde natürlich eine Weile dort stehen. So machte man das. Driver hustete leicht, so wie man hustet, wenn man schläft, und drehte sich auf die Seite, als würde er weiterschlafen.

Ein zögerlicher Schritt, ein Innehalten, dann ein weiterer. Draußen gingen ein paar Leute vorbei, redend und mit schwerem Schritt, sodass Driver sehr aufmerksam sein musste. Der Eindringling würde die Geräusche nutzen, um sich auf ihrer Welle weiter anzunähern.

Denke nicht, handle, hatte ihm Shannon wieder und wieder gesagt. Driver sah und hörte den Mann nicht richtig – er spürte ihn in erster Linie. Mit einer einzigen Rolle war er aus dem Bett, erfasste die Umrisse des Mannes vor dem Licht des Fensters, hieb mit seinem Ellenbogen dorthin, wo sein Gesicht sein musste, spürte und hörte das Krachen von Knochen.

Als der Mann am Boden lag, hatte Driver seinen Fuß auf der Kehle, aber der würde so schnell nicht wieder aufstehen. Driver nahm ein Handtuch aus dem Bad und ließ es in der Nähe des Mannes fallen, setzte sich dann neben ihn auf den Fußboden, öffnete sein Taschenmesser und hielt es so, dass es das Erste war, was der Mann sehen würde, wenn er wieder zu sich kam.

Es dauerte nicht lang. Seine Augen öffneten sich, der Blick noch leicht verschwommen, bevor er sich klärte und auf Driver richtete. Der Mann drehte seinen Kopf und spuckte Blut aus. Schaute wieder zurück und wartete.

»Aus der Gegend hier?«, fragte Driver.

»Dallas.«

Ein Import also. Interessant. Er legte das Messer weg. »Was ist mit den anderen?«

»Ich weiß nichts von irgendwelchen anderen, Mann.«

»Was weißt du dann?«

»Ich weiß, dass fünf Riesen auf mich gewartet hätten, wenn ich hier rausmarschiert wäre.«

»Aber du marschierst hier nicht raus, stimmt's?«

»Sieht so aus.«

»Willst du Texas irgendwann wiedersehen?«

Der Mann leckte über seine Lippen, schmeckte Blut. Er hob zwei Finger und berührte leicht seine Nase. »Das wäre ein sehr angenehmer Ausgang, ja.«

»Dann setz dich auf einen Stuhl und wir unterhalten uns.«

»Worüber?«

»Wie du bezahlt wirst, wo und von wem. So die Richtung.«

Driver half ihm hoch. Blut strömte über das Gesicht des

Mannes, als er aufrecht saß. Er hielt sich das Handtuch vor die Nase und sprach hindurch. »Du weißt, dass du dem hier nicht entgehen kannst, oder? Wenn ich weg bin, kommt jemand anderes.«

Das war es also, worauf letztlich alles hinauslief. Man saß mitten in der Nacht am Ende der Welt mit einem gescheiterten Killer zusammen und dachte über Standpunkte nach. Hatte er je welche gehabt? Und welche Art von Lügen erzählte er sich selbst? Etwa die, er könnte einen Weg aus all dem hier finden?

* * *

ER WAR ÜBER DIE VAN BUREN zum Sky Harbour gefahren, hatte seinen nächtlichen Besucher vom Flughafen aus anrufen und mitteilen lassen, es wäre vollbracht. Hatte auf dem Weg an einem Dollar Store gehalten, um dem Mann ein neues Hemd und neue Hosen zu kaufen. Keine Chance, dass ihn TSA mit dem ganzen Blut durchgelassen hätte.

Der Pick-up stand in Glendale. Driver parkte oberhalb des All-Nite Diners, dem einzigen lebendigen Ort im Umkreis von drei bis vier Blocks. Sonst gab es dort nur Büros und Geschäfte. Im Diner saßen zwei Cops und – ihren Hüten und der Western-Pracht nach zu urteilen – Mitglieder der Bisquit Band, deren Van vor der Tür stand. Mail'N'More, einen halben Block weiter unten und gut zu sehen, öffnete in einer halben Stunde. Driver kaufte sich einen Kaffee zum Mitnehmen und ging zurück zum Wagen, wartete dort. Er vertrieb sich die Zeit mit dem Lesen der Schaufenster. Bei Mail'N'More stand:

> Briefkastenvermietung – Postanweisungen
> Fotokopien –Anrufservice
> Nachrichtenübermittlung – Verpackungen
> Notariat – Visitenkarten – Habla Español

Am Fenster des Antiquitätenladens stand: *Die Qualität des Lebens ist auch nicht mehr das, was sie mal war.*

Er dachte über die Leute nach, die ihn immer weiter verfolgten. Sie engagierten Externe, worauf deutete das hin? Dass sie begrenzte Mittel hatten, vielleicht eine kleine Gruppe, die auf eigene Faust arbeitete. Was angesichts der Professionalität ihrer Angriffe keinen Sinn ergab. Wahrscheinlich waren die Ersten ihre eigenen Leute gewesen. Und dann hatte auch noch Beil seine Finger im Spiel. Wollten sie Abstand halten, damit sie am Ende alles abstreiten konnten? Oder gingen ihnen langsam die Soldaten aus?

Wohl kaum.

Um 7.54 Uhr hielt ein dunkelbrauner Saturn vor dem Mail'N'More. Der Fahrer schaltete den Motor aus und blieb sitzen. Als das Schild im Ladeninneren auf GEÖFFNET gedreht wurde, stieg er aus und ging hinein, in der Hand einen gefütterten 25-x-30-Briefumschlag. Jüngerer Typ, Ende zwanzig, schwarz, dunkler Anzug, weißes Hemd, keine Krawatte. Er gab dem Mann am Schalter den Umschlag, nahm seine Brieftasche heraus, bezahlte. Als er herauskam, saß Driver hinter dem Lenkrad des Saturn.

»Habe ich vergessen, abzuschließen?«

»Phoenix rangiert ziemlich weit oben auf der Liste der Autodiebstähle.«

»Würdest du jetzt bitte aussteigen?«

»Warum leistest du mir nicht einfach Gesellschaft? So können wir uns ungestört und ganz privat unterhalten.«

Driver sah den Blick des jungen Mannes über den Bürgersteig, die Straße und den Diner gleiten. Der Streifenwagen war vor ein paar Minuten weggefahren. Der Diner füllte sich mit Leuten auf dem Weg zur Arbeit. Driver griff unter das Armaturenbrett und drehte die Kabel zusammen, die er vorher herausgezogen hatte. Der Motor sprang an.

»Wenn du noch länger wartest, fahre ich.«

Der junge Mann ging zur Beifahrerseite, öffnete die Tür

und blieb stehen, die Hände am Wagen. »Das ist ausgesprochen unklug«, sagte er.

»Ich werde von Jahr zu Jahr dümmer.«

Der Mann stieg ein, und Driver schaltete den Motor ab.

»So dumm«, sagte Driver, »dass mir sogar das Geld egal ist, das du da drinnen gerade abgegeben hast.«

Er sah Driver an, dann hinaus auf die Straße. »Ja, okay.«

»Ich will wissen, von wem es kam.«

»Warum?«

»Wissen macht uns zu besseren Menschen, findest du nicht auch?«

»Nein«, antwortete er. »Nein, das denke ich überhaupt nicht. Vier Jahre lang habe ich mit meinem Hintern am College die Stühle poliert, drei weitere im Jurastudium, und am Ende ist ein Laufbursche aus mir geworden. Da hast du dein Wissen.«

»An irgendeinem Punkt trifft man seine Wahl.«

»Wahlmöglichkeiten, ja, das ist das Einzige, worum es geht, oder? Freier Wille, das Gemeinwohl. Hab meine Aufzeichnungen aus dem Studium noch irgendwo rumliegen.«

»Eine Entscheidung muss nicht für immer sein.«

Der Junge wandte sich ihm zu. »Kommst du gerade aus einer Show mit Oprah, oder was?«

Sie saßen da und beobachteten ein weißhaariges Männlein, das in einem Golfcart mit 20 km/h die Straße heruntergetuckert kam. An der Antenne flatterte eine winzige amerikanische Flagge, und über ein Dutzend Aufkleber bepflasterten die Seiten des Wägelchens.

»Das Geld?«, fragte Driver.

»Du weißt, dass ich dir das nicht sagen kann.«

»Wieder dieses Wissen.« Driver legte beide Hände gut sichtbar auf das Lenkrad. »Dann, befürchte ich, wirst du diesen Wagen nicht wieder verlassen.«

»Denkst du, dass du das schaffst?«

»Wo ich herkomme, lernt man das schnell. Und eine Minute später holt man sich ein Sandwich.«

Das Männlein hielt am Mail'N'More, zog eine Plastiktüte aus seiner Gesäßtasche, schüttelte sie auf und ging hinein. Kurz darauf kam er mit nur sehr wenig Post in seiner Tüte wieder heraus.

»Wahrscheinlich der Höhepunkt seines Tages.«

»Perspektive ist alles«, sagte Driver.

»Das ist es.«

Sie beobachteten, wie das Golfcart weiter die Straße entlangfuhr und einen Stau hinter sich herzog.

»Ich habe die Uni abgeschlossen, war unter den Besten meiner Jahrgangsklasse. All diese großen Kanzleien, die auf dem Campus nach Talenten suchten, schüttelten mir freundlich die Hand. Als eine Top-Firma mir einen Job anbot, habe ich zugegriffen. Da waren ungefähr drei Häuptlinge und zweihundert Indianer, jeder Einzelne von ihnen aus den obersten zehn Prozent, alle beängstigend clever. Wie sich herausstellte, hatte sich die Firma keinen weiteren Indianer gekauft, sondern nur ein Pferd.«

Driver schwieg.

»Die Koppel ist auf der Highland, nahe der 24. Avenue. *Genneman, Brewer and Sims.* Dieser spezielle Auftrag kam von Joseph Brewers Assistent, Tim. Gelbes Haar. Nicht blond, gelb. Und seine Klamotten sitzen immer eine Spur zu eng. Das ist alles, was ich weiß.« Das Golfcart bog vier Blocks weiter Richtung Osten ab. »Fürs Protokoll: Ich habe die Lieferung überbracht. Ich gehe, drücke im Büro auf Neustart, und alles ist in Butter.«

»Und niemand erfährt etwas von unserer Unterhaltung.«

»Meine Rede.«

»Wie ich sagte, es war ganz privat.«

Driver stieg aus und sah zu, wie der Saturn sich entfernte. Er erwischte sich dabei, wie er über den Mann nachdachte, der nicht viel jünger als er selbst sein konnte, und dass er sich fragte, wie er wohl als kleiner Junge gewesen war. Wie war die Formulierung, die Manny immer benutzte? *Aufs Neue in die Welt geschüttet.* Ein frisches Pferd, hatte der Junge gesagt. Ja, irgendetwas ritt ihn eindeutig.

* * *

JOSEPH BREWERS ASSISTENT Tim Bresh lebte in einer der Enklaven in der Nähe des Encanto Parks, einem Dschungel aus alten Häusern im Craftsman-Stil und Carports aus den Fünfzigern. Die Hälfte der Häuser wirkte verfallen, die andere war saniert und aufgepeppt. Eine Menge *Zu-verkaufen*-Schilder war aufgestellt worden. Das Haus von Bresh stand zwischen einem lange nicht mehr gestrichenen Holzhaus, das fast unsichtbar hinter einem Schleier von Oleander lag, und einem anderen aus künstlichen Bruchsteinen, das so grellweiß war, dass es fast unwirklich wirkte, wie nicht von dieser Welt. Breshs Haus war altweiß gestrichen, elfenbein vielleicht, aber an den Ecken, an denen der Rasenmäher, das Grundwasser und die Zeit genagt hatten, schimmerte es wasserblau durch.

Früher am Tag hatte sich Driver als Bote mit einem Paket für Joseph Brewer ausgegeben und es so bis in den oberen Verdauungstrakt von *Genneman, Brewer and Sims* geschafft. Im Vorzimmer von Brewer hatte er sich Bresh eingeprägt, ihn auf seinen persönlichen Index gesetzt, gelbe Haare und alles. Das Paket, das eigentlich ohne Bedeutung war, enthielt ein Buch, die neueste Kampfanklage gegen das Pyramidensystem des Kapitalismus und jene, die sich davon nährten. Driver gefiel die Vorstellung, wie Brewer das Buch wiederholt in die Hand nahm und sich über die Botschaft und die Herkunft den Kopf zerbrach. In Wahrheit hatte der Bastard das Buch wahrscheinlich in den Schredder gestopft. Oder hatte seinen Assistenten angewiesen, es zu tun.

»Ich geh schon«, sagte drinnen jemand, als Driver den Klingelknopf betätigte.

Eine Frau öffnete die Tür. Groß, Bustier, Shorts, dünne Arme – *spindeldürr,* kam ihm in den Sinn. Ihr Haar war nass, vom Duschen, vom Schwimmen. Sie und Driver standen lauschend da, während das Intro von *Sympathy for the Devil* verebbte.

»Geht mir jedes Mal unter die Haut«, sagte die Frau.

»Das ist ja mal eine Klingel. Ist Tim …«

Aber da trat Tim bereits hinter sie. In seiner Hand etwas, das wie ein Cognacschwenker aussah, gefüllt mit etwas, das wie Baileys roch. Er starrte Driver einen Moment lang an.

»Kenne ich Sie nicht irgendwoher?«

Dann wusste er es wieder.

»Das Paket. Das Buch, *Street Smarts,* mit den S-Buchstaben aus Dollarzeichen. Ich bin sicher, dass Joe zu Hause total darin vertieft ist, während wir hier reden, ist genau sein Ding.« Er hielt inne, als würde er einen Augenblick darüber nachdenken, was wohl Drivers Ding sein könnte. Schwer zu sagen, was sich dabei in seinem Gesicht widerspiegelte. Achtsamkeit? Erwartung?

»Was kann ich für Sie tun?«, fragte er. »Sie scheinen nichts auszuliefern.«

»Diesmal habe ich etwas zu erledigen.« Driver drängte sich ins Haus.

»Okay.«

»Vielleicht sollte Ihre Freundin gehen.«

»Oder Sie.«

Driver schüttelte den Kopf.

»Hören Sie«, Bresh war weiter ins Haus zurückgetreten und machte ihm Platz, »GBS hat achtzehn Rechtsanwälte, von den Anwaltsgehilfen, Sekretärinnen und dem üblichen Büroabschaum ganz zu schweigen. Das sind viele Leute, eine Menge Egos – selbst ohne die Mandanten, die angesichts unserer Honorare dazu neigen, sehr anspruchsvoll zu sein. Und wer, glauben Sie, hält das alles am Laufen? Ich. Also, wie ich Tag für Tag zu sagen pflege, erzählen Sie mir einfach, was Sie wollen.«

»Einer Ihrer Anwälte hat heute Morgen etwas abgeliefert. Schwarz, Ende zwanzig, fährt einen Saturn.«

»Ich kann nicht ...«

»Ich weiß, was er abgeliefert hat und warum. Ich muss aber wissen, wer den Auftrag gegeben hat, wer genau ihn geschickt hat. Ihr Name tauchte da ganz schnell auf.«

»Ich verstehe. Und Sie müssen das weswegen wissen?«

Driver antwortete nicht gleich. Schließlich sagte er: »Weil ich hier bin und freundlich danach frage.«

»Sie sind mir gefolgt.«

Driver nickte. Er sah in Breshs Augen, wie er begriff: das Paket, die Unterschrift, alles andere.

»Das war ich nicht«, sagte Bresh. »Ich habe Donnie angerufen, klar, habe die Nachricht weitergeleitet. Das mache ich meistens so. Ist ein großer Laden, GBS.«

Die Frau nickte, obwohl es eher nach einem Wippen aussah. »Riesig. Geht irgendwie immer weiter und weiter«, sagte sie.

»Sie arbeiten auch dort?«

»Computer. Timmy denkt, er schmeißt den Laden. Aber in Wahrheit bin ich das.«

»Sie kennen doch diese Typen, die man immer in Einkaufszentren und so sieht, dicker runder Bauch und darunter zwei dünne Beinchen? So ist GBS, nur dass unter dem dicken Bauch ungefähr hundert Beinchen laufen, aber alle in verschiedene Richtungen.«

»Jetzt kommt Timmys übliche Skrupellose-Bulldozer-Ansprache. Ich hoffe, Sie sind nicht in Eile.«

»Haben Sie jemals Weber gelesen?«, fragte Bresh. »Über Bürokratien? Dazu sind Kanzleien wie GBS vor langer Zeit geworden. Es geht nur darum, seinen Sitzplatz im Bus nicht zu verlieren und die Maschine am Laufen zu halten, so, wie sie immer gelaufen ist. Alles andere – Mandanten, Angestellte, selbst das Gesetz – ist nur zweitrangig.«

»Hört sich nicht gerade nach dem Treueeid an, den Sie abgelegt haben.«

»Ich bin Teil der Maschine ...«

»Ich *bin* der Bulldozer!«, rief seine Freundin.

»... aber das bedeutet nicht, dass ich nichts erkenne.«

Bresh stellte seinen Drink auf den schmalen Tisch direkt neben der Tür. Am hinteren Ende stand eine transparente blaue Vase mit Seidenblumen, Rohrkolben und Federfächern an langen Stielen, in der Mitte des Tisches lagen milchig-weiße Kristalleier in einem Korb, kaum größer als Murmeln.

»Es gibt einen Mann, der von Zeit zu Zeit auf Honorarbasis für die Firma Dinge erledigt. Angeblich ein Kurierdienst, so steht es in den Büchern, aber gelistet ist er nirgendwo.«

»Was für Dinge?«

»Kann ich wirklich nicht sagen. Fällt nicht in meinen Bereich. Er steht in Verbindung mit einem der Juniorpartner.«

»Und von ihm haben Sie den Auftrag erhalten, Donnie, mit dem Geld loszuschicken?«

Bresh nickte. »Richard Cole, das ist ihr Mann. Sie erwischen ihn morgen im Büro, dann können Sie ja *ihm* nach Hause folgen. Oder ...« Er nahm seinen Drink wieder auf, drehte sich um und sprach weiter, während er dorthin ging, wo wahrscheinlich die Küche war. »Oder ich könnte Ihnen einfach seine Adresse geben.«

* * *

»SIE HABEN KEINE LUST, Karten zu spielen, oder?«

Bill schaute ihn nicht an. Draußen vor dem Fenster war ein weiterer beschissen wundervoller Tag. Aber das Fenster war natürlich verschlossen.

»Oder Fernsehen? Oder sonst irgendwas? Dann kommen Sie runter, in Ordnung?«

Wendell wandte sich von den Fensterläden ab, die er

gerade geöffnet hatte. Sonnenstrahlen torkelten über den Boden.

»Hat alles was mit Entscheidungen zu tun, Mr Bill. Ich kann mich entscheiden, kein cracksüchtiger Hund zu werden, wie meine Mutter es war. Sie können sich entscheiden, nicht dort liegen zu bleiben wie ein sterbender Mann, denn wir wissen beide, dass Sie das nicht sind. Nicht wirklich.«

Wendell lachte. Aus tiefster Brust.

»Entscheidungen. Wie ich mich anhöre! Wie einer der Sozialarbeiter, die meiner alten Mum immer gute Ratschläge gegeben haben. Oder fünfzehn bis zwanzig Zentimeter harten Schwanz.«

Bill lachte gegen seinen Willen.

»Da haben Sie's. Nicht gerade das, was tote oder sterbende Männer besonders viel tun: lachen. Ist aber auch gut so. Können Sie sich vorstellen, wie laut es sonst auf Friedhöfen wäre?«

Bill saß auf der Bettkante. Wendell gab ihm seine Schuhe. Rubbelte dabei kurz mit seinem Hemdsärmel darüber.

»Ich sag Ihnen was. In ungefähr zehn Minuten beginnen im Tagesraum die Gospellieder zum Mitsingen. Ich habe die Chormitglieder gesehen, als sie mit ziemlichem Getöse aus dem Bus gestiegen sind. Und ich habe genauso wenig Lust, meine Zeit dort abzusitzen, wie Sie. Wie wär's, wenn wir beide einen Spaziergang machen? Etwas gute alte Erde unter die Füße bekommen?«

* * *

DAMALS, WÄHREND SEINES ersten Jahres in der Stadt, waren Shannon und er einmal am Set von Doomtown Days gewesen, einem Post-Apokalypse-Film. Die Studios drehten damals eine Menge davon, meist mit Minibudgets. Heroisch schritten darin kaum bekleidete Männer oder Frauen allein über ödes Land, zogen mit selbst gebastelten Waffen durch verwilderte Gemeinden, Zombie-Schafe rundherum, dieser ganze Kram.

Shannon hatte gerade gesagt, der Regisseur sähe aus wie ein Sechzehnjähriger. »Der Junge hat sicher eine Anzeige von der Rückseite eines Comic-Heftchens ausgeschnitten: *Möchtest du Regisseur werden?* Hat seine zwei Dollar eingeschickt.«

Da war so ein Typ, der immer am Rand herumhing, bedrucktes T-Shirt, zerknitterte Hose mit aufgesetzten Taschen, weder jung noch alt, weder gut noch schlecht aussehend, nichts, was die Aufmerksamkeit auf sich zog. Driver zeigte auf ihn und fragte, wer das sei.

»Danny Louvin. Alles, was du hier siehst, ist seins.«

Driver sah ihn sich noch einmal an. Wenn der Typ noch ein Armband mit seinem Namen und eine Muschelkette umgehabt hätte, hätte er einen Preis für Uncoolness gewinnen können. »Das ist der Mann mit der Kohle?«

»Der Mann mit der Kohle sitzt da drüben im Zelt des Produzenten, mit dem Strickhemd und den Lederslippern. Danny ist derjenige, der alles am Laufen hält, der die ganze Arbeit erledigt.«

»Er scheint überhaupt nichts zu tun.«

»Er ist eben gut.«

Daran erinnerte sich Driver, als er über die Cave Creek Road fuhr. Überall Wohnklumpen, wo noch vor Kurzem Wüste gewesen war. Er fragte sich, ob die Kojoten in den späten Nachmittagsstunden immer noch herauskamen und was sie wohl über all das dachten. Auf den Hügeln waren dunkle Muster zu sehen; dort, wo Wolken das Sonnenlicht verschatteten, sah es so aus, als wäre die Landschaft eilig aus zwei Teilen verschiedener Welten zusammengesetzt worden.

Er dachte über die Menschen nach, die man sah, und über die, die man nicht sah, die aber in Wahrheit alles leiteten. Wenn man das zu weit trieb, konnte es in Paranoia ausarten, bis man sogar hinter der Art, wie die Schachteln mit Frühstücksflocken im Regal aufgereiht waren, eine Verschwörung witterte. Berücksichtigte man es aber zu wenig, war man ein Dummkopf.

Bresh glaubte, dass er das Büro bei GBS leitete, er alles zusammenhielt. Vielleicht war das so. Aber was war zum Beispiel mit Beil, der behauptete, er wäre lediglich ein Vermittler, ein Arrangeur, ein Mittelsmann? Wie weit reichte sein Einfluss? Gab es immer einen Zauberer hinter jedem Vorhang? Oder nur einen hinter allen?

Plakatwände, die für eine im Bau befindliche neue Gemeinde warben, zeigten einen Reigen von Gesichtern, von Kleinkindern bis Senioren, unter denen zu lesen war: *Das bessere Leben, nach dem Sie suchen.* Driver dachte an etwas, das Shannon ihm erzählt hatte, an die Geschichte von einem Reisenden, der lebenslänglich bekommen hatte, weil er eine Stadt besuchen wollte, die wie alle anderen in der Gegend wirkte – nur dass sie eben verboten war. Er erinnerte sich daran, weil ihr Drehbuchautor anwesend gewesen war, als Shannon die Geschichte erzählt hatte, und genau diese Geschichte zwei Tage später in dem fortwährend geänderten Skript wiederaufgetaucht war.

Richard Coles Haus war mit grünen Stuckarbeiten verziert, und hoch oben ragten künstliche Baumstämme oder zumindest künstliche Baumstümpfe aus den Wänden. An jeder Dachecke blickte eine Schleiereule aus Plastik suchend in den Himmel. Zwei Wagen standen in der Einfahrt, ein mitternachtsblauer Lexus und ein rotes BMW-Coupé.

Statt einer Türklingel gab es einen Türklopfer in Form eines Bärenkopfes. Driver benutzte ihn und trat zur Seite, an den Sichtfeldrand des Türspions; er drehte sich weg, als bewunderte er die Landschaft.

»Wer ist da?«, fragte eine Stimme von innen.

Driver antwortete nicht. Einen Moment später begann sich die Tür zu öffnen. Driver wartete.

Als sie ganz offen war und ein Mann sich zeigte, Wut und Misstrauen im ganzen Gesicht, trat Driver einen einzigen

Schritt vor und schlug ihm mit aller Kraft direkt gegen die Stirn. Der Mann taumelte und ging zu Boden, Driver sah den anderen Typen vom Sofa aufstehen.

»Keine gute Idee«, sagte Driver.

Der Typ setzte sich wieder. Die beiden waren fast wie Zwillinge gekleidet, blaue Hemden aus mercerisierter Baumwolle, weiche, teure Lederslipper. Als Cole wieder auf die Füße kam, griff der andere verstohlen nach einem Handy, das das altmodische Design einer Taschenuhr hatte.

»Noch schlechtere Idee«, sagte Driver. Der Kerl hielt beide Hände hoch, Handflächen nach vorne.

Cole sah seinen Freund an, machte ein angeekeltes Gesicht und schaute wieder zurück. Seine Stirn färbte sich langsam dunkel. »Wer sind Sie?«

»Ein Kurier. Wie Donnie.«

Keine Antwort.

»Donnie, der auf Ihr Drängen hin heute Morgen einen gefütterten Umschlag bei Mail'N'More abgegeben hat?«

Immer noch nichts.

»Was Sie mir erzählen werden, ist, wer *Sie* gedrängt hat.«

»Verlassen Sie mein Haus.«

Driver drehte sich um, als wollte er gehen, schnellte dann wieder zurück, fuhr mit dem rechten Fuß hinter Coles Knie und zog ihm die Beine weg. Er stellte einen Fuß auf seinen Bauch.

»Bitte«, sagte Driver.

Cole versuchte, sich nicht zu bewegen, aber seine Augen irrten überall herum, hoch, runter, rechts, links. Zur weißen Zimmerdecke. Zu den beigefarbenen Wänden. Den Möbelbeinen. Dem elfenbeinfarbenen Teppich. Den Füßen seines Freundes neben dem Sofa. Nichts davon war eine Hilfe.

So kann sich die Welt, von der du fest annahmst, du würdest sie verstehen, plötzlich ändern, dachte Driver.

***

STÄDTE WAREN SO VIELFÄLTIG, trugen so viele verschiedene Gesichter. Als er die leichte Opulenz von Cave Creek und Carefree hinter sich ließ, die Deer Valley Road entlangfuhr, am staatlichen Gefängnis vorbei in Richtung der vertrockneten Landstriche von Phoenix' Randgebieten, da war es, als führe er nicht durch eine, sondern durch ein halbes Dutzend Städte, die neben- und übereinanderlagen. Kirchen hatten sich in Büros von Steuerberatern verwandelt. Ein riesiger Laden, der einst Landmaschinen verkauft hatte, war nun eine Tauschbörse. Der Dairy Queen hatte nichts verändert außer seinen Namen und hieß jetzt Mariscos Juarez.

Zwei Blocks hinter einer eingezäunten Wohnanlage zerrten Leute Matratzen die Außentreppen herunter und kochten in ihren Einfahrten, in Bottichen so groß wie Kannibalentöpfe.

Die Dunkelheit war bereits auf dem Weg, breitete ihre Hand flach über der Stadt aus, als Driver wieder zurückfuhr. Billie hatte ihm die Wohnung ihres Onkels angeboten. »Solange du sie brauchst«, hatte sie gesagt, denn Onkel Clayton befand sich mehrere Tausend Meilen weit weg, wo er »half, den Schaden zu beheben, den wir verursacht haben«, was immer das auch heißen sollte. »Solange du sie brauchst«, hatte sie gesagt, aber er dachte, *bis sie mich dort finden,* und lehnte ab. Also war er in einem Apartmenthotel zwei Blocks weiter untergekommen, einen Katzensprung entfernt von der Ecke Colter und 12. Straße. In einem Apartment mit nur einer Tür und Fenstern zum Verriegeln, was aber nicht mehr funktionierte. Falls sich jemand nähern sollte, hatte er die Einfahrt und den Parkplatz voll im Blick.

Auf der anderen Straßenseite lag ein Diner, in dem Billie und er sich trafen. Alles darin war rot – Decke, Sitzecken, Fliesen, Barhocker, Tresen, Schürzen und Servietten –, sodass man beim Hinausgehen farbenblind zu sein schien, aber es gab gutes, preiswertes Essen. Die Kellnerinnen wirkten, wie das Restaurant selbst, als wären sie aus den Fünfzigern. Sie nahmen die Bestellung auf, entfernten sich, drehten sich wieder um und kamen mit dem Essen zurück. So ungefähr fühlte es sich an.

Billie war direkt aus der Werkstatt gekommen, in Arbeitsklamotten und Stiefeln, Schmieröl unter den Fingernägeln, ein verwischter Streifen wie ein Nike-Logo auf ihrer Wange. Jeder im Diner vermittelte den Eindruck, als wäre er gerade erst von irgendwoher angekommen, aber schon begierig darauf, direkt zum nächsten Ort aufzubrechen. Füße scharrten unter den Tischen. Blicke schnellten zum Fenster.

Nicht nur hier, dachte Driver. Die ganze Welt ist inzwischen so.

Er erinnerte sich, wie er in L.A. über Bernie Roses Leiche gestanden hatte, dort am Ende des Grenzlandes, und Bernie pfeifend seinen letzten Atemzug tat. Erinnerte sich, wie er zurück in den verbeulten Datsun gestiegen war, dem die Türgriffe und die Stoßstange fehlten; wie angenehm das dezente Dröhnen sich angefühlt hatte und wie er gedacht hatte, dass er einfach nur fuhr. Dass es das war, was er tat und was er immer tun würde.

»Interessante Gruppe«, sagte Billie. »Angefangen bei der Kostümierung der Kellnerinnen.«

»Wenn du die Haare und all das meinst, ich glaube nicht, dass das Kostüme sind.«

»Oh. Und der Koch?« Sein Kopf erschien in regelmäßigen Abständen in der Luke, durch die die Teller aus der Küche zum Service durchgeschoben wurden. Dünnes Haar, an der Seite penibel gescheitelt, und eine Nase, die den Rest des Gesichts unbarmherzig nach vorne zog. »Zu viele Schwarz-Weiß-Filme?«

Genau in diesem Augenblick kam eine Gruppe von fünf Personen herein, Männer und Frauen gemischt, verkleidet als Zombies. Zerrissene Kleidung, bleiche Gesichter, geschwärzte Augen, Spritzer von Lebensmittelfarbe, aufgemalte Spucketropfen. Sie stolperten mit um sich schlagenden Armen herein, als gehorchten sie einer fremden Muskulatur, einer anderen Schwerkraft. Sie setzten sich in eine Sitznische, wo einer von ihnen leise zu singen begann: »Fleisch! Fleisch!«

Driver war mit seinem Rund-um-die-Uhr-Frühstück halb fertig. Er legte seine Gabel hin. »Ich muss dir etwas sagen.«

»Hab mich schon gefragt, wann du dazu kommst.«

»So offensichtlich, hm?«

»Nicht wirklich.«

»Aber?«

Sie zuckte mit den Achseln.

»In Ordnung.«

Und dann erzählte er es ihr. Nicht so viel von seinem alten Leben, nur das Nötigste. Aber wie er über Elsas Leiche gestanden hatte, wie er in der Vergangenheit getötet hatte, wieder und wieder. Wie die Killer ihm jetzt nachjagten. Wie sie immer wieder kamen, und dass das den Rest seines Lebens so bleiben könnte. Und wie kurz dieser Rest möglicherweise sein würde.

Als er aufhörte zu reden, schaute sie weg, dann sah sie ihn wieder an.

»Die essen Salat«, sagte sie, »die Zombies.« Sie spießte den letzten Bissen ihres Burgers auf.

»Mit anderen Worten, du wirst aus unerklärlichen Gründen verfolgt. Von unsichtbaren Kräften.«

»Das sind eindeutig andere Worte. Aber ja, das beschreibt es recht gut. Schwer zu glauben?«

»Nein, ich sitze hier bloß und frage mich, was mein Philosophielehrer dazu sagen würde. In seinem dunklen Zimmer, mit seinem dunklen Hut, an die Tür gelehnt wie gegen einen unsichtbaren, stillen, unbekannten Widerstand. Ein interessanter Mann. *Die Wirklichkeit ist brutal,* würde er sagen, *und das grundlos*. Trotzdem schien alles in seinem eigenen Leben, die Art, wie er sprach, wie er unterrichtete, wie er sich kleidete, an rationaler Logik festzuhalten.«

Billie sah auf und lächelte, als die Kellnerin ihren Kaffee nachfüllte. Während sie ihm ihren Blick wieder zuwandte, streiften ihre Augen das Namensschild der Kellnerin. »Danke, JoAnne.« Als JoAnne weitergegangen war, sagte sie: »Was aber *ich* denke, ist, dass du in dieser Sache etwas Hilfe gebrauchen könntest.«

* * *

SPÄT AM MORGEN saß Raymond Phelps träge in seinem Liegestuhl auf der Terrasse und dachte darüber nach, wo er sich etwas zum Mittagessen holen sollte. Vielleicht beim Thailänder oder vom Kubaner eines dieser platten, gegrillten Sandwiches. Etwas erregte seine Aufmerksamkeit. Ein Geräusch, vielleicht ein Insekt, der Hunger. Irgendetwas.

Als er seine Augen öffnete, schwebte ein Gesicht kopfüber vor ihm.

»Sie sollten sich jetzt nicht bewegen«, sagte das Gesicht.

Als er es doch tat, landete ein Hammer mit voller Wucht in seiner Magengrube.

»Deswegen sollten Sie es nicht.« Der Hammer und die Hand, die ihn hielt, hingen vor seinen Augen. »Den hab ich da drüben bei der Mauer gefunden. Vor langer Zeit müssen Sie sich also noch gekümmert, an den Sachen hier gearbeitet und alles in Ordnung gehalten haben. Und nun sehen Sie sich das an. Rost, verrotteter Stiel. Inwieweit kann man wohl von dem Zustand seiner Werkzeuge auf den Eigentümer schließen, Ray?«

»Wer zum Teufel ...?«

Der Hammer traf ihn wieder, bevor er zu Ende sprechen konnte. Er übergab sich, Kaffee, Saft und Magensäure brannten in seiner Kehle.

Der Mann wartete, bis er fertig war.

»Zwanzig Zentimeter weiter links oder rechts und Ihre Hüfte besteht nur noch aus Krümeln. Zwanzig Zentimeter nach unten ...«

»Was wollen Sie?«

»Ich will, dass Sie verstehen, dass es sich hierbei nicht um eine Unterhaltung handelt. Ich stelle Fragen. Sie antworten. Kurz und präzise.«

Raymond hob seine Hand, um sich den Mund abzuwischen, hielt aber inne und blickte den Mann an.

»Machen Sie nur.« Wieder wartete er. »Sind wir jetzt brav?«

Raymond nickte.

»Vor zwei Tagen haben Sie Richard Cole angerufen und ihn eine Geldübergabe in Glendale arrangieren lassen.«

Raymond nickte. Mehr Kaffee, Saft und Säure warteten schon an der Pforte.

»Das Geld war dafür bestimmt, jemanden aus Dallas zu bezahlen.«

»Ja.«

»Wer sollte umgelegt werden?«

»Ich vermute, das wissen Sie.« Er übergab sich wieder, aber alles, was hochkam, waren dünne Fäden klebriger Flüssigkeit.

»Haben Sie ein Foto?«

»Eine Beschreibung. Auto. Wahrscheinlicher Aufenthaltsort.«

»Von wem kam der Auftrag?«

Raymond setzte zum Sprechen an, stoppte aber, als er dachte, er müsste sich wieder übergeben. Er schluckte es herunter. »Können wir reingehen?«

Der Mann erhob sich aus der Hocke und winkte mit dem Hammer in Richtung der Verandatür.

Das Büro war alles, was Raymond nicht war: gut eingerichtet, ordentlich, effizient, sauber. Metallregale nahmen zwei Wände ein, aufgereihte Ordner wurden von Briefkisten zusammengehalten, an den Regalen standen Nummern. Indexschilder schauten hier und da aus den Ordnern hervor. Driver warf einen Blick hinüber in die Küche – schmieriger Tresen, fettige Herdplatten, bergeweise schmutziges Geschirr – und staunte erneut über den Kontrast.

Er sah zurück auf die Regale.

»So hat die Welt ausgesehen, bevor die Computer sie übernommen haben«, sagte Driver.

»Computerfiles, ja. Einfach zu kopieren, einfach zu löschen. Aber ich habe von all dem hier Kopien versteckt.«

»Rückversicherung?«

»Rückversicherungen, Erinnerungen, Archive. Nennen Sie es, wie Sie wollen.«

Raymond zeigte fragend auf die Regale. Als Driver nickte, ging er hinüber und zog einen Ordner heraus. Ohne zu suchen, ohne zu zögern. Brachte ihn zurück und händigte ihn aus.

Driver schlug ihn auf. E-Mail-Kopien. Kontoauszüge und Bankunterlagen. Berichte von Kreditbüros, einem Better Business Bureau, einer Lizenzorganisation. Fotokopien handgeschriebener Notizen, die aussahen, als wären sie aus einem Tagebuch oder kleinen Notizheft. Mitgliederlisten.

»Bringt Sie nicht direkt hin, aber es ist immerhin so etwas wie eine Landkarte.«

»Also niemand, für den Sie vorher schon mal gearbeitet haben.«

»Nein. Und jede Menge Vorhänge. Ich schaue immer so tief ins Wasser, wie ich kann. So wie Sie sicherlich auch. Das Einzige, was ich herausgefunden habe, ist, dass es über einen Rechtsanwalt in oder um New Orleans herum kam.«

»Keine Idee, wer dahintersteckt?«

»Jemand mit einem Arsch voll Geld.« Raymond streckte die Hände nach dem Ordner aus. »Geben Sie mir einen Moment. Ich mache Kopien.«

***

»ICH HAB DA UNTEN ein paar alte Jogging-Kumpels, die ich vorbeischicken könnte.«

»Tattoos nützen hier wahrscheinlich nichts, Felix.«

»Doyles schon. Semper Fi. Beinprothese. Humpelt herzerweichend, wenn er will. Er sagt nie viel, stellt aber Fragen, auf die man ganz unbefangen antwortet.«

»Hört sich gut an.«

»Ich setze sie drauf an und melde mich wieder.«

»Pass auf dich auf, mein Freund.«

»Mach ich.«

Billies Kopf lehnte am Sitz, und ihre Augen waren geschlossen, als er zurück in den Wagen stieg. Sie hatten es an verschiedenen Orten versucht. Jetzt standen sie hinter einem seit Langem geschlossenen Bowlingladen, der offenbar im Begriff war, zu einem Flohmarkt und einer Tauschbörse zu werden. Arbeiter schliffen pinkfarbene Stuckverzierungen mit einem Sandstrahler ab.

»Ist dein Freund immer so schwer zu finden?«

»Bis er weiß, wer ihn sucht.«

»Nie daran gedacht, ein Telefon zu benutzen?«

»Er ist mehr der Von-Auge-zu-Auge-Typ.«

»Wohl eher zwischen die Augen, so wie er aussieht.«

»Ist schon vorgekommen.«

Sie hatte ein Gummiband zwischen den Zähnen und strich sich die Haare zurück. Sprach mit dem Band im Mund und zog es dann über die Haare. »Irgendwelche Hintern, denen du in der nächsten Stunde oder so einen Tritt versetzen musst?«

»Kann warten. Hast du was vor?«

»Ich wollte meinen Vater besuchen und dachte, du magst vielleicht mitkommen.«

Willow Villa war ein Gebiet von Gewerbeimmobilien, das unerwartet vor ihnen aus dem Boden aufragte. Eben waren sie noch an Ranch-Häusern, Scheunen und doppelten Auffahrten vorbeigekommen, als sie plötzlich von Schildern umringt waren. *Bernard Capes, Chiropraktiker. Aktions-Gliedmaßen und Prothesen. Wirbelsäulenmechanik. Physiotherapie.* Als ob sich ein ziemlich schräges medizinisches Einkaufsparadies der ganzen Gegend bemächtigte.

Zwei Wagen standen hinten auf dem Besucherparkplatz, einer von ihnen ein 1968er Pontiac GTO, der aussah, als käme er direkt aus dem Ausstellungsraum. Driver und Billie sahen zu, wie sieben ältere Damen aus dem Gebäude kamen, mindestens drei Minuten brauchten, um in das Auto einzusteigen, und dann schleichend die Einfahrt hinunterzuckelten, wo sie laut auf der Straße aufsetzten.

Drinnen warteten sie kurz, um sich einzutragen. Die Luft war kühl, abgestanden, und roch leicht nach reinem Alkohol. Hinter dem Tresen saßen zwei Frauen an ihren Schreibtischen. Eine beugte sich über eine Art Geschäfts- oder Protokollbuch. Die andere, die auf ihren Computerbildschirm gestarrt hatte, schaute auf. Ihr Haar hatte drei verschiedene Farben, keine davon war ihre natürliche oder überhaupt irgendwo in der Natur zu finden.

»Hey, Billie.«

»Maxine, du bist wieder da.«

»Seit gestern.«

»Dann geht es deinem Sohn also besser?«

»Vorerst ja ... Mr Bill ist nicht auf seinem Zimmer, Liebes.«

»Oh?«

»Geht draußen mit Wendell spazieren, ist das zu glauben? Wird langsam zur Dauereinrichtung.«

»Welche Richtung?«

Sie zeigte zur Rückseite des Gebäudes.

»Max dachte immer, der Junge hätte nur Asthma«, erzählte Billie, als sie zurückgingen. »Vor zwei Wochen hatte er einen Anfall, um zwei Uhr morgens, wie so oft, und sie landeten in der Notaufnahme des Good Sam. Man fand heraus, dass es ein Herzfehler ist, etwas, das sie schon vor Jahren hätten sehen müssen. Dort sind sie.«

Driver und Billie gingen hinüber zu zwei Männern, die an einem Plastikgartentisch saßen. Eine verwahrloste chinesische Ulme bemühte sich, etwas Schatten zu spenden.

»Hi Daddy, ich dachte, ihr geht spazieren.«

Der alte Mann schaute Driver eine Weile an, bevor er antwortete.

Der Blick eines Cops, dachte Driver.

»Wendell ist müde geworden.«

»Klar ist er das.«

»Wendell, du kennst meine Tochter. Und sie hat einen Freund mitgebracht. Das hier«, sagte er und blickte wieder zu Driver, dann zu Wendell, »ist *mein* Freund.«

»Freut mich, Sie zu sehen, Miss Billie.« Wendell stand auf. Seine Narben und ein Tattoo der Special Forces bildeten ein verschlungenes Muster mit den Muskelsträngen seiner Arme. »Ich gehe am besten zurück. Kommen Sie hier draußen klar, Mr Bill?«

Billies Vater nickte. Driver und Billie setzten sich an den Tisch. Drei, vier Meter entfernt, wo ein Pfad zu einer Gruppe von Bäumen führte, hopste eine Katze herum. Sie sprang mit einer halben Drehung in die Luft, auf der Jagd nach einem großen Schmetterling.

»Schön, dich hier draußen zu sehen, Dad. Das hier ist Nummer acht – lange Geschichte, frag nicht. Wir arbeiten zusammen.«

Driver und er beobachteten die Katze. »Freut mich, Sie kennenzulernen, Sir.«

Billie wartete. »Ich befürchte, mein Vater hat nicht mehr so viel zu erzählen.«

Er drehte sich zur Seite und schaute Driver an.

»Sie arbeiten also mit meiner Tochter zusammen. Nicht noch so ein verdammter Rechtsanwalt wie der Letzte, oder?«

»Nein, Sir. Bin ich nicht.«

»Kein Rechtsanwalt? Oder nicht wie der Letzte?«

»Keines von beiden.«

»Und Sie haben eine Nummer als Namen wie in diesem Merle-Haggard-Song?«

»Dank Ihrer Tochter, ja, Sir.«

»Sieht die Dinge immer so, wie *sie* es will. Und das ist eine ihrer guten Seiten.«

* * *

»WIR SIND NACHKOMMEN derjenigen, die geflohen sind – und derer, die gekämpft haben. Du musst nur rausfinden, wann das eine und wann das andere gilt.« Felix sah die Gasse hoch. »Verstärkung ist bald auf dem Weg, in hübschen Streifenwagen. Denke nicht, dass du dir die Zeit nehmen willst, noch auszuchecken.«

Sie kletterten über die Mauer auf den Parkplatz eines Schnellreparatur-Service, der schon vor langer Zeit dichtgemacht hatte. Irgendjemand, wahrscheinlich Kinder, hatte einige gebrauchte Reifen aufgestapelt und in Flammen gesetzt. War schon eine Weile her, aber der Geruch hing noch in der Luft.

»Das bringt Erinnerungen zurück«, sagte Felix und schaute auf den Haufen. »Dein Wagen?«

»Drüben beim Food City.«

Sie gingen in die Richtung.

Eine halbe Stunde zuvor war Driver in sein Zimmer zurückgekehrt und hatte feststellen müssen, dass es anders war, als er es hinterlassen hatte. Sie hatten ihr Bestes versucht, es zu vertuschen, hatten die Kleidung in den Schubladen wieder ordentlich zusammengefaltet, aber sein Rasierer und seine Zahnbürste lagen einige Zentimeter verschoben, und in der Luft hing ein leicht süßlicher Geruch, wie ein Nachwehen von Kölnischwasser. Der Geruch war es, der ihn alarmiert hatte.

Er ging hinunter zum Empfangstresen. Eine gedrungene Frau in den Zwanzigern hatte Dienst, ihre Arme waren so stark tätowiert, dass es aussah, als trüge sie Ärmel aus Comicheftchen. Sie schaute auf. »Zimmer verwüstet, hm?«

Er nickte.

»Dunkelblaue Limousine, hat hinten geparkt. Polizei, haben sie zumindest behauptet.«

»Haben Sie eine Marke gesehen?«

»Sie meinen so eine, die man auf der Straße zum Preis einer Tasse Highlife-Kaffee kaufen kann?«

Als Driver auf den Eingang zum Lager- und Servicebereich zeigte, nickte sie.

»Niemand da hinten drin?«

»Selten.«

Minuten später ging Driver durch die Hintertür zum Parkplatz. Er schob eine Schubkarre, auf die er alles Schwere aufgetürmt hatte, was er hatte finden können. Einen Stapel ineinandersteckender Metallmülleimer, fünf Betonklötze, eine Truhe, eine ungeöffnete Kiste mit dreißig Zentimeter langen Bewehrungsstählen. Er tat so, als ginge er nach links zu den Müllcontainern. Beide Köpfe in der Limousine drehten sich, die Männer schauten zu ihm hin, dann wieder weg. Da rannte Driver los und rammte die Karre so fest gegen die Limousine, dass er beinahe zurückprallte. Die Beifahrertür war verbogen. Der Mann auf dieser Seite kam nicht heraus. Der andere ging über das Dach der Limousine hinweg auf ihn los.

Driver zog die Karre zurück und quetschte den Angreifer ein, als er vom Wagen sprang. Der andere war nun auch aus dem Auto gekrochen, aber der musste warten. Er zog die Karre noch einmal zurück und ließ sie erneut gegen den Mann krachen. Und noch mal. Und noch mal. Bis er eine Stimme hörte.

»Ich denke, wir sind mit denen durch, mein Freund.«

Als Driver die Karre zur Seite schob, sackte der Mann zu

Boden. Aus seinem Mund schlängelte sich Blut. Die Beine zuckten.

Felix stand über dem anderen. »Hab den Tumult hier hinten gehört und dachte, du könntest nicht weit sein.«

Kurz bevor sie über die Mauer kletterten, war ein älterer Mann vom Sicherheitsdienst mit einem Walkie-Talkie um die Ecke gekommen. Als er den demolierten Wagen und die beiden Typen am Boden sah, erstarrte er, riss die Arme hoch und machte kehrt.

Sie überquerten die Straße zum Food City. Ein Grand Torino hielt an der Ampel, fachmännisch auf Hochglanz gebracht, mit einem Schwärm exotischer Vögel und ebenso exotischen Damen auf gelber und blauer Metallic-Lackierung. Der Bass dröhnte so laut, dass Driver und Felix spürten, wie er vom Straßenpflaster in ihre Beine zog. Der zerbeulte Toyota daneben hatte in geschwungener Schrift *Rochelle, Juan* und *Stephanie* auf der Heckscheibe stehen, mit kleinen Kreuzen unter jedem Namen.

»Hast immerhin noch dieselbe Karre«, sagte Felix, als sie sich dem Fairlane näherten. »Obwohl du es doch sonst an keinem verdammten Wohnort länger aushältst.«

Auf dem Weg erzählte Felix, was er ihm eigentlich hatte berichten wollen, bevor es zu dem, wie er es nannte, kleinen Handgemenge auf dem Parkplatz gekommen war.

»Doyle hat sich von seiner besten Seite gezeigt, hat sogar einen Termin gemacht. Kam pünktlich, natürlich hinkend, und hat artig seinen Platz im Wartebereich eingenommen. Plastiksitze, die wie Leder aussahen, meinte er, und die einem am Hintern klebten und jedes Mal knackten, wenn man sich bewegte. Woodreau & Levin, Rechtsanwälte. Draußen in Metairie. Lore hat ihn begleitet und dauernd so getan, als läse er ein Buch. Die Empfangsdame hat immer wieder zu ihm rübergeguckt. Doyle geht also rein, und da sitzt so ein Bengel, der wie sechzehn aussieht. Aber angeblich ein Partner. ›Bin nicht den ganzen Weg gekommen, um mit einem Partner zu reden‹, erklärt ihm Doyle. ›Ich versichere Ihnen ...‹, beginnt der Bengel, aber Doyle fährt dazwischen: ›Warum ersparst du uns nicht beiden den Ärger und holst einen erwachsenen Mann her?‹ Das macht er, und Doyle entschuldigt sich, erklärt dem erwachsenen Mann, dass sein Bein manchmal schmerzt und er dann etwas launenhaft wird. Er fragt den Mann, ob er gedient habe, und der sagt Ja. ›Navy?‹, fragt Doyle. ›Sie wirken so.‹ Der Mann nickt und fragt, wie er behilflich sein könne.«

An diesem Punkt unterbrach sich Felix und sagte: »Erstaunlich, was man mit einfacher Höflichkeit erreicht.«

»Absolut. Alte Marine-Schule.«

»Er brauchte weniger als eine halbe Stunde. Und mit nur ganz wenig Nachdruck. Musste noch nicht einmal Lore reinrufen. Der Junge war draußen geblieben, hat weiter so getan, als läse er, und lächelte immer schön zurück, wenn die Empfangsdame in seine Richtung schaute. Die Rechtsanwälte waren jedenfalls nur Fassade. Aber das wusstest du ja. Makler, wie Levin es selbst nannte, woraufhin Doyle antwortete, er sei selbst gelegentlich dazu gezwungen, jemandem einen Makel zuzufügen. Da wurde Mr L. hellhörig und hielt es für ratsam, den Sicherheitsdienst zu rufen. Aber Doyle war dermaßen anderer Meinung, dass Mr L.s Hand nun im Gips ist. Doyle meint, vielleicht sollte er noch mal vorbeifahren, damit er der Erste ist, der den Gipsarm signiert.«

»Vermutlich nicht.«

»Ja, vermutlich nicht.«

Jemand hinter ihnen hatte um Entschuldigung gebeten, und als sie sich umdrehten und zwischen sich Platz machten, gingen zwei Männer mittleren Alters in Shorts und Sandalen hindurch. Einer hielt ein kalkweißes Kreuz in die Luft, der andere ein Holzschwert von über einem Meter Länge.

»Da geht sie, die Kurzfassung der menschlichen Rasse und ihrer Geschichte«, sagte Felix. Driver und er bogen unter der Überführung ab und gingen weiter.

»Doyle lässt dir ausrichten, dass diesen Kerl zu finden der Suche nach einer bestimmten Schlange in den Atchafalaya-Sümpfen glich.«

»Aber er hat's geschafft.«

»Der Kerl ist allerdings ein Rätsel«, sagte Felix. »Ein Geschäftsmann, dessen Fußabdrücke man überall findet. Besitzt einen Autohandel, ein oder zwei Theater, eine Kette von Sportgeschäften, eine Importfirma, hochpreisige Weinläden und noch ein Dutzend anderer Geschäfte. Keine Probleme mit dem Gesetz, ein halbes Dutzend Gerichtsverhandlungen, die meisten beigelegt, keine Verbindung zum Mob. Und keine offensichtliche zu dir. Das ist Gerald Dunaway.«

»Und er ist derjenige, der mich ausschalten will?«

Felix nickte. »Dort beginnt es. Aber nur einen Schritt von Dunaways Veranda runter, und alle möglichen Reiter kreuzen auf.«

»Angeheuerte Hilfe.«

»Vielleicht nur das. Trittbrettfahrer, Schmarotzer. Oder es könnten gemeinsame Interessen sein, welche auch immer. Allianzen, Koalitionen, all diese vornehmen Ausdrücke für Gangs. Doyle stochert immer noch im Ameisenhaufen herum.«

Jetzt waren sie beim Wagen. Die Tür schloss nicht mehr richtig seit der Nummer mit dem Chevy Caprice und dem Toyota draußen in Globe. Driver wollte es schon lange reparieren. Er hatte die wichtigsten Motor- und Federungsarbeiten durchgeführt, aber die Karosserie schleifen lassen. Als er die Tür öffnete, gab es ein Geräusch wie in einem schlechten Fantasy-Film, wenn ein Schwert aus der Scheide gezogen wird.

»Hübsch«, sagte Felix. »Was Besonderes.« Er fuhr mit der Hand über den Türrahmen. »Das Interessante an diesem Dunaway ist, wie er zu der Kohle gekommen ist, zu dieser Masse. Doyle hat einen Freund, einen Beamten, der im Büro des Sheriffs in Jefferson Parish arbeitet. Der sagt,

Dunaway sei einer von denen, die im Norden der Stadt gelebt und Katrina gut überstanden haben. Direkt danach hat er ein Vermögen verdient, indem er Wasser und Nahrungsmittel an die Umgesiedelten und Obdachlosen verkaufte. Niemand weiß genau, woher das Essen und das Wasser kamen, aber man munkelt, es waren umgelenkte Güter der humanitären Hilfsorganisationen. Und danach fing er an, riesige Teile der Stadt für Pfennigbeträge aufzukaufen – alles natürlich völlig legal.«

»Hört sich an wie ein Teppichhändler.«

»Meine Rede. Doyle sagt, New Orleans züchtet seine eigenen, habe das schon immer getan. Nicht nötig, sie zu importieren.«

»Ist Dunaway verheiratet? Familie? Kinder?«

»Die Frau ist 1998 gestorben, offiziell ein Unfall, inoffizielle Stimmen sprechen von Selbstmord. Sonst haben wir niemanden gefunden.«

»Ist er ein Einheimischer?«

»In der Stadt seit 1988. Vorher in Brooklyn. Wie gesagt, Doyle klopft das immer noch ab. Und er klopft gründlich.«

* * *

»ES LIEGT IN UNSERER NATUR – in unseren Knochen, unserer Milz, unserer Amygdala oder wo auch immer wir das Unaussprechliche neuerdings verortet haben –, dass wir die einzelnen Punkte miteinander zu verbinden versuchen«, sagte Manny. »Genauso wie wir im Dunkeln herumstöbern und nach der einen Idee suchen, die alles erklärt. Wirtschaft. Religion. Verschwörung. String-Theorie.«

Driver hatte die Nummer eingehämmert, wobei ihn eine Woge von Traurigkeit überspülte. Ein Gefühl, das er von früher kannte, dieser Eindruck, etwas zum letzten Mal zu tun. Die Quelle des Gefühls kannte man nie.

»Dinge passieren. Sie müssen in der Summe nicht zwangsläufig mehr werden. Bleib kurz dran.«

»Nicht die«, hörte Driver ihn sagen. »Die Flasche, die aussieht wie ein Zaunpfahl, mit den künstlichen Astlöchern.«

Dann wieder zu Driver: »Hab einen Produzenten hier. Große Pläne und das passende Budget dazu. Alles, was er braucht, ist ein Drehbuch. Wir genehmigen uns was von dem guten Stoff, den ich für besondere Gelegenheiten aufbewahrt habe.«

»Der gute Stoff ist in einer Flasche mit Astlöchern?«

»Okay, es ist eine ästhetische Herausforderung. Aber was sie herstellen ...«

Driver hörte, wie Manny einen Schluck nahm, stellte sich vor, wie Gaumen und Stimmung langsam die Farbe wechselten, von Rost über Pfirsich zu pinker Wildblume oder so ähnlich. Dann war er wieder da.

»Lass es uns mal durchgehen. Ein Storyboard anlegen. Als Erstes haben wir diesen Typen in NOLA. Dunaway. Kein Zweifel, worauf er aus ist, sagst du.«

»Richtig.«

»Aber du weißt nicht, warum.«

»Genau.«

»Andere Musik, anderes Licht, später Abend, vielleicht Regen. Dieser Beil taucht auf. Hat ein oder zwei eifrige Schutzengel auf dich angesetzt. Und er gibt sein Bestes, dich für sein Schiff anzuwerben. Um für das Gemeinwohl zu kämpfen, gegen den gemeinsamen Feind, wie auch immer. Dann treten noch ein paar andere auf, diese Trooper, die von Beils Männern beschattet werden. Der Typ im Einkaufszentrum auch? Keine Ahnung, wo die alle herkommen. Gibt eine ziemlich dicke Suppe, mein Freund. Sind noch welche im Kochtopf?«

»Wird sich zeigen, oder?«

»Nur, wenn du lang genug lebst.«

Manny nahm einen weiteren Schluck. Driver hörte den

Produzenten am anderen Ende reden und fragte sich, ob Manny ihn ignorierte oder es schaffte, beide Unterhaltungen gleichzeitig zu führen.

»Lassen sich die Punkte verbinden? Könnte alles Zufall sein. Unterschiedliche Stürme. Aber was macht das auf lange Sicht schon aus? Die Frage ist immer dieselbe: Was tust du? Wie reagierst du? Bleib dran, ich gehe auf die Terrasse.«

Einen Augenblick später hörte Driver im Hintergrund Verkehrsgeräusche. »Und, handelst du?«

Driver sagte nichts.

»Denn von hier aus sieht es aus, als ob du zögerst. Erinnerst du dich, als wir das erste Mal darüber gesprochen haben? Ich habe dich gefragt, was du willst.«

»Ja.«

»Das Gleiche noch mal: Wenn du es nicht durchziehen willst, könntest du auch einfach gehen. Tauch unter.«

Manny wartete einen Moment und sagte dann: »Uns wird beigebracht, dass sich die Menschheit durch große Ideen nach vorne bewegt. Aber wenn man älter wird, versteht man, dass große Nationen nicht wegen großer Ideen gebildet, Kriege nicht für große Ideen ausgefochten werden. Es passiert, weil die Menschen nicht wollen, dass sich Dinge ändern.«

Das Tschack-tschack eines Helikopters kam durch die Leitung. Hörte sich an wie ein Rasenmäher in Nachbars Garten.

»Denk darüber nach. Ich muss los und nett sein zu dem Geldsack hier. Schmieriges Lächeln und so – da hast du deine Kreativität. Vielleicht diskutiere ich mit ihm ja darüber, wie in den letzten zwanzig Jahren das oberste eine Prozent der Amerikaner zugesehen hat, wie sich sein Reichtum verdoppelte, während seine Steuerlast um ein Drittel gesunken ist. Vielleicht auch nicht. Bis bald, wir telefonieren.«

Zu diesem Zeitpunkt glaubten das beide.

* * *

DAS TREATMENT, das Manny an diesem Tag für den Produzenten in groben Zügen umriss, indem er die Geschichte beim Reden wie ein Stück Tuch spann und webte, während die barometrische Scotch-Säule bis zum Astloch und dann weit darunter fiel, handelte von einem Mann, der Autos fuhr, das war alles, was er tat, und wie er eines frühen Morgens sein Ende fand, in einer Bar in Tijuana. »Ein Held unserer Zeit, der letzte Grenzbewohner«, sagte Manny. Beinahe hätte er *ein befreiter Mann* gesagt, aber er dachte, das würde zu viel Verwirrung stiften. Und obwohl ihm der Produzent auf der Stelle einen Scheck ausstellte, wurde der Film, wie so viele andere, nicht gedreht. Jahre später, an einem unerträglich hellen Morgen, fand Manny mit verschwommenem Blick und dickem Kopf den Entwurf wieder, den er schon lange vergessen hatte. Am frühen Nachmittag hatte er ihn überarbeitet. Um Mitternacht schickte er ihn an seinen Agenten bei der APA.

* * *

»SCHÖN, SIE WIEDERZUSEHEN. Haben Sie über meine Worte ausreichend nachgedacht?«

Ganz anders als beim letzten Mal war das Restaurant ausgebucht, Tische wurden zusammengeschoben, um mehr Platz zu schaffen. Driver dachte an New York, daran, wie man dort nirgends aufstehen konnte, ohne am Tisch des Nachbarn anzuecken. Hier war allerdings Platz genug.

»Vielleicht einen Single Malt? Einen Espresso? Haben Sie Hunger?«

»Nichts, danke.«

»Nichts. Aber trotzdem sind Sie hier.«

Beil blickte zur Tür, und sofort erschien ein Kellner. »Bringst du bitte einen kleinen Teller Antipasti, Mauro?

Und ein Glas Pinot Noir?« Innerhalb von wenigen Momenten erschienen die Antipasti, als hätten sie bereits auf der Seitenbühne auf ihren Auftritt gewartet. Allerdings konnte sich Driver schwer vorstellen, dass Beil so berechenbar war. Ein anderer Kellner brachte den Wein. Kristallglas, Silbertablett, Leinenserviette.

»Ich komme wegen eines Namens.«

»Ich verstehe.« Beil kaute eine Olive, schluckte. »Es besteht also eine Vereinbarung zwischen uns?«

»Im Moment ja.«

»Ah. Dann haben wir hier wohl so etwas, das Politiker, die immer vorsichtig sind, sich nichts ans Bein zu binden, einen verbindlichen Vorsatz nennen.« Er nippte am Wein. »Natürlich haben Sie inzwischen einen Namen.«

»Ich weiß, wer auf der anderen Seite des Spielbrettes sitzt. Aber nicht, wer die anderen Spieler sind.«

»Der, den Sie kennen, ist nicht nur aus dem Spiel genommen ...«

»Im Moment.«

»... er ist auch für mich nicht von Interesse. Eigentlich für niemanden.« Beil wählte ein Stück Salami aus, dann einen kleinen Brocken Parmesan, der aussah wie ein gelber Stein. »Sind Sie sicher, dass Sie keinen Drink möchten?«

Driver nickte.

»Die, die Sie suchen, sind Wölfe. Wölfe möchten nicht gefunden werden. Sie sind Jäger, schlüpfen zwischen Bäume, bleiben außer Sicht, stets nah am Boden. Sie überleben, sie gedeihen wegen ihrer List.« Beil biss die Hälfte einer Olive ab und linste in das entstandene Loch. »So gehen sie seit Hunderten von Jahren vor. Diese Art zu leben liegt ihnen im Blut, in den Knochen.«

»Ihrer Amygdala.«

Beil blickte ihn leicht irritiert an. »Ja.«

»Und wenn ich nach dem Leitwolf suchen würde, wohin müsste ich gehen?«

»Der Name des Wolfs lautet Benjamin Capel. Und Sie

würden in ein Restaurant gehen, das diesem hier ziemlich ähnlich ist, aber mit Kunden, die eher ... Nun, nicht die Vergoldete-Statue-rote-Samttapete-Variante, aber so in der Richtung.«

Beil schob eine elegante Visitenkarte über den Tisch. Eingravierte, polierte Silberbuchstaben, nur der Name, die Telefonnummer und Internetadresse. Harlow's.

»Wie es der Zufall will, ist es gerade ein guter Zeitpunkt, um dort vorbeizuschauen.«

Driver erhob sich.

»Vielleicht nehmen Sie besser den Eingang durch die Küche. Ein kleiner, drahtiger Mann mit einer Kartoffelnase und pechschwarzen Haaren wird dort essen. Er ist das Tor, das Sie passieren müssen. Bitte machen Sie so wenig kaputt wie möglich, ja?«

Driver sah ihn an.

»Das Restaurant gehört zur Hälfte mir.«

* * *

ZWEI ABENDE BEVOR SIE ihm den Kehlkopf herausnahmen, sprach Bennie Capel mit seiner Frau über all die Dinge, die er nie mehr würde tun können.

Sie hatte ein gutes Risotto mit Parmaschinken und Parmesan gemacht, dazu gemischten grünen Salat mit Äpfeln und Walnüssen. Hinterher saßen sie mit einer Flasche Wein auf der Veranda und unterhielten sich. Es war immer noch heiß, aber mit einer kühlen Brise dann und wann und einem strahlenden, fast vollen Mond. Sie konnten leise Musik aus dem Haus des Nachbarn hören und über die Straße hinweg leichte Klassik, Smooth-Jazz, irgend so etwas.

Er würde nichts mehr essen ab morgen Mittag und alle möglichen Medikamente schlucken. Die Röhren reinigen.

Zwei Kojoten kamen die Einfahrt hoch, sahen sie und kehrten zur Straße zurück.

»Ich werde nie wieder singen«, sagte er.

»Das hast du nie getan.«

»Und ich werde nie wieder brüllen können, wenn ich mich ärgere.«

»Du ärgerst dich nie. Nicht so, dass es jemand bemerkt.«

»Ich werde nie mehr stundenlang mit Freunden telefonieren, dem Fernseher antworten oder beim Radiohören mitsummen können. Nie mehr in dein Ohr flüstern. Und nie wieder lachen.«

Janis sah ihn nur an und sagte: »Ich werde dein Lachen sein.«

Sie lachten nicht mehr viel, keiner von beiden, aber er erinnerte sich, wie sie das gesagt und wie es sich angefühlt hatte.

Das würde er niemals vergessen.

* * *

DIE DISKUSSION IN DER KÜCHE hatte nur zwei Minuten gedauert. Selbst hier draußen konnte man verbranntes Fleisch riechen. Capel schaute weiter in Richtung Küche.

»Ihr Mann ist im Tiefkühlraum«, sagte Driver. »Bisschen runterkühlen.«

Ein Kellner kam gerade mit zwei gefüllten Tellern zu einem Tisch, nur um festzustellen, dass seine Gäste abgehauen waren. Auch andere verabschiedeten sich schnellen Schrittes voneinander. Drei Tische weiter, drüben bei der Wand, drehte sich ein Mann auf seinem Stuhl herum und griff nach seiner Jacke. Bewaffnet, kein Zweifel.

»Das hier ist eine persönliche Angelegenheit«, sagte Driver. »Ich bin nicht bewaffnet.« Der Mann nickte.

Capel schaute hoch. Er war älter als erwartet, Ende sechzig, Anfang siebzig, trug ein türkisblaues Hemd, eine dunkelblaue Krawatte und einen schwarzen Anzug mit silbernen Nadelstreifen. Den gleichen Silberton hatte sein Haar.

Er streckte beide Hände aus, um zu zeigen, dass er unbewaffnet war, und griff dann nach einem kleinen Röhrchen auf dem Tisch, neben seinem Teller. Auch das war aus Silber. Er hielt es an seine Kehle. Die Stimme, die herauskam, war überraschend warm und tief. »Sie müssen Driver sein.«

Driver antwortete nicht.

»Sind Sie gekommen, um mich umzubringen?«

Wieder sagte Driver keinen Ton.

»Mit ihren bloßen Händen?« Capel blickte sich um. »Aber es sind natürlich Messer da, nicht wahr? Überall gibt es gefährliche Gegenstände.« Er deutete auf den Mann mit der Jacke. »Und die Waffe dieses Mannes. Eine Glock – das neue Lieblingsspielzeug der Feds. Meine Frau sagt, sie ermitteln nur bei mir, weil sie dann gut essen können.«

»Vielleicht sollten wir uns draußen unterhalten, bevor alle Ihre Gäste gehen.«

Capel erhob sich mit der Leichtigkeit eines Mannes, der auf seine Form achtete. Er zog eine Crackerstange aus einem Glas auf dem Tisch. Elektrolarynx in der einen, Crackerstange in der anderen Hand. »Um mich zu verteidigen.«

Sie gingen hinaus, wo zwei Wagen sich gerade entfernten, ein glänzender BMW und ein sehr alter Buick. Das Restaurant befand sich in einer Kurve, abseits der Hauptstraßen, es herrschte kaum Verkehr. Ein Stück oberhalb, in Richtung Goldwater, quoll die Terrasse eines Restaurants über vor jungen Leuten, die Sprühnebler waren voll aufgedreht. Es hörte sich an wie ein Schwärm Vögel. Und es sah aus, als würden die Vögel Drink für Drink eine Mahlzeit herunterspülen, die noch gar nicht aufgetischt worden war.

»Diese Sache mit Ihnen, das ist geschäftlich, wissen Sie«, sagte Capel.

»Wenn man es aus einem bestimmten Blickwinkel betrachtet, ist alles geschäftlich. Die einfachste Unterhaltung wird zu einem ökonomischen Austausch.«

»Ja. Beide Seiten wollen etwas.« Capel nahm den Sprachzylinder für einen Moment von der Kehle, so als wäre es ein Mikrofon, und räusperte sich. »Wahr ist auch, dass die erwünschten Ziele normalerweise nicht so transparent sind. Sie wollen Ihr Leben – und mich da raus. Noch vor ein paar Minuten wollte ich dasselbe.«

Ein schwarzer Cadillac Escalade kam die Straße entlang und bog auf den Parkplatz ein. Ein großer, dünner Mann stieg aus, bleich und mit buschigen weißen Haaren.

»Sie haben ihn von drinnen angerufen.« Capels Hand hob sich und schwenkte leicht durch die Luft. Der Mann lehnte sich gegen den Van und sah herüber.

»Es ist nicht einfach«, sagte Capel, »aber ich kann das Ganze hier abblasen. Ich habe genug Einfluss. Aber es wird nicht vorbei sein.«

»Ich verstehe.«

»Ich bin sicher, dass Sie das verstehen. Genauso wenig vorbei sind dann unsere Verhandlungen.«

»Stimmt.«

»Sie sind ein unbeliebter Mann. Bemerkenswert – aber äußerst unbeliebt. Sie haben keine Freunde, zum Beispiel in Brooklyn, rund um die Henry Street, wo alte Frauen in ihren Schürzen auf den Stufen sitzen und Männer an Kartentischen auf dem Bürgersteig Domino spielen.«

Capel sah an ihm vorbei. »Die gehören dann wohl zu Ihnen.« Driver drehte sich um. Eine graue Chevrolet-Limousine kam langsam heran. Zwei Köpfe darin. »Das PPD, raffiniert wie immer. Komplett anonym in ihren ungekennzeichneten Wagen.«

Die Fahrertür öffnete sich, und ein Mann stieg aus, der wie ein Buchhalter wirkte. In seinem Hemdkragen war Platz genug für einen weiteren halben Hals. Hässliche Krawatte, abgescheuerte Ellenbogen und Knie. Auf der anderen Seite stieg Billies Vater aus.

* * *

»WAS SIE BESCHRIEBEN HABEN, die Art, wie die Dinge abgewickelt werden, das deutet alles auf Bennie hin. Niemand sonst in der Gegend verfügt über den nötigen Apparat und die Leute vor Ort. Dachte, ich fahr mal vorbei und rede mit ihm darüber. Wir haben eine lange gemeinsame Vergangenheit.«

»Als Sie ein Cop waren.«

»Noch davor.«

Bills Begleiter war Nate Sanderson, von dem Bill sagte, er sei eine Weile beim FBI gewesen, dann im Büro des DA, bevor er sich im Department niedergelassen habe und nun zu faul geworden sei, sich noch mal zu bewegen. Hinzu kamen natürlich auch die ausgezeichnete Bezahlung und die Jobsicherheit.

»Haben Sie gefunden, was Sie suchten?«, fragte Sanderson.

»Zum Teufel, wenn ich das nur wüsste.« Es entwickelt sich zu einer der Situationen, dachte Driver, in der jede weitere Antwort einen nur noch mehr verwirrt. Zu Bill sagte er: »Verpassen Sie im Heim nicht gerade Andy Griffith?«

»Das hole ich beim nächsten Mal auf.«

»Was, Sie sind entwischt?«

»Wenn ein Mann seine Marke zeigt, werden nicht viele Fragen gestellt. Einer der Gründe, warum ich Nate hier dabeihaben wollte.«

»Und der andere?«

»Abteilung für organisiertes Verbrechen. Quetscht alles raus. Weiß, wo Bennie um diese Uhrzeit zu finden ist.«

Sie befanden sich in einem höhlenartigen, größtenteils leeren Restaurant an der Missouri Ave. Auf dem handgemalten Schild draußen war *Hühner-Rippchen* zu lesen, mit dem primitiven Cartoon eines Fuchses, der seine Lippen leckte. Das werden ziemlich schmale Rippen sein, hatte Bill gesagt. Er und Sanderson aßen Pie, der zu achtzig

Prozent aus Baiser zu bestehen schien. Driver trank Kaffee. Er beobachtete, wie ein hellhäutiger Mann auf dem Bürgersteig vorbeiging, in einem T-Shirt, das vorne und hinten die Aufschrift WIR SIND ALLE ILLEGALE ALIENS trug.

»Ich kann in der ganzen Sache nirgendwo eine gerade Linie erkennen«, sagte Driver.

Bill warf einen Blick aus dem Fenster, um zu sehen, was Driver dort beobachtete. »Die Natur war nie besonders gut in Sachen gerade Linien.«

»Oder in Sachen Menschen«, meinte Sanderson.

Driver hatte angenommen, dass, sowie er einmal bis zu Capel vordränge, sich alles zu dem Typen in New Orleans zurückführen lassen würde, zu Dunaway. Aber das tat es nicht. Die Straße machte eine Kurve, man konnte nicht um die Ecke sehen. Capel kannte Dunaway nicht, konnte ihn nicht von Scheiße unterscheiden. Man habe etwas läuten hören, hatte er gesagt, »von einem der Mutterschiffe«, und als Driver gefragt hatte, wo das Mutterschiff vor Anker liege, hatte er Brooklyn gesagt.

Dunaway war aus Brooklyn. Alte Verbindungen? Oder nur angeheuert?

Bill schüttelte den Kopf. »Manchmal verleihen sie ihre Jungs, aber sie vermieten sie nicht.«

»Dann vielleicht offene Rechnungen?«

»Oder Gefälligkeiten. Nach dem Motto: ›Kann ich mir mal für einen Tag dein Werkzeug leihen?‹ Könnte sein.«

Es war ein einfacher Mordauftrag gewesen, hatte Capel gesagt. Aber als er die Meldung nach oben weitergegeben habe, sei ihm gesagt worden, die Situation habe sich geändert und er solle seine Leute da raushalten.

»Was hat sich verändert?«, fragte Sanderson.

Sie schwiegen. Schließlich sprach Bill. »Sie haben eine Vergangenheit mit unserem Freund hier.«

Beide schauten Driver an. Er nickte.

»Vor langer Zeit. Ein Mann namens Nino, dick im Geschäft. Und seine rechte Hand.« Bernie Rose.

»Haben Sie sie umgelegt?«

»Ja.«

»Diese Typen vergessen nicht besonders schnell.« Bill spähte aus dem Fenster. Ein älterer Mann, der aussah wie ein verwittertes Stück Tau, schob sein Fahrrad auf den Zebrastreifen, klappte den Ständer aus und ging davon. Er stellte sich an die Ecke und sah zu, wie ein Auto bei dem Versuch auszuweichen gegen ein anderes krachte.

»Die Menschen tun wirklich alles, um auf sich aufmerksam zu machen«, sagte Sanderson.

»Vielleicht nur, um sich selbst zu beweisen, dass sie noch am Leben sind.« Bill blickte wieder zurück. »Aber Bennie hat Ihnen erzählt, er habe die Meldung nach oben weitergegeben. Egal, wie es sich zugetragen hat, über welche Quellen und Kanäle, Bennie hat jemanden benachrichtigt, was bedeutet, dass er dachte, der Job sei erledigt.«

»Aber er war es nicht. Ich bin davongekommen.«

»Richtig.«

»Das ergibt keinen Sinn«, sagte Sanderson.

»Nicht die Art von Sinn, die Sie zu finden versuchen«, sagte Bill zu Driver. »Sie finden keine gerade Linie, weil es keine gibt. Oder es gibt mehr als eine und sie kreuzen sich nicht. Sie verlaufen parallel.«

* * *

AUF DEM WEG QUER durch die Stadt, Camelback im Rückspiegel, sah Driver eine Plakatwand, eine dieser neuen grässlichen, digitalen Dinger, die alle paar Minuten das Bild wechselten. *Jesus starb für eure Sünden* stand jetzt darauf, darüber eine stilisierte Figur, die ein Rabbi sein konnte, ein Priester oder ein haariger Prediger, die Hand flehend erhoben. Es verschwand, um durch die Nahaufnahme eines Mannes ersetzt zu werden, der wie ein Präsidentschaftskandidat aussah. Vielleicht war er schon mit diesem Gesichtsausdruck geboren worden, aber er hatte sicher auch daran gearbeitet. Breites Gesicht, ernster Blick, das Haar perfekt gescheitelt. *Tun Sie keinen Schritt, bevor Sie mit uns gesprochen haben*, war dort zu lesen. *Sims and Barrow, Rechtsanwälte.*

Driver lachte.

Shannon wäre begeistert gewesen.

Ein paar Minuten vorher hatte er an Bernie Rose gedacht. Jetzt dachte er an Shannon. Und daran, dass fast jeder, den er kannte, gestorben war.

An Elsa.

Ihr Lächeln, wenn er etwas wirklich Dämliches gesagt oder getan hatte. Ihre Stimme nachts, neben ihm. Ihr Haar, das aussah wie ein ersoffener Hund, wenn sie aus der Dusche kam. Und wie sie an diesem letzten Tag ausgesehen hatte, an die Wand eines leeren Cafés gelehnt, während stoßweise Blut aus ihrer Brust quoll.

Das Handy klingelte. Driver klappte es auf.

Felix. »Kennst du jemanden namens Blanche?«

»Nein.« Driver hielt an einer Ampel hinter einem alten Van, dessen Hecktüren mit Aufklebern übersät waren. Sie waren schon so alt, dass man sie nicht mehr lesen konnte. Nur noch Schemen und verschwommene Farbkleckse. »Doch.«

Blanches Schultern lagen quer über der Schwelle der Badezimmertür. Von ihrem Kopf war nicht mehr viel übrig.

Mit einem Mal war er zurück im Motel 6, nicht weit von hier, lehnte wieder am Fenster und dachte, dass es Blanche sein musste, anders wäre es nicht möglich, dass der Chevy da unten auf dem Parkplatz stand.

Dann das Krachen der Schrotflinte.

Blanche und ihr Akzent. Sie sagte, sie sei aus New Orleans; hörte sich aber an wie aus Bensonhurst.

Da war es schon wieder: Brooklyn.

»Blanche Davis«, sagte Felix.

»Nicht der Name, den sie benutzt hat.«

»Die Lady hatte ein lockeres Verhältnis zu Namen. Blanche Dunlop. Carol Saint-Mars, Betty Ann Proulx. Und sie war auch eine ziemlich bewegliche Zielscheibe. Dallas, St. Louis, Portland, Jersey City. Gaunereien, Geldscheffeln. Ein paar verdächtige Ehen. Sie ist rumgekommen.«

»Und, ihr Name taucht einfach so auf?«

»Nicht direkt. Doyle musste sozusagen seinen Finger reinstecken und ein bisschen ziehen. Du weißt schon.« Felix schwieg für einen Moment. »Aber das ist noch nicht alles.«

»Okay.«

»Dunaway?«

Driver wartete.

»Er ist in der Stadt.«

»Wo?«

»Ungefähr einen Meter neben mir. Willst du vorbeikommen und ihm Hallo sagen?«

* * *

DRIVER WAR ERST eine halbe Meile weit, als der Verkehr zum Erliegen kam. Einer von Phoenix' gewaltigen Sandstürmen rollte heran. Man spürte es hinten in der Kehle und unter den Augenlidern, konnte kaum den Wagen vor einem erkennen oder den Straßenrand oder die Böschung. Der Staub wühlte sich zu einem durch wie die Schuld oder das Bedauern, man konnte ihm nicht entkommen, wurde ihn nicht los. So wie Driver die Gedanken an Bernie Rose. Er saß in dem von Sand eingeschlossenen Wagen und dachte über ihr letztes Aufeinandertreffen nach, daran, wie Bernie gefragt hatte, ob er dächte, dass man sich sein Leben aussuchte, und wie er gesagt hatte, nein, es fühle sich eher so an, als würde es ständig von unten nachsickern.

»Du glaubst also nicht, dass wir uns ändern?«, hatte Driver gefragt, als sie das Restaurant verließen.

»Ändern? Nein. Wir passen uns an, Schlagen uns durch. Wenn du zehn, zwölf Jahre alt bist, dann steht schon ziemlich fest, wie du mal sein wirst, wie dein Leben mal sein wird.«

Das war kurz bevor er Bernie töten musste.

Also hatte Bernie vielleicht recht gehabt.

Der Sturm war gerade abgeklungen, als Driver auf den Parkplatz fuhr. Die Menschen würden noch eine Woche lang feuchte Schlammbatzen niesen, Dreck aus jeder Falte und jeder Ritze wischen, an sich selbst, an ihren Häusern, Wagen und Grundstücken.

Kein Motel 6, aber so etwas wie ein Cousin zweiten Grades. Rissiger Asphalt, wie Spinnennetze, geflickt mit Teer, durchhängendes Dach über dem Gang im ersten Stock, in den Fenstern schiefe Jalousien. Drei Wagen auf dem Parkplatz, zwei davon uralte Kisten. Auf der anderen Seite ein Café, etwas zurückgesetzt eine Bar. Man musste schon verdammt tapfer sein, um dieses Café zu betreten, aber die Bar lief sicher gut, vermutete Driver. Ringsum: heruntergekommene Apartments, eine Bushaltestelle gegenüber.

Zimmer 109 war ganz hinten am Ende, grenzte an eine Kunststeinmauer, deren Mörtelfugen so aussahen wie schlecht verheilte Narben. Dahinter lag ein verlassener Supermarkt, jedes Fleckchen bekritzelt mit Tags.

Der Typ hat Geld wie Heu und landet hier, wunderte sich Driver.

Aber wahrscheinlich war das gar nicht seine Idee gewesen.

Eine Lamelle schnellte zurück an seinen Platz, als Driver sich näherte. Wortlos öffnete Felix die Tür.

Drinnen saß ein Mann Ende sechzig und sah sich auf CNN einen Bericht über die bevorstehenden Wahlen irgendwo auf der anderen Seite der Welt an. Driver versuchte sich zu erinnern, wann er das letzte Mal einen Seersucker-Anzug gesehen hatte. Der Mann trank Whiskey aus einem Plastikbecher, dem Geruch nach kein billiges Zeug. Felix auch.

»Doyle.« Felix nickte in Richtung Ecke, wo noch ein anderer Mann stand. Doyle hatte hellblaue Augen und einen Gesichtsausdruck, der ein breites Lächeln oder eine schmerzverzerrte Fratze sein konnte. Wirkte jünger, als er wohl war. Mamis Liebling, braver, typisch amerikanischer Junge.

Doyle nickte.

Der alte Mann wandte seinen Blick vom Fernseher ab. »Sie sind Driver.« Dann zu Doyle: »Er sieht nicht gerade tot aus.«

»Nein, Sir. Ich vermute, ich habe die Wahrheit ein bisschen gedehnt.«

Felix schenkte sich nach, dann dem Mann im Sessel. »Doyle hat Mr Dunaway mit einem anonymen Anruf davon überzeugt, dass die, die dich verfolgen, endlich erfolgreich waren, und dass du etwas hinterlassen hast, was für ihn von Interesse sein könnte. Woraufhin Mr Dunaway fragte: ›Etwas, das mit Blanche zu tun hat?‹ Doyle hat ihn dann hier am Sky Harbour abgeholt. Zu viele Mauern und Zäune daheim in New Orleans, es war nötig, ihn dort wegzuholen.«

»Zu uns in den goldenen Westen«, sagte Doyle. »Er ist ohne Murren mitgekommen. Am Flughafen.«

Der alte Mann sagte: »Kaninchen, die überleben wollen, wissen, wann sie sich ducken müssen.«

Driver ging um ihn herum und sah ihm in die Augen. »Sind Sie ein Kaninchen, Mr Dunaway?«

»Ein Überlebenskünstler. Umgeben von Füchsen. Wie ihm.« Dunaway zeigte auf den Fernseher. Driver drehte sich um. Auf dem Bildschirm war ein älterer Mann zu sehen, der mit einer Waffe in die Luft stieß, von anderen umringt, alle jung, in Lumpen und Uniformfetzen, mit Automatikgewehren in den Händen. »Seltsame Mission. Wir sind alle bis oben hin voll von seltsamen Missionen. Oft wissen wir selbst nicht, was sie sind. Aber sie drängen uns voran, lenken uns.«

»Wollen Sie damit sagen, Sie haben sich nicht ausgesucht, mich zu verfolgen?«

»Doch. Das war das Einzige, was ich begriff. Aber der Rest ...«

»Wer war Blanche, Sir?«

»Nur ein süßes Mädchen in Schwierigkeiten. Die sind überall. Wohin man schaut.«

Er sagte nichts weiter. Sie lauschten einem Auto, das draußen auf dem Parkplatz hielt, mit dröhnenden Lautsprechern eine Weile dort stand und wieder wegfuhr.

»Warum versuchen Sie, mich umzulegen, Mr Dunaway?«

Auf dem Bildschirm erschienen Hunderte von Vögeln, die von einem See aufstiegen. Es war, als würde die Oberfläche des Sees selbst zum Himmel schweben. Dunaway schaute hinüber, dann wieder zurück.

»Sie umlegen? Absolut nicht. Eher das Gegenteil.«

Er trank seinen Scotch aus und stellte den Becher auf den Boden.

»Die Geschichte ist nicht viel anders als die, die man überall von Eltern hört: ›Wir haben getan, was wir konnten.‹ Wir sahen, wie sie jeden Tag wilder und wilder wurde. Erst kleine Dinge, Klauen bei Freunden, dann Ladendiebstahl, dann verschwand sie für ein paar Tage. Eines Nachts lag sie besinnungslos im Bett, komplett bekleidet. Ich habe ihre Taschen kontrolliert, hoffte, ich würde keine Drogen finden, und tat es auch nicht. Ich fand eine Pistole. Kurz danach verschwand sie für immer.«

»Blanche war Ihre Tochter.«

Dunaway nickte. »Wir wussten, dass sie ein böses Mädchen war, ein verlorener Mensch, verletzend, destruktiv. Aber das machte keinen Unterschied.«

»Das tut mir leid.«

»Sie waren bei ihr.«

»Als sie umgebracht wurde. Ja, Sir, das war ich.«

»War nicht wahrscheinlich, dass es einen anderen Lauf nahm. Ihr Leben.«

»Nein.«

»Wir haben getan, was wir konnten. Nachdem meine

Frau gegangen war ...« Dunaway brach den Blickkontakt ab, um wieder auf den Bildschirm zu sehen. »Blanche war mein einziges Kind. Sie haben es mir weggenommen.«

»Nein, Sir. Der Mann, der es getan hat, ist kurz nach ihr gestorben.«

»Ich habe nach ihr gesucht. Einer der Privatdetektive, die ich angeheuert hatte, kam zu mir nach Hause, um mir zu sagen, dass er sie gefunden habe. Ein kurzer Hoffnungsschimmer. Ich erinnere mich, dass er Jeans trug – gebügelte Jeans, ein Sakko. Und ein glänzendes Hemd, wie Satin. Blanche war zwei Wochen zuvor gestorben.«

Niemand sagte ein Wort. Doyle beobachtete die Tür und das Fenster, Felix den alten Mann. Felix' Gesicht war ausdruckslos. Dunaways Trauer füllte das Zimmer wie ein unsichtbares Gas.

»Ich habe nicht versucht, Sie zu töten, junger Mann. Ganz im Gegenteil. Ich wollte, dass Sie leben, damit Sie spüren, wie es ist, wenn Ihnen der wichtigste Mensch auf der Welt genommen wird. Damit Sie das für den Rest Ihres Lebens mit sich herumtragen.«

»Elsa? Diese Männer kamen wegen Elsa, nicht meinetwegen?«

»Das war der Plan. Aber denen war nicht klar, wer oder was Sie sind. Offensichtlich wissen das nur wenige. Und der Plan ...«

Alle schwiegen wieder. Zwei oder drei Zimmer weiter klingelte ein Telefon.

»Vergessen Sie den Plan«, fuhr Dunaway fort. »Die Dinge verkomplizierten sich, so wie es manchmal passiert. Könnte ich einen letzten Drink haben? Ich vermute, Sie haben mich hierhergebracht, um mich zu töten.«

Felix schenkte ihm ein, und der alte Mann trank. Auf dem Bildschirm flog die Kamera meilenweit über Wanderdünen hinweg.

»Sie sollten wissen«, sagte Dunaway, »dass es eine große Erleichterung für mich sein wird.«

* * *

»ER IST WIEDER ZURÜCK in New Orleans.« Wo laut Doyle die Magnolienblüten für kurze Zeit seltsam wie süßes Menschenfleisch rochen.

»Grausamkeit oder Mitgefühl?«, fragte Bill.

Driver zuckte mit den Achseln.

Bill und Nate hatten ihn in einem Filberto's in der Indian School Road getroffen, und nun liefen sie am Kanal entlang und wichen verrückten Radfahrern und Leuten aus, die mit ihren Hunden gingen. Es wurde langsam Abend. Bill schwänzte schon wieder irgendeine Veranstaltung im Heim.

»So, dieser Teil ist vorbei«, sagte Bill.

»Schon eine ganze Weile, in der Tat.«

»Die Welt ist nie so, wie wir denken.«

Sie hielten an und schauten hinunter in den Kanal: Drei Einkaufswagen waren so ordentlich aufgestellt worden wie Stühle in einem Zuschauerraum, eine alte Decke, die mit Bändern zu einer menschlichen Puppe geformt worden war, saß obendrauf. Das Wasser floss durch die Wagen, es reichte bis zu den Knien der Puppe.

»Verschönern Sie Ihre Stadt«, sagte Bill. »Nate und ich haben uns noch einmal mit Bennie Capel unterhalten. Aber dieses Mal zu Hause, mit seiner Frau. Bennie ist zu Hause nicht der Bennie, den man anderswo kennt. Janis und ich kennen uns auch schon ewig.«

Es dauerte eine Weile und war nicht einfach, aber Bill verließ den Weg und setzte sich auf den Kies am Rand des Kanals, mit den Beinen die Böschung hinunter. Driver setzte sich neben ihn. Sie blickten zurück zu Sanderson, der den Kopf schüttelte. »Kaputte Knie.«

»Es war ein Gefallen unter alten Freunden aus Brooklyn. Ein einfacher Killerauftrag, rein, raus, fertig. Aber als es nicht so lief, wunderten sich die dickeren Fische, was zum Teufel da passiert war. Sie entsenden zwei ihrer Reiter, und so ein Typ in Arizona, am Arsch der Welt, putzt die Straße mit ihnen? So etwas *passiert* einfach nicht.«

»Es war Elsa, die sie umlegen sollten.«

»Bis zu dem Punkt, ja. Aber dann richteten sich die Augen auf Sie. Die dicken Fische reden mit Dunaway, sie reden mit seinen Detektiven, seinen Informanten. Sie bekommen Antworten. Und schließlich erkennen sie die Verbindung. Nino und Bernie Rose. Zwei von ihnen, lange her, doch sie haben ein gutes Gedächtnis. Dunaway ist aus dem Spiel. Jetzt kommt *ihnen* die Galle hoch.«

»Sie haben Eindruck gemacht«, sagte Sanderson.

»Ich habe Bennies Wort.« Bill hob einen Kiesel auf und warf ihn ins Wasser. »Seine Leute werden Sie nicht anfassen. Was nicht heißt, dass, wenn ein Flugzeug von der Ostküste landet, nicht andere von Bord gehen.«

»Das habe ich schon angenommen.« Driver schaute zu, wie ein Turnschuh gemächlich den Kanal entlangschipperte. Einen Moment lang dachte er, er sähe da etwas herausgucken, eine Ratte oder einen Hamster.

»Sie machen das zur Gewohnheit, aus dem Heim abzuhauen.«

»Nun ... Sieht so aus, als hätte ich meinen Anteil an Spaghetti und Wackelpudding gehabt. Diesmal kehre ich nicht zurück.«

»Guter Plan. Was werden Sie tun?«

»Wer weiß? Sehen, wohin das Leben mich führt, nehme ich an.«

»Trotzdem ein guter Plan. Und Ihr Freund Wendell? Was wird er ohne Sie anfangen?«

»Oh, ich vermute, wir werden uns ab und zu auf einen Kaffee treffen. Oder mal für einen Abend in der Stadt, obwohl es in unserem Alter sicher eine kurze Nacht wird. Und ich vermute, dass es nicht lange dauern wird, bis er jemand anderen findet, den er piesacken kann.«

»Es war gut, Sie kennenzulernen, Bill. Ein Stück Weg mit Ihnen zu gehen.«

»Danke gleichfalls, junger Mann. Eine Sache noch.«
»Ja, Sir.«
»Schauen Sie noch bei meinem Mädchen vorbei?«

* * *

DRIVER HATTE DEN FAIRLANE auf dem mittleren Deck eines dreistöckigen Parkhauses versteckt, neben einem Bürohaus, das hauptsächlich von Ärzten für Asthma, Wirbelsäulenschäden und Herzprobleme bevölkert wurde. Viele Dauerpatienten, viel Kommen und Gehen, einfacher Zugang und Ausgang. Als er das nackte Treppenhaus verließ, trat eine Gestalt aus dem Schatten seines Wagens.

»Ich dachte, ich komme diesmal zu Ihnen, dieses letzte Mal«, sagte Beil. »Um Ihnen für Ihre Hilfe zu danken. Und Ihnen das hier zu geben.«

Eine Visitenkarte, nur mit einer Telefonnummer bedruckt.

»Falls Sie jemals ... sagen wir mal, nicht mehr weiterwissen ... rufen Sie diese Nummer an.«

Driver hielt die Karte hoch. »Ich habe nichts getan, um Ihnen zu helfen.«

»Doch, das haben Sie, selbst wenn Sie es nicht erkennen konnten. Wir verstehen selten, welche Auswirkungen unser Handeln hat. Oder haben wird. Wir werden von einer fremden Macht angetrieben.«

Ein Ford F-150 fuhr mit Schwung die Rampe hoch, war zu schnell für die Kurve und kam nur Zentimeter hinter einem ausparkenden Buick zum Stehen. Auch der betagte Fahrer des Buick trat in die Eisen und rührte sich nicht. Der Pick-up hupte.

»Sind Sie die fremde Macht?«, fragte Driver.

»Überhaupt nicht. Ich bin nur einer von vielen, die zwischen den Stühlen hängen geblieben sind. Wie Sie.« Beil kam dichter heran. »Fahren Sie vorsichtig, wie Ihr Freund

Felix sagen würde, und haben Sie immer ein Auge auf den Rückspiegel. Bennies Tiger werden Ihnen nichts tun. Gegen die anderen können wir aber kaum etwas unternehmen. Vorläufig.«

Driver nickte.

»Und so«, sagte Beil, »verschwinden Sie also wieder. Obwohl …« Er hielt eine geschlossene Faust hoch, Handrücken nach unten, und öffnete sie. »Ist es nicht vielleicht das, was Sie tief in sich drin, dort unten, wo die blinden Fische leben, die ganze Zeit wollten?«

Der Pick-up parkte in der Lücke, die der Buick freigegeben hatte. Die Tür öffnete sich, und eine Krücke kam zum Vorschein, dann eine zweite. Der Fahrer hoppelte zwischen ihnen hindurch, in gelb-lila Joggingschuhen.

Beil wandte sich wieder Driver zu. »Meine Frau leidet an Demenz. Wohlgemerkt nichts Filigranes oder Modernes wie Alzheimer, sondern nur die schlichte, alte Demenz. Jeden Morgen, wenn ich das Haus verlasse, gehe ich zu ihr, küsse sie, und dann sagt sie: Ich liebe dich wie Butter. Jeden Morgen, seit elf, zwölf Jahren. Was sie aber heute Morgen gesagt hat, ohne eine Ahnung, dass daran etwas nicht stimmen könnte, war: Ich liebe dich wie Gummi. Lassen Sie sich das eine Lehre sein. Lieben Sie Ihr Leben. Wie Butter oder Gummi, nur irgendwie.«

Driver ging hinüber zur Brüstung und sah Beil kurz darauf aus dem Treppenhaus kommen. Zwei schwarze Limousinen hielten sofort an der Bordsteinkante.

* * *

ER STIEG AUS DEM FAIRLANE und ging herum, zur Vorderseite der Werkstatt. Sie richtete sich auf und lehnte sich vor, um an der Haube des 57er Chevy Bel Air vorbeizusehen. Das Klemmflutlicht ihrer Werkbank brannte. Mit dem Licht in ihrem Rücken konnte er ihr Gesicht nicht erkennen.

»Du bist gekommen, um dich zu verabschieden.«

Driver nickte.

»Hab dich da hinten gesehen. Hast gewartet.« Sie griff hinter sich, um das Licht auszuschalten, und trat neben den Wagen. »Ist nie einfach, oder?«

»Ich habe Übung darin.«

»Die hast du, aber ich meinte nicht das Verabschieden. Ich meinte, sich zu entscheiden.«

Sie flippte die Kühlbox unter ihrer Werkbank auf, gab ihm ein Bier und nahm sich auch eins.

»Unsere Augen prallen an den Oberflächen ab, wir können weder weit noch tief sehen. Wir treffen Entscheidungen aufgrund des jämmerlichen bisschens, das wir wissen, darüber, wer wir sind, und das gibt uns Stabilität. Dann halten wir die Luft an und erwarten, dass der Himmel jeden Moment aufreißt. Jeder von uns macht das, Nummer acht. Nicht nur du.«

Wieder dachte er an Bernie. *Wenn du zehn, zwölf Jahre alt bist, dann steht schon ziemlich fest, wie du mal sein wirst, wie dein Leben mal sein wird.*

»Beruhigend«, sagte er.

»Auf eine Art ist es das. Wie das hier.« Billie hielt ihr Bier hoch. »Es ist alles ein großer Sturm, Nummer acht. Aber wir haben auch strahlende Tage, ruhige Tage.«

»Du warst einer.«

Sie lachte. »Darauf kannst du deinen Arsch verwetten, dass ich das war. Und jetzt verschwinde hier, ich muss arbeiten – all das wieder rückgängig machen, was diejenigen, die ihre Köpfe unter diese Haube gesteckt haben, dem armen Mädchen hier angetan haben.«

Sie stießen kurz hinter Mesa auf ihn, ein Chrysler und ein BMW. Er stoppte und drehte um, zurück auf die I-10, Ausfahrt, Zubringer, Richtung Phoenix, dann Richtung Tucson. Er fürchtete eine Weile, dass er sie verloren haben könnte, und hielt an. Stand am Straßenrand, die elektronische Anzeigetafel des Indian Casinos leuchtete vor seiner Windschutzscheibe auf, Schwerlaster peitschten vorbei, er wartete. Bis sie auftauchten. Als die beiden Wagen in Sichtweite waren, löste er sich vom Rand und fuhr los, bremste, machte eine 180-Grad-Wende, passierte sie, drehte wieder und raste an ihnen vorbei.

Im Rückspiegel sah er, wie sie sich auf ihn zubewegten. Er schaltete das Radio ein. Er lächelte.

Er fuhr.

Lizenzausgabe für die Büchergilde Gutenberg,
Frankfurt am Main, Wien und Zürich
www.buechergilde.de
Mit freundlicher Genehmigung
der Verlagsbuchhandlung Liebeskind, München

Driver
Die Originalausgabe erschien 2005 unter dem Titel »Drive«
bei Poisoned Pen Press, Scottsdale, Arizona
© James Sallis 2005
© der deutschen Ausgabe:
Verlagsbuchhandlung Liebeskind, München 2007

Driver 2
Die Originalausgabe erschien 2012 unter dem Titel »Driven«
bei Poisoned Pen Press, Scottsdale, Arizona
© James Sallis 2012
© der deutschen Ausgabe:
Verlagsbuchhandlung Liebeskind, München 2012

Umschlaggestaltung: Angelika Richter, Heidesheim
Herstellung: Thomas Pradel, Oberursel
Schrift: Chaparral Pro und Corporate S
Satz: Greiner & Reichel, Köln
Druck und Bindung: CPI – Clausen & Bosse, Leck
Printed in Germany 2013 · ISBN 978 3 7632 6647 0